LA VIE COMPLIQUÉE DE Léa Olivier

MARILOU

CATHERINE GIRARD-AUDET

Publié avec les autorisations des Éditions Les Malins inc.,
Montréal, Québec, Canada

Illustration et conception de la couverture : Veronic Ly
Photographie de Catherine : Karine Patry
Mise en page : Nicolas Raymond et Giacomo Talone

Rue de la Blanche Borne 15
6280 Gerpinnes (Loverval) – Belgique
www.kenneseditions.com

Légère adaptation et lexique : Dimitri Kennes
Assistants : Arthur Kennes, Cléo Degand, Juliette Jacquart, Léa Bolssens, Lise Edart, Madeline Feuillat, Marine Antoine, Jade Gailly

Dépôt légal : juin 2016 – D/2016/13.105/30

ISBN : 978-2-8758-0291-0
NUART : 85-4466-7

Imprimé en Italie sur les presses de Grafica Veneta

Romans

Déjà parus :

La Vie compliquée de Léa Olivier, tome 1 – *Perdue*
La Vie compliquée de Léa Olivier, tome 2 – *Rumeurs*
La Vie compliquée de Léa Olivier, tome 3 – *Chantage*
La Vie compliquée de Léa Olivier, tome 4 – *Angoisses*
La Vie compliquée de Léa Olivier, tome 5 – *Montagnes russes*
La Vie compliquée de Léa Olivier, tome 6 – *Tornades*
La Vie (moins) compliquée de Maude M. Bérubé – La Reine des abeilles
La Vie compliquée de Léa Olivier, tome 7 – *Trou de beigne*
La Vie compliquée de Léa Olivier, tome 8 – *Rivales*
La Vie compliquée de Léa Olivier – Marilou

Bandes dessinées

Déjà parues :

La Vie compliquée de Léa Olivier, tome 1 – *Perdue*
La Vie compliquée de Léa Olivier, tome 2 – *Rumeurs*

À paraître :

La Vie compliquée de Léa Olivier, tome 3 – *Chantage* (2016)

Pour Katherine, Marie-Charles, Karen, Eve-Lynn et Flavie, qui m'inspirent chacune à leur façon le personnage de Marilou.

Avant-propos

Chers lecteurs,

Je pourrais résumer ce tome en un mot : l'amitié. Ce hors-série vous permettra en effet de retourner dans le temps et de découvrir le village natal de Léa Olivier tout en vous exposant à la force du lien qui l'unit à sa meilleure amie Marilou. C'est d'ailleurs de son point de vue à elle que l'histoire vous sera racontée, ce qui vous donnera l'opportunité d'apprendre à mieux la connaître.

Comme je considère ce roman comme étant le tome 0 des aventures de Léa Olivier, je crois qu'il peut tout autant plaire aux fans de la série qu'à celles qui ont envie de la découvrir.

Je vous invite donc sans plus tarder à ouvrir son journal intime et à plonger dans les aventures mouvementées de Marilou Bernier. Pour celles qui ne sont pas familières avec la série, sachez que comme vous vous apprêtez à voyager au Québec, vous trouverez un lexique à la fin du roman pour vous aider à mieux comprendre le sens de certains mots et expressions qui vous sont moins familiers.

Bonne lecture et à très bientôt pour la suite des aventures de Léa !

Catherine xox

Chapitre 1 : Charlotte-la-cruche et Thomas-le-ténébreux

Mercredi 27 février, 21 h 45

Cher journal,

Tu as été le cadeau offert par mes parents pour mes treize ans. Même s'il voulait bien faire, je me souviens que mon père avait l'air nerveux en posant sa main sur mon épaule et en me regardant dans les yeux.

Mon père : Maintenant que tu es une *teen*[L], ta mère et moi savons que tu as des tonnes de choses à écrire là-dedans.
Moi : Hein ? Une « *teen* » ?
Mon père (en baragouinant son anglais comme lui seul sait le faire) : Ben oui. *You are thirteen years old !*
Moi (en fronçant les sourcils) : Euh. Je ne suis pas sûre de comprendre.
Ma mère (en levant les yeux au ciel) : Ce que ton père essaie de dire, dans son anglais, c'est que tu as officiellement franchi le seuil de l'adolescence, car tu as maintenant le suffixe « *teen* » dans ton âge.

Moi : Ah, OK. Et le lien avec le journal intime ?
Ma mère : On s'est dit qu'en secondaire[L] deux, tu devais vivre plein d'affaires que tu n'avais pas le goût[L] de partager avec nous…
Moi : En effet. C'est pour ça que j'ai Léa.
Mon père : Je suis certain qu'il y a des choses que tu ne veux même pas raconter à ta *best*[L] !
Moi : Coudonc[L], qu'est-ce qui se passe avec toi, aujourd'hui ? T'as décidé de sortir ton anglais du dimanche ?
Mon père : *Yes, my dear.* Que penses-tu de mon accent ?
Moi (en riant) : J'espère que tu ne me l'as pas transmis avec tes gènes.
Et pour répondre à ton affirmation, je dis absolument *tout* à Léa.
Ma mère : Peut-être que ça changera avec l'âge !

Je me suis mordu la lèvre. Léa Olivier, c'est ma meilleure amie depuis que j'ai huit ans. Comme je l'ai toujours considérée comme ma sœur, j'avais vraiment de la difficulté à m'imaginer ce qui pourrait m'empêcher de lui confier mes secrets. J'ai levé les yeux vers mes parents et j'ai vu qu'ils attendaient une réaction positive de ma part. Même si ce n'était pas le cadeau d'anniversaire que j'espérais, je ne voulais pas leur faire de peine, alors j'ai souri en m'efforçant d'avoir l'air sincère.

Moi : Merci pour le journal. Je suis sûre qu'il va m'être très utile.

Le jour suivant, j'ai organisé une petite fête chez moi avec mes amis. Quand Léa m'a tendu son cadeau, j'ai tout de suite su qu'elle m'avait acheté ce que je désirais vraiment : des écouteurs pour faire jouer ma musique avec le vieux iPod de mon père.

Moi (en la serrant dans mes bras) : Merci, Léa ! C'est exactement ce que je voulais ! Comment l'as-tu su ?

Léa : Après Noël, tu m'as dit que tu étais déçue que tes parents t'abonnent à un magazine plutôt que de se baser sur la liste que tu leur avais faite.
Moi : Et tu te souviens de ça ?
Léa : Ben oui ! Les plaintes de ma meilleure amie restent toujours gravées dans ma mémoire !
Moi : T'es folle ! Ç'a dû te coûter super cher !
Léa : Ne t'en fais pas pour ça : c'est un cadeau de la part de toute ma famille !
Moi : Même Félix ?
Léa : Oui ! Il a même signé la carte !

J'ai fait un effort pour contenir ma joie. La vérité, c'est que je suis secrètement amoureuse du grand frère de Léa depuis ma troisième année et que je capote[L] à l'idée qu'il pense parfois à moi, mais que je ne veux pas qu'elle l'apprenne, car j'ai trop peur que ça affecte notre amitié. C'est le seul secret que je ne lui ai jamais confié.

Avant de me coucher ce soir-là, j'avais décidé de te ranger sous mon lit en me disant que si mes parents ne te voyaient pas, ils s'imagineraient sûrement que j'écrivais quotidiennement et que je te cachais pour éviter qu'ils te trouvent.

En réalité, j'avais un peu oublié ton existence, mais voilà qu'un peu plus d'un an après cet anniversaire, j'ai ressenti le besoin de me confier à toi. J'ai donc décidé de t'extirper de sous mon matelas pour écrire ce qui me tracasse. La vérité, c'est que ma mère avait raison : les choses ont changé depuis mes treize ans, et il y a maintenant des trucs que je ne peux pas dire à Léa.

Avec le recul, je réalise que j'étais un peu naïve de penser que rien ne viendrait jamais ébranler mon amitié avec elle. En effet, même si je connais plein de filles qui se sont déjà disputées à cause d'une histoire d'amour, je n'ai jamais vraiment compris comment deux *best* pouvaient laisser un gars affecter leur relation.

Ça, c'était jusqu'à ce que ma meilleure amie tombe amoureuse.

Bref, Léa a un gros *kick*[L] depuis décembre sur un gars de secondaire 3 qui s'appelle Thomas Raby. Il est du genre *bad boy* ténébreux avec ses cheveux ébouriffés, ses jeans, son t-shirt noir et son air nonchalant. Mais comme la plupart des filles de son année tripent[L] sur lui, je ne croyais pas que Léa avait vraiment des chances de le conquérir.

Je ne dis pas ça parce qu'elle n'est pas jolie, car Léa, c'est une super belle fille : cheveux blonds, yeux verts, air angélique. Tout le contraire de moi, finalement ! Mais au secondaire, c'est rare que les gars s'intéressent aux filles plus jeunes, alors je m'imaginais que Thomas allait plutôt jeter son dévolu sur une pitoune[L] un peu nunuche[L] de son âge.

Je m'étais trompée.

Tout a commencé lundi. J'étais en train de dîner[L] avec Léa à la cafétéria quand elle s'est carrément étouffée avec son sandwich.

Moi : Ça va ?
Léa (en observant quelqu'un derrière moi) : Pourquoi est-ce qu'elle s'obstine à lui tourner autour comme une mouche ?

J'ai tourné la tête pour voir à qui elle faisait référence. J'ai alors aperçu Sarah Beaupré, une fille qui se croit vraiment supérieure aux autres et qui est dans la même classe que Thomas. Elle était assise à côté de lui et riait en se tapant les cuisses.

Moi : Parce qu'elle est cruche. Mais ne t'en fais pas trop avec elle. C'est juste son amie.
Léa : Amie, mon œil ! Laurie m'a dit que Mathieu lui avait dit que Charlotte, la fille qui a son casier à côté de Sarah, avait entendu dire qu'elle tripait sur Thomas.
Moi (en haussant les épaules) : C'est juste

des potins. Tu ne devrais pas te fier à ça.
Léa : Regarde-la qui se bombe la poitrine. C'est correct, chose ! On le sait que tu as des seins !
Moi (en riant) : Parle moins fort, elle va t'entendre !
Léa : Pas grave. Si elle m'attaque, je sais que mon amie le doberman va me défendre !
Moi : C'est moi, ça ?
Léa : Qui d'autre ?

J'ai ri et j'ai vu les yeux de Léa devenir ronds comme des dix sous. J'ai alors aperçu Thomas qui marchait vers nous.

Thomas (en se plantant à côté de moi, les mains dans les poches) : Salut… Léa ? C'est ça ?

Hein ? Depuis quand il connaît son nom, lui ?

Léa : Oui, c'est ça ! Salut, Thomas ! Je te présente ma meilleure amie, Marilou.
Thomas (en s'efforçant de sourire, ce qui

doit être un gros effort pour lui) : Salut, Marie-Lune.
Moi (en gardant les yeux rivés sur mon sandwich) : Mon nom, c'est MA-RI-LOU.
Thomas (en ne se préoccupant pas du tout de son erreur) : Léa, Sarah m'a dit que ton frère organisait un party[L] vendredi ?

Ça, Léa me l'avait annoncé trois jours plus tôt, et j'avoue que j'étais super énervée à l'idée d'y assister. Même si je n'étais pas assez folle pour m'imaginer que Félix puisse triper sur une fille comme moi, j'étais quand même excitée de m'imaginer danser un *slow* avec lui.

Léa : Oui. Mes parents ont un souper, alors ils lui laissent la maison pendant quelques heures.
Thomas : Cool ! Je ne le connais pas super bien, mais j'essaierai de faire un tour.
Léa : Génial !

Il s'est éloigné pour rejoindre Jean-Philippe

et Sébastien, ses deux meilleurs amis, qui ont l'air tout aussi nonchalants et antipathiques que lui.

Léa (en écarquillant les yeux et en frappant des mains) : *OH MY GOD !*[L] Non seulement Thomas Raby connaît mon nom, mais il m'a adressé la parole et s'est invité chez moi vendredi !
Moi : Relaxe, Léa ! Il n'est pas le pape, quand même !
Léa : En effet, il est pas mal plus *cute*[L] que le pape !
Moi (en haussant les épaules) : Je ne comprends pas ce que tu lui trouves. Il a toujours l'air un peu *vedge*[L], et il a une face de crosseur[L].
Léa : Pff ! Tu ne le connais même pas !
Moi : Pas besoin de le connaître pour savoir qu'il n'est pas du genre fidèle.
Léa (sans porter attention à ma remarque) : Je me demande comment il a fait pour connaître mon nom.
Moi : Comme on habite dans un village

gros comme ma main et qu'on fréquente une école aussi petite qu'un aquarium, tout le monde connaît le nom de tout le monde. À part Thomas, qui se croit trop cool pour savoir que je m'appelle Marilou, et non Marie-Lune.

Léa : Fâche-toi pas ! Il a juste mal entendu à cause du bruit des plateaux.

Moi : Peut-être que s'il prenait sa douche plus souvent et qu'il se lavait les oreilles, ça irait mieux.

Léa (en souriant) : Tu dis n'importe quoi ! Il sent TELLEMENT bon ! Penses-tu vraiment qu'il va venir chez nous, vendredi ?

Moi (en haussant les épaules) : Je ne sais pas.

Léa : Il faut absolument que tu m'aides à me trouver un look plus adulte.

Moi : De quoi tu parles ? T'as treize ans.

Léa : Bientôt quatorze. Mais comme lui en a quinze, je ne veux pas avoir l'air bébé.

Moi : Ce n'est pas en changeant ton style ou ta personnalité que ça va marcher avec lui. Reste toi-même ! C'est ça l'important.

Léa : Facile à dire pour toi, madame Assurance ! Mais tu sais très bien que dans mon cas, ça se sent à mille kilomètres à la ronde quand je suis nerveuse.
Moi : Peut-être que son nez est aussi bouché que ses oreilles et qu'il ne détectera pas ton odeur.

Léa m'a dévisagée.

Léa : Qu'est-ce que tu as contre lui ?
Moi : Je ne lui fais pas confiance.
Léa : Lou, je suis VRAIMENT amoureuse de ce gars-là. Je rêve de l'embrasser tous les soirs depuis des mois, et j'ai besoin que tu m'appuies là-dedans.

C'est là que j'ai compris que les choses avaient changé, et que si je ne voulais pas que mon amitié en souffre, je devais faire un effort (ou du moins, faire semblant d'être contente pour elle).

Moi : OK. Promis.
Léa (en se levant) : Merci, Lou ! Bon, il faut

que je passe à ma case avant le cours de maths, mais je compte sur toi pour venir chez moi après l'école, OK? On pourra penser à notre habillement pour vendredi!
Moi : Cool. À tantôt[L] !

Après les cours, je l'ai accompagnée chez elle, mais cette fois-ci, ça ne me dérangeait pas d'entendre parler de Thomas, car je pouvais le faire en admirant Félix qui jouait avec sa console dans le salon.

Léa (en sortant une feuille et un crayon et en s'installant à la table de la salle à manger) : OK, on va commencer par faire une liste des possibilités.
Moi (d'une oreille distraite) : Possibilités de quoi ?
Léa : Ben, de rapprochement, c't'affaire !
Félix (en déposant sa manette et en se tournant vers nous) : Wô minute, la p'tite ! Je ne fais pas un party pour que tu t'invites et que tu te rapproches des gars trop vieux pour toi.

Léa : Premièrement, ne m'appelle pas « la p'tite ». Tu sais que ça m'énerve. Deuxièmement, tu m'as déjà dit que je pouvais inviter Marilou.
Félix (avec un sourire charmeur) : Oui, mais je n'ai jamais dit que toi, tu pouvais venir !

Je n'ai pas pu m'empêcher de sourire.

Léa : Donc, tu es en train de me dire que ma *best* est invitée à ton party, mais que je n'ai pas le droit d'y assister, même si c'est dans ma propre maison ?
Félix (en souriant) : Tu vois ? Tu peux être intelligente quand tu veux !
Léa (en pognant les nerfs[L]) : Tu m'énerves tellement, Félix Olivier !
Moi (en essayant de calmer les choses) : Fâche-toi pas, Léa. Tu sais ben que ton frère te niaise[L]. Et si tu embarques dans son jeu, ça va juste lui faire encore plus plaisir !
Félix (en fronçant les sourcils) : Eille !

Je pensais que tu étais de mon bord[L], Marilou !
Moi (en souriant) : Désolée, mais je dois prendre pour Léa. C'est une question de loyauté.
Léa : De toute façon, ce n'est pas juste *ton* party, Félix. J'ai invité des amis, moi aussi.
Félix : Léa ! Ça ne me tente pas que ma soirée dégénère en fête d'enfants !
Léa : Pff. Rapport[L] ! Mes nouveaux amis sont plus vieux que moi.

Félix m'a jeté un regard inquisiteur.

Moi (en lui résumant la situation) : Sarah Beaupré a parlé de ton party aux gens de sa classe de secondaire 3, dont Thomas Raby, qui s'est invité avec ses amis.
Félix : C'est qui ça, Thomas Raby ?
Léa : Ne fais pas semblant que tu ne le connais pas ! On fréquente tous la même école depuis la maternelle !
Félix : Peut-être, mais j'ai une mémoire sélective, et je ne retiens que les noms de

filles.
Léa (en roulant les yeux) : Thomas, c'est le super beau gars que ton amie Sarah colle tout le temps. D'ailleurs, est-ce que je peux savoir pourquoi tu l'as invitée, elle ? Est-ce que c'est parce que tu es nostalgique de l'été où vous faisiez des courses au trésor dans le champ de maïs ou parce que tu as décidé qu'elle serait ta prochaine victime ?
Félix : Non. Sarah n'est pas mon style, mais elle se tient avec Jonathan Prévost, qui est dans ma classe et que j'ai invité. Mais je ne m'attendais pas à ce que tout ce monde-là débarque chez nous.
Moi : Félix, tu sais comment ça marche dans notre patelin : Jonathan en parle à tous ses amis, puis Sarah en glisse un mot à sa gang[L], et voilà que toute l'école débarque chez vous.
Félix : Ouais. C'est pour ça que j'ai hâte de partir d'ici. Dans une plus grande ville, je n'aurai pas à gérer les Thomas-Machin-Chose qui s'invitent chez nous pour une raison obscure.

Moi (en faisait un clin d'œil à Léa) : Crois-moi, Thomas a une très bonne raison de venir à ton party…
Félix : Pourquoi tu dis ça ? Ne me dis pas qu'il s'intéresse à ma petite sœur ?
Léa : Eille ! Tu n'as pas besoin de parler de moi à la troisième personne !
Moi (en mangeant un biscuit et en ignorant l'intervention de Léa) : Je pense que oui. Il va falloir que tu l'aies à l'œil.
Félix : Pff ! Que je le voie s'approcher d'elle !
Léa (en se levant d'un bond) : ALLO ? ! Je vous parle ! Et, Marilou, tu m'avais promis de faire un effort pour me soutenir !
Moi (en souriant) : Je sais, mais pour ça, il fallait d'abord que je passe le flambeau de mon inquiétude à quelqu'un d'autre.

Léa m'a regardée d'un air boudeur, mais j'ai réussi à la faire rire en lui faisant une grimace. C'est la beauté de notre amitié : lorsque la tension monte entre nous, on arrive presque tout le temps à désamorcer la situation avant que ça ne s'envenime.

Félix a finalement décrété que Léa avait le droit d'assister à son party à condition qu'elle se tienne loin de toute présence masculine pouvant représenter une menace. Mon amie a levé sa main droite pour prêter serment, mais j'ai vu qu'elle croisait les doigts de sa main gauche derrière son dos. Je me doutais bien qu'elle ne laisserait pas filer une occasion de se rapprocher de Thomas.

Léa et moi sommes ensuite montées à sa chambre et je l'ai aidée à choisir une tenue pour vendredi pendant qu'elle continuait à me vanter les mérites de son *kick*. Même si je ne partage pas son enthousiasme, j'ai tenu ma promesse et j'ai tout fait pour rester souriante.

C'est quand je suis finalement rentrée chez moi pour souper que j'ai ressenti une sorte de malaise. J'ai essayé de me changer les idées, mais ni la délicieuse lasagne de ma mère (miam) ni les cris gossants[L] de mon petit frère (grrr) n'ont fonctionné.

Je me suis donc enfermée dans ma chambre avec mon vieux iPod pour écouter de la musique, et c'est là que j'ai mis le doigt sur ce qui me dérangeait : je sais que ça sonne bébé, mais l'idée de « partager » ma meilleure amie avec un gars m'énerve, d'autant plus que c'est le néant pour moi côté amoureux.

Mais comme Léa m'a demandé à deux reprises de la soutenir dans sa future histoire d'amour, je préfère ne pas lui en parler et me défouler ici, mon cher journal intime.

Moi qui nous croyais immunisées contre les histoires compliquées, je réalise que je suis comme toutes les autres filles et que c'est vrai que les gars viennent souvent embrouiller les affaires…

Lou xox

Samedi 2 mars, 8 h 56

Cher journal,

Comme c'est le début officiel de la semaine de relâche[L], j'espérais pouvoir faire la grasse matinée, mais mon petit frère de six ans en a décidé autrement en venant sauter sur mon lit à 7 h 45. Pas de danger que mes parents s'occupent de lui et me laissent dormir !

Comme tu peux le voir, je suis un peu d'humeur massacrante ce matin. Tu devineras que le party d'hier soir ne s'est pas super bien déroulé pour moi. La soirée avait pourtant bien commencé puisque Léa m'avait invitée à partager une pizza avec elle et son frère pour les aider dans les préparatifs. Et comme tu le sais, je ne refuse jamais une occasion de passer du temps avec Félix.

J'en étais à ma deuxième pointe quand quelqu'un a sonné à la porte.

Léa (en se redressant, les yeux ronds): OMG! J'espère que ce n'est pas Thomas! J'ai l'air de la chienne à Jacques[L]!
Moi: Je ne pense pas qu'il se pointe à un party à 18h38, Léa.
Léa (en fronçant les sourcils): Hum, bon point. C'est qui, d'abord?

Félix a alors descendu les escaliers à toute vitesse avant d'accourir vers la porte d'entrée.

Félix: C'est pour moi! J'y vais!
Moi: Ben voyons! Ça donc ben l'air important!
Léa (en haussant les épaules): Ça doit être sa nouvelle conquête qui vient souper.

J'ai soudain eu la nausée.

Moi: Quelle conquête?
Léa: Je ne sais pas. Tu connais Félix. Ça change tellement souvent que j'ai du mal à retenir les noms. Charlène? Charline? Charlie?

Voix-gossante-au-plus-haut-point : Salut, les filles ! Moi, c'est Charlotte !

Une superbe rousse se trouvait devant nous. Elle avait les yeux vert émeraude et un corps capable de donner des complexes à Cara Delevingne. J'ai baissé les yeux pour observer mon vieux jean *skinny*, mes Converse et mon chandail[L] de laine rouge qui camouflait mon manque de formes. Je me sentais aussi attirante qu'un hamster. Pas étonnant que Félix Olivier me perçoive comme une enfant attardée !

Charlotte-la-cruche (en s'approchant de Léa et en la serrant contre elle) : Tu dois être la petite sœur de Félix ! Tu lui ressembles comme deux gouttes d'eau !
Léa (en la dévisageant) : Euh… OK. On ne se connaît pas, mais tu peux me prendre dans tes bras.

Félix (en se plaçant à côté de moi) : Charlotte, je te présente Marilou, ou l'ange qui a la patience d'endurer ma petite sœur à longueur de journée.

Léa lui a tiré la langue et j'ai souri. J'adore l'ironie de Félix. En fait, j'aime tout de lui. Soupir.

Charlotte-la-cruche (en me tendant sa main manucurée) : Salut ! Enchantée de te connaître.
Moi (en pensée) : Je ne peux pas en dire autant.
Félix (en passant la main par-dessus l'épaule de la cruche) : As-tu faim ? Veux-tu une pointe de pizza ?
Charlotte (en roucoulant comme une dinde et en faisant battre ses cils) : Non merci. Je ne mange pas d'hydrates de carbone.

Léa et moi avons échangé un regard rempli de sous-entendus.
Félix : C'est correct. On va aller dans ma chambre.
Léa : Non. T'es censé t'occuper de moi, Félix.

Félix : Pff ! De quoi tu parles ! T'as presque quatorze ans ! T'es plus un bébé.
Léa : Ce n'est pas ce que tu disais hier quand j'ai voulu changer de poste pendant ton match de hockey.
Félix : Léa, t'as pas besoin de gardien.
Léa : Non, mais je n'ai pas non plus besoin de mentir aux parents quand ils me demanderont si ta nouvelle blonde[L] et toi aviez disparu je-sais-pas-où. D'autant plus qu'il s'agit de TON party.
Félix : OK, OK. J'ai compris.

Après le repas, Félix a accueilli ses amis qui commençaient à arriver tandis que j'aidais Léa à faire la vaisselle.

Léa (en chuchotant) : Charline me gosse.
Moi (en riant) : C'est Charlotte.
Léa : Peu importe. Demain, ce sera une autre.
Moi : Elle sort d'où ? Je ne l'ai jamais vue par ici.
Léa : Ça, c'est parce que, comme Félix a

déjà fréquenté toutes les adolescentes du coin, il doit se rabattre sur le village voisin.

J'ai éclaté de rire.

Léa : Et c'est quoi cette histoire de vivre de luzerne et d'eau fraîche ?
Moi : Il faut croire qu'elle n'adhère pas à notre diète basée sur les plats du casse-croûte Chez Linda !
Léa : Et ça me tape qu'elle soit tellement en admiration devant Félix. Je ne vois pas ce qu'elle lui trouve de si spécial.
Moi : C'est normal. C'est ton frère.
Léa (en me lançant un regard de travers) : Toi, est-ce que tu comprends pourquoi il pogne[L] autant ?
Moi (en m'efforçant d'avoir l'air nonchalante) : Un peu. Il est *cute*. Et drôle. Et gentil.
Léa : Pff. Il est surtout gentil avec toi.
Moi : Tu trouves ?
Léa : Ouais. Tu as toujours été sa chouchou !
Moi : Ça, c'est juste parce que je ris de

ses blagues. Tu sais bien que ton frère ne s'intéresse pas à moi.
Léa (en essuyant une assiette) : Mais… est-ce que tu aimerais ça qu'il s'intéresse à toi ?
Moi (en devenant rouge comme une tomate) : Hein ? QUOI ? Tellement pas ! Pff ! Pourquoi tu me demandes ça ?
Léa (en haussant les épaules) : Je ne sais pas. Comme toutes les filles semblent succomber à ses charmes, je me suis dit que c'était peut-être aussi ton cas…
Moi (en l'interrompant) : Non. Du tout. *Niet.*
Léa : OK. Ça me rassure.

J'ai détourné les yeux pour tenter de me calmer, mais mon cœur battait très vite et je me trouvais niaiseuse[L] d'avoir menti à Léa. Elle m'avait offert une chance en or de lui révéler mes sentiments pour Félix et de lui avouer que ça me gossait au plus haut point de voir des filles pendues à son cou, mais j'avais tout nié, de peur de créer un froid entre nous ou que son frère finisse par l'apprendre.

Comble de malheur, Charlotte-la-cruche a choisi ce moment-là pour apparaître dans la cuisine.

Charlotte : Lé-a ? Savais-tu que ton frère était le gars le plus romantique au monde ?
Léa (en roulant les yeux) : Non, Charlotte. Je l'ignorais.
Charlotte : Je suis tellement chanceuse d'être sa blonde et de faire partie de votre famille !
Moi (du tac au tac) : Je ne veux pas te faire de peine, *Charline*, mais je pense qu'il faut que tu sois mariée ou du moins fiancée avec lui pour pouvoir te considérer comme un membre du clan Olivier.

Elle m'a regardée, les yeux ronds. On aurait dit Bambi devant des phares de voiture.

Charlotte (l'air dépité) : Pour vrai ?
Léa : Oui, Marilou a raison.
Charlotte : Oh. Alors quoi ? Je devrais

demander à Félix de m'épouser ?

Léa et moi avons échangé un regard complice.

Léa : Oui. Félix n'a pas peur de l'engagement.
Moi : Et comme tu le dis si bien, il est TELLEMENT romantique qu'il craquera en écoutant ta demande.
Charlotte (en souriant) : Vous avez raison. Et au fond de mon cœur, je sais qu'il est l'homme de ma vie ! Pourquoi attendre ?
Léa : T'as bien raison ! Qui a dit qu'il ne faut pas se marier à 16 ans ?
Moi : Imagine comment ce sera cool de raconter votre histoire d'amour à vos futurs enfants !
Charlotte (l'air illuminé) : Tellement ! Je vais aussi lui dire que je veux fonder une famille ! Comme ça, il saura que je suis sérieuse !
Léa : Cool ! Vas-y vite avant que les autres arrivent !

Charlotte : OK. Merci, les filles !

Je l'ai regardée partir en trombe en me mordant la joue.

Moi : On y a peut-être été un peu fort ! Pauvre Félix !
Léa (en riant) : Je sais ! Imagine sa face quand la fille avec qui il sort depuis un gros quarante-huit heures va lui déclarer son amour éternel, lui promettre fidélité jusqu'à la fin de ses jours et lui demander sa main !
Moi : Sans oublier tous les beaux petits héritiers Olivier qu'elle veut lui faire !

Une voix derrière nous : Vous êtes tellement machiavéliques !

Notre amie Laurie se tenait dans l'embrasure de la porte, le sourire aux lèvres.

Moi : Salut, Laurie ! C'est cool que tu sois venue !

Laurie : Ouais, mais je commence à me sentir rejet[L] dans le salon ! Il y a juste du monde de secondaire 3 et 4 !
Léa (en écarquillant les yeux) : Qui de secondaire 3 est là ?
Laurie : Sarah Beaupré, Géraldine et Odile. Et il y a aussi Thomas Raby qui vient d'arriver avec JP et Sébastien.
Léa : *OH MY GOD !* Thomas est là ? Ben là ! Je ne suis tellement pas prête ! Je vais aller me changer et je vous rejoins après !

Elle a disparu en poussant des petits cris de joie. Je n'ai pas pu m'empêcher de rouler les yeux.

Laurie : Wow ! Je ne savais pas qu'elle tripait sur Thomas à ce point-là !
Moi : Ouais. Et depuis qu'il lui a adressé la parole à l'école, c'est encore pire.
Laurie : Penses-tu que ça va aboutir, entre eux ?
Moi : Je ne sais pas, mais je pense qu'elle pourrait faire mieux.
Laurie : D'ailleurs, je trouve que son ami

Jean-Philippe est pas mal plus *cute* que lui.
Moi : Tu parles du gars rasé qui a l'air aussi dynamique qu'un géranium ?
Laurie : Pff ! T'exagères ! Steph m'a dit que sa sœur le connaissait bien et qu'il était *full*[L] gentil.
Moi (en haussant les épaules) : Il n'est pas mon genre, en tout cas.
Laurie (en souriant) : Je le sais ! Ton genre, c'est le beau Cédric !

J'ai rougi. Tous les étés, mes parents, mon petit frère et moi allons passer quelques semaines en camping tout près d'un lac, et c'est là-bas que j'ai rencontré Cédric. Je l'ai observé de loin pendant des heures avant de rassembler le courage nécessaire pour lui adresser la parole. J'ai appris qu'il venait aussi s'installer là avec sa famille tous les ans. Le dernier soir, il m'a invitée à me joindre à lui et à d'autres campeurs pour une fête autour d'un feu. On a chanté et rigolé toute la soirée, et quand il m'a finalement raccompagnée jusqu'à mon campeur, il a fait allusion à sa blonde. Ayoye. Moi qui m'imaginais un baiser au clair de lune, voilà que j'apprenais qu'il était en couple. Je suis finalement allée me coucher sans qu'il sache que je rêvais tout le temps à lui.

Léa n'arrête pas de me répéter que j'aurais dû foncer et lui avouer la vérité, mais je n'ai pas osé, de peur de me faire rejeter. Résultat : je me retrouve encore toute seule et je dois être la seule fille de quatorze ans qui n'a jamais *frenché*[L] de gars.

Moi : Non... Pas juste Cédric !
Laurie : OK. Félix Olivier, d'abord !
Moi : CHUT ! Il va t'entendre !
Laurie (en haussant les épaules) : Pis ça ! Ça ferait peut-être enfin avancer les choses ! Il ne peut pas deviner que tu as un *kick* sur lui, Marilou !
Moi (en l'entraînant vers le salon) : Et c'est tant mieux, parce que je ne tiens pas à ce qu'il l'apprenne ! Ni sa sœur, d'ailleurs. Viens-t'en ! On va rejoindre les autres.

Laurie est la seule qui sait que je suis amoureuse de Félix. Elle l'a appris il y a trois mois alors qu'on jouait à vérité ou conséquence. Quand elle m'a demandé si je tripais sur un gars, j'ai décidé de lui avouer mon secret plutôt que de mentir ou d'avaler un verre de vinaigre.

Je ressentais vraiment le besoin d'en parler à quelqu'un, et Laurie s'est sentie tellement privilégiée d'apprendre quelque chose que même Léa ignorait qu'elle m'a juré de n'en parler à personne.

Quand nous sommes arrivées dans le salon, j'ai tout de suite aperçu Thomas et sa gang qui discutaient dans un coin.

Une voix derrière nous : Psst ! Comment vous me trouvez ?

J'ai sursauté en apercevant Léa.
En quelques minutes, elle avait réussi à enfiler des jeans moulants et son nouveau

chandail rayé, à attacher sa tignasse blonde en chignon et à se maquiller. Elle était presque méconnaissable.

Laurie : WOW ! T'es donc bien belle !
Moi : C'est vrai, mais je persiste à dire que tu n'as pas à faire autant de flafla pour plaire à un gars. S'il ne t'aime pas au naturel, c'est qu'il est con…
Thomas (en s'approchant de nous et en m'interrompant) : Salut, les filles ! Léa, tu es vraiment… débile[L] !
Moi (en fronçant les sourcils) : Est-ce que c'est censé être un compliment ?
Léa (en rougissant sans se soucier de ma question) : Merci, Thomas.
Thomas : Est-ce que tu veux danser ?

Depuis quand monsieur Sans-colonne-vertébrale est-il un adepte de la danse ? J'ai alors réalisé qu'il y avait un *slow* qui jouait.

Léa : OK !

Elle l'a suivi en nous souriant.

Moi : Je hais les *slows*. Ça me fait sentir rejet.

Je me suis tournée vers Laurie pour qu'elle m'approuve, mais j'ai réalisé qu'elle avait déjà la tête ailleurs.

Laurie : Je ne savais pas que Jonathan Prévost allait venir ! Il est TELLEMENT beau ! Si seulement Odile pouvait le lâcher deux secondes ! Elle me gosse, cette fille-là ! Et pourquoi Sarah Beaupré dévisage Léa et Thomas comme ça ?
Moi : Léa pense qu'elle tripe sur Thomas.
Laurie : Hum. Du moment qu'elle ne s'intéresse pas à Jo.

J'ai soupiré, puis j'ai senti une présence à ma gauche.

Félix : Au. Secours.
Moi : Qu'est-ce qui se passe ?

Félix : Il se passe que Charlotte est un peu trop… intense à mon goût. Depuis tantôt qu'elle me parle de mariage et de bébés !
Je savais qu'elle était un peu… excentrique, mais j'ignorais qu'elle cherchait déjà à se caser ! Veux-tu me dire qui lui a mis des idées comme ça dans la tête ?
Moi (en feignant l'innocence, mais en riant intérieurement) : Aucune idée. Sûrement l'une de ses amies.
Félix : Il va falloir que je casse avec elle.
Moi : C'est plate[L].
Félix (en me souriant) : Je vais m'en remettre !
Moi : Comment vas-tu t'y prendre ?
Félix : Je vais commencer par être distant avec elle en espérant qu'elle comprenne le message.
Moi : Peut-être que si tu lui donnais l'impression de t'intéresser à une autre fille, ça l'aiderait à comprendre que tu n'es pas prêt à te fiancer ?
Félix : Pas fou ça ! Et ça tombe bien, il y a un *slow* qui joue !

Mon cœur s'est mis à battre à tout rompre. Je me fichais que Félix m'utilise pour éloigner sa nunuche. L'important, c'est que ça me permette de me rapprocher de lui.

Félix : J'aperçois justement Laurie-Anne Tremblay dans l'entrée ! J'ai un œil dessus depuis le début de l'année, alors c'est le moment idéal pour faire un *move* ! Merci pour ton conseil, Marilou !

J'ai détourné la tête pour cacher ma déception. J'ai alors aperçu Charlotte qui regardait Félix et Laurie-Anne, l'air ahuri. La vérité, c'est que mon cœur était aussi brisé que le sien, mais que je ne pouvais pas le montrer. Pas plus que je ne pouvais crier mon exaspération en apercevant Thomas qui *frenchait* maintenant allègrement ma meilleure amie près de la cuisine.

Laurie (en se joignant à moi) : Je suis allée m'informer auprès de Géraldine, et elle m'a

dit qu'Odile tripait sur Jonathan, mais qu'il n'était pas intéressé puisqu'il avait déjà une blonde qui n'allait pas à notre école. Il paraît que c'est une amie de Charlotte, la bientôt-ex-blonde-de-Félix. Bref, mon chien est mort.
Moi (en regardant Félix se coller contre Laurie-Anne) : Le mien aussi.
Laurie : Le moins qu'on puisse dire, c'est que Léa connaît une soirée pas mal plus productive que la nôtre !

J'ai observé ma meilleure amie du coin de l'œil. Elle était collée contre Thomas et riait aux éclats. Je devais admettre qu'elle avait l'air amoureuse et heureuse.

Moi (en souriant) : Ouais, c'est cool pour elle. Mais tu sais quoi ? Je n'ai plus trop le cœur à la fête. J'ai un peu mal à la tête et je pense que mes règles ont commencé. Je vais rentrer.
Laurie : OK. Moi, je vais rester, au cas où un sosie de Jonathan fasse une apparition !

J'adore l'optimisme de Laurie.

Moi : Je ne veux pas déranger Léa. Tu la salueras de ma part, et tu lui diras que je vais l'appeler demain pour qu'elle me raconte tout !
Laurie : La connaissant, c'est sûrement elle qui va te téléphoner aux aurores pour te parler de sa soirée !

J'ai souri et je suis rentrée chez moi, le cœur gros. La vérité, c'est que j'envie Léa d'avoir quelqu'un. J'ai l'impression que ça ne m'arrivera jamais et que je suis condamnée à rester seule ou à triper sur des gars qui ne s'intéresseront jamais à moi. Bon, je te laisse. Mes parents veulent que je les accompagne au cours de karaté de Zak. Qui a dit que ma vie n'était pas trépidante ?

Lou xox

Mercredi 6 mars, 17 h 52

Cher journal,

Comme je suis en congé, je peux aller à la piscine tous les jours en fin d'après-midi, et j'avoue que ça me fait du bien, d'autant plus que je n'ai pas de compétition jusqu'en avril. J'adore nager pour me détendre, mais quand j'ai une épreuve, je sens la tension qui monte et ça m'empêche parfois d'avoir de bons résultats. J'essaie de mieux gérer mon anxiété et de « canaliser mon stress pour me motiver à aller plus vite » (je cite ici mon entraîneuse), mais des fois, je n'arrive pas à penser à autre chose et ça me nuit. Je réfléchis à chaque mouvement de bras et j'analyse tout, et je suis « trop dans ma tête » (ça aussi, ça vient d'elle). Je n'étais pas comme ça avant, mais on dirait que depuis quelques mois, j'ai de la difficulté à me laisser aller. Mon entraîneuse a d'ailleurs essayé de comprendre pourquoi, mais je n'avais pas de réponse à lui donner.

Après tout, ça fait plus de cinq ans que je fais de la compétition, et je n'ai jamais eu ce problème-là auparavant. L'an passé, j'ai même terminé au premier rang lors d'une épreuve régionale ! La nage est pour moi une sorte de thérapie : c'est là que j'arrive à tout oublier, à me défouler et à me surpasser.

En quittant la piscine, j'ai appelé Léa, mais elle était déjà au téléphone avec Thomas. Après leur fameux baiser lors du party, Léa lui a demandé si ça voulait dire qu'il était son chum[L], et il a répondu oui. Depuis, ils sont littéralement en fusion. Quand elle n'est pas avec lui ou ne lui parle pas au téléphone, elle rêve de lui, elle pense à lui ou elle me vante ses qualités. Mais comme j'ai pris la résolution d'être plus positive face à la situation, je l'écoute et je lui souris. Même si ça me fait quelque chose de devoir la partager avec un gars, j'avoue que, comme je n'ai aucune expérience dans le domaine, je profite de la sienne pour en apprendre davantage. Samedi, je ne me suis d'ailleurs pas gênée pour lui poser toutes sortes de questions quand elle est venue chez moi pour me donner tous les détails.

Moi : C'était comment de l'embrasser ?
Léa : Au début, c'était un peu bizarre. Je n'arrêtais pas de me demander si j'étais poche[L].
Moi : Ben là ! Tu as déjà embrassé plein de gars avant. Tu ne devais pas être si pire.
Léa : Correction ! J'ai embrassé DEUX gars avant, et l'un d'eux, c'était en cinquième année et on n'avait même pas ouvert la bouche.
Moi : OK, mais Victor, tu l'avais embrassé pour vrai, au moins.

Victor est un gars que Léa a rencontré l'été dernier au chalet de ma tante. Un soir, on avait vu que dans un chalet voisin on avait organisé une fête sur la grève. Comme c'était la Saint-Jean-Baptiste, ma mère et ma tante nous avaient donné la permission de nous joindre à eux. Les adultes étaient tous à l'intérieur, tandis qu'une dizaine de jeunes s'étaient réunis tout près du feu. Comme je visite[L] ma tante dans son chalet au moins une fois par année, je reconnaissais quelques visages. Victor était le meilleur ami de Michaël, le voisin qui avait notre âge. Dès notre arrivée, il avait offert à Léa de lui faire griller une guimauve. Elle s'était assise à côté de lui tandis que je bavardais avec les amis de Michaël. Au bout d'une heure, Victor a pris la main de Léa et s'est avancé pour l'embrasser. Mon voisin avait alors voulu faire la même chose avec moi, mais je m'étais reculée pour éviter son baiser. Je venais tout juste de rentrer de camping, et je n'avais que Cédric en tête.

Quand nous sommes rentrées chez ma tante, Léa m'a dit qu'elle avait été un peu dégoûtée par son expérience : apparemment, Victor bavait abondamment et utilisait beaucoup trop sa langue. Ça m'avait convaincue que j'avais pris la bonne décision en esquivant la bouche de Michaël !

Léa : Ouais, et si tu te souviens bien, je n'avais pas été trop impressionnée par sa technique ! Avec Thomas, c'est différent. Il est doux et j'ai vu tout de suite qu'il avait de l'expérience. C'est pour ça que j'ai eu peur d'avoir l'air tache.
Moi : Qu'est-ce que tu as fait ?
Léa : J'ai suivi les conseils que Manu donne sur son blogue et je l'ai laissé me guider. Au bout de quelques minutes, j'ai réalisé que c'était vraiment le *fun*[L] ! Mais Félix est venu se planter devant nous et il a tout gâché.
Moi : Ben, tu lui avais quand même promis de ne t'approcher d'aucun gars.
Léa : C'est exactement ce qu'il m'a dit… Devant Thomas en plus ! J'avais tellement honte ! On a donc repris légèrement nos distances, mais ça nous a permis de discuter et j'ai trouvé ça cool d'en apprendre plus sur lui.

Moi : Comme quoi ?
Léa : Il adore les voitures. C'est sa passion. Et il est plus réservé que je pensais.
Moi : C'est évident que ce n'est pas une bombe sociable ! Si tu avais pris le temps de l'observer comme il faut avec ses amis quand il est à la cafétéria, tu aurais remarqué qu'ils ont l'air aussi énergiques que des poteaux de téléphone.
Léa (en secouant la tête) : Lou ! T'exagères ! La preuve, c'est que je l'espionne chaque midi depuis des mois et que je le trouve très enjoué quand il est avec sa gang.
Moi (en la niaisant un peu) : Je pense plutôt que l'amour te rend aveugle !

Léa m'a regardée en souriant.

Léa : Ouais, peut-être. Mais je trouve ça cool qu'il soit du genre timide et énigmatique. Ça lui va bien, je trouve.
Moi (en riant) : Ouais. Thomas-le-ténébreux !
Léa : Et quand on s'est revus hier pour aller

au parc, il était déjà plus à l'aise avec moi quand je lui posais des questions.
Moi : Ça devait te faire drôle d'avoir une première vraie sortie en amoureux ?
Léa : Mets-en[L] ! Et ça m'a tout pris pour convaincre mes parents. Tu connais mon père : il est tellement protecteur avec moi.
Moi : T'es chanceuse. Des fois, j'ai l'impression que le mien sait à peine que j'existe.
Léa : Mais non. C'est juste qu'il en a plein les bras avec ton petit frère…
Moi : Et avec son travail, et avec ma mère, et avec le golf, et avec son nouveau barbecue ! Tout ça pour dire que si je lui demandais la permission de sortir avec un gars, je suis pas mal sûre qu'il m'écouterait d'une oreille distraite et me dirait oui sans trop s'en rendre compte.
Léa : Moi, je te trouve chanceuse d'avoir plein de liberté. Mon père m'a forcée à rentrer avant le souper. Je me sentais tellement bébé quand j'ai dit ça à Thomas.
Moi : Il est conscient que tu es plus jeune

que lui, Léa. Je suis sûre qu'il a compris.
Léa : On a au moins pu s'embrasser en cachette avant que je rentre chez moi. C'était tellement cool de passer quelques heures collée contre lui ! Je ne pensais jamais dire ça, mais j'ai presque hâte que l'école recommence pour pouvoir le voir tous les jours !
Moi (en faisant la moue) : J'espère que tu ne vas pas m'abandonner pour aller le *frencher* dans les casiers ?
Léa : Mais non. Je vais m'arranger pour passer du temps avec lui ET avec toi. Je ne veux pas trahir notre promesse et devenir la fille qui laisse tomber ses amies parce qu'elle a un chum.

Je sais qu'elle faisait référence à Steph. L'automne dernier, elle s'est mise à sortir avec un gars de notre classe, et on ne l'a pratiquement pas vue de l'hiver. Elle a finalement réapparu quand elle a décidé de casser avec lui.

Laurie, Léa, Steph et moi, on s'est ensuite promis qu'on ne laisserait plus les gars nous éloigner. Mais je sais que Thomas a le potentiel de le faire. Et je n'ai pas trois cent mille solutions : soit je l'accepte, soit je me fais aussi un chum. Et, connaissant ma chance, ça ne risque pas d'arriver de sitôt !

Bon, je te laisse, mon père vient de rentrer du travail et je dois m'occuper de Zak pendant qu'il prépare le souper.

Lou xox

Vendredi 8 mars, 8 h 42

Cher journal,

Je viens de me chicaner[L] avec ma mère à cause de Zak. Comme il a aussi congé cette semaine (même la maternelle fait relâche) et que mes parents doivent travailler, j'ai passé presque tout mon temps à le garder. Ma mère m'avait promis qu'elle pourrait s'arranger pour travailler de la maison aujourd'hui, question que je puisse avoir du temps pour moi, mais elle m'a annoncé ce matin qu'elle devait absolument passer au bureau « quelques heures » (traduction : toute la journée) pour régler des dossiers urgents.

Moi : Maman, JE SUIS un dossier urgent !
Ma mère (en souriant) : Je crois que mon patron ne serait pas du même avis que toi.
Moi : Ce n'est pas une blague ! Je n'ai aucune liberté !
Ma mère : Alors pourquoi Léa n'arrête pas de répéter à quel point tu es chanceuse

d'avoir des parents aussi permissifs ?
Moi : Ça sert à quoi d'avoir la permission de sortir si j'ai un petit frère qui m'empêche même d'aller aux toilettes ?

Ma mère s'est approchée de moi et m'a prise dans ses bras.

Moi (en essayant de me défaire de son étreinte) : Qu'est-ce que tu fais ? Je n'ai pas envie de me coller contre toi ! Je suis fâchée !
Ma mère : Je sais, Lou. Et c'est pour ça que je te fais un câlin. Quand tu étais petite, ça te redonnait aussitôt le sourire.
Moi : Tes vieux trucs ne fonctionnent plus sur moi. Je ne suis plus un bébé.
Ma mère (en me regardant dans les yeux) : Je le sais, Marilou. C'est d'ailleurs pour cette raison que je te demande de garder ton petit frère : je sais que tu es assez mature pour t'occuper de lui.
Moi : N'essaie pas de m'amadouer avec des compliments ! Tu m'avais promis que je

pourrais avoir UNE journée de vrai congé pendant ma semaine, et là, tu m'enlèves mon privilège. Ce n'est pas juste !

Ma mère (en perdant légèrement patience) : Eh bien, je suis désolée de te l'annoncer, Marilou, mais la vie n'est pas toujours juste. Moi aussi, j'aimerais ça, prendre congé et passer des heures devant la télé, mais je ne peux pas. Je dois travailler comme ton père pour gagner des sous et vous offrir la meilleure vie possible. Et pendant que je suis au bureau, j'aime ça pouvoir compter sur ma grande fille de quatorze ans pour me donner un coup de main.

Moi (en cherchant des arguments) : Si je gardais un autre enfant, je pourrais gagner de l'argent, et tu n'aurais pas à travailler autant !

Ma mère : Ouais, mais je devrais payer une gardienne, alors ça me ferait perdre des sous ! Écoute, Lou. Je n'ai pas le temps de discuter avec toi. Je vais faire mon possible pour revenir en début d'après-midi,

comme ça, il te restera du temps pour faire
ce que tu veux, OK?
Moi : Est-ce que j'ai le choix ?

J'ai tourné les talons et j'ai fait claquer la porte de ma chambre. Je déteste me disputer avec ma mère, et encore plus quand ça concerne mon petit frère. Elle a le don de me faire sentir comme la plus ingrate des filles de la planète, alors que j'ai l'impression que je fais vraiment ma part pour les aider. Pourquoi est-ce qu'ils ne comprennent pas que j'ai besoin d'air, moi aussi ? Semaine de relâche, mon œil ! Arg ! Moi aussi, je commence à avoir hâte que l'école recommence ! Au moins, j'aurai l'impression de retrouver un semblant de liberté.

Lou xox

Chapitre 2 :
La chasse aux gars

Dimanche 10 mars, 12 h 44

Cher journal,

Ma vie va enfin mieux ! Je capote ! Moi qui croyais que mes revendications allaient encore une fois être ignorées, je m'étais trompée !

Comme tu le sais, je suis en froid avec mes parents depuis vendredi. Même si ma mère m'avait promis de rentrer tôt, j'ai dû m'occuper de mon petit frère jusqu'à 16 h 30. Heureusement, Léa est venue à ma rescousse en début d'après-midi en se pointant chez moi avec plein d'idées pour nous divertir. Nous avons donc passé des heures à faire du bricolage, à jouer aux Lego et à la cachette et à regarder des dessins animés.

Quand ma mère est finalement rentrée du travail et qu'elle nous a vus tout emmitouflés dans le salon, elle m'a souri d'un air satisfait.

Ma mère : Tu vois bien que ça peut être agréable de garder ton petit frère ! Vous avez l'air tellement bien ! Je suis jalouse !

Je me suis contentée de froncer les sourcils, avant de m'enfermer dans ma chambre. Léa m'a rejointe quelques instants plus tard.

Léa : Toc, toc ! Ça va ?
Moi : Non. Elle ne réalise pas qu'elle m'en demande trop.
Léa : Et pourquoi tu ne lui en parles pas ?
Moi : J'essaie, mais ça finit toujours en chicane. Elle ne veut rien entendre.
Léa : Et ton père ?
Moi (en haussant les épaules) : Avec lui, ça va un peu mieux, mais il travaille tellement que c'est à peine si je le vois.
Léa (en essayant de me remonter le moral) : On a quand même eu du *fun* aujourd'hui !
Moi : Ouais, mais j'aurais pas mal plus tripé à aller magasiner[L] avec ta mère et toi,

comme on avait prévu. Tu n'aurais pas dû annuler pour moi.
Léa : Lou, il y a une seule boutique dans notre village, et comme Chantal renouvelle son stock une fois tous les six mois, tu ne m'as pas privée de grand-chose !
Moi : Tu sais ce qui me gosse ? C'est qu'ils ne font aucun compromis. Regarde tes parents : Félix et toi êtes assez grands pour vous garder, mais ils s'arrangent quand même pour prendre congé pendant votre relâche, parce qu'ils veulent passer du temps avec vous.
Léa : Ouais, et ça fait en sorte que je suis obligée de faire des activités familiales au lieu de regarder des films, de lire des romans, de gosser sur Internet ou de passer du temps avec Thomas ! Crois-moi, Lou. Ce n'est pas mieux chez les Olivier !

J'ai acquiescé d'un air peu convaincu. Honnêtement, je l'envie d'avoir des parents aussi présents, même si elle se sent parfois étouffée. Si je pouvais changer de place avec elle pour quelques semaines, je le ferais sans hésiter (d'autant plus que ça me permettrait de contempler Félix à longueur de journée) !

Quand Léa est partie, ma mère m'a proposé de commander une pizza, mais j'ai prétexté un mal de ventre pour sauter le repas. Même si j'avais une faim de loup, je n'avais aucune envie de souper en tête à tête avec Zak et mes parents.

Hier, je suis allée très tôt à la piscine, et je me suis ensuite rendue directement chez Laurie. Je n'avais pas envie de rester chez moi, et même si on était samedi, j'avais peur que mes parents me demandent de garder Zak pour aller faire des courses. Je les ai appelés en fin de journée pour les prévenir que j'allais souper et dormir chez mon amie, et quand je suis rentrée ce matin, je les ai salués brièvement avant de m'enfermer dans ma chambre. Mon père a frappé à la porte cinq minutes plus tard.

Mon père : Lou, je peux entrer ?
Moi : Euh… Je fais mes devoirs.
Mon père : Un dimanche matin ?
Moi : Ouais. L'école recommence demain et j'ai plein de trucs à faire.
Mon père : Ça ne sera pas long. Promis.

J'ai ouvert la porte en soupirant.

Moi (en me réinstallant sur mon lit avec mon cahier de maths) : Si c'est pour me demander de garder Zak, je ne peux pas. J'ai trois tests cette semaine et je dois étudier.
Mon père : Non. Mais ta mère m'a raconté ce qui s'est passé vendredi.
Moi : Je ne vois pas de quoi tu parles.
Mon père (en s'installant à califourchon sur ma chaise de bureau) : Lou, tu nous évites depuis deux jours.
Moi (en gardant les yeux rivés sur mon cahier) : J'ai été occupée. Comme je n'ai pas pu voir mes amies de la semaine, je me suis rattrapée hier.

Mon père : Peux-tu déposer ton livre, s'il te plaît ?

Je lui ai obéi en roulant les yeux. Je n'avais vraiment pas envie de me faire faire la morale.

Mon père : Je sais qu'on t'en demande beaucoup, Marilou.
Moi : Je suis étonnée que tu t'en rendes compte.
Mon père (en faisant allusion à mon sous-entendu) : Et je sais aussi que je travaille trop, mais je veux que tu saches que je m'intéresse à toi, et que je suis toujours au courant de ce qui se passe ici.

J'ai regardé mon père en réfléchissant. Je savais que si je voulais que les choses changent, je devais profiter de la perche qu'il me tendait pour exprimer mes frustrations. Mais j'étais aussi consciente que je devais faire preuve de maturité si je voulais me faire entendre de lui.

Je connais mon père : les cris l'exaspèrent et ne mènent à rien.

Moi (en prenant un air sérieux) : J'aime Zak, papa, mais ça me gosse de devoir le surveiller tout le temps. J'ai besoin de plus de liberté.

Mon père m'a regardée en fronçant les sourcils. Je devais reformuler ma phrase.

Moi : Je… J'aimerais avoir un peu plus de temps pour moi.

Mon père a souri.

Mon père : C'est bien dit, ça. En gros, tu veux négocier ?

J'ai regardé mon père d'un air étonné. Même si j'avais plus de facilité à communiquer avec lui qu'avec ma mère, il n'avait pas l'habitude de marchander. Il était plus du genre « je suis l'autorité, alors tu dois faire ce que je dis ».

Moi : Euh, oui, peut-être.
Mon père (en souriant) : La vérité, Lou, c'est que ta mère et moi ne pouvons pas diminuer nos heures. Du moins pas pour l'instant. Je sais que tu as l'impression qu'on travaille tout le temps, mais je veux que tu saches qu'on le fait pour gagner des sous pour que Zak et toi ne manquiez de rien.
Moi : Je sais tout ça. Mais rien ne vous empêche de l'envoyer au service de garde l'après-midi. J'y allais, moi, et je ne suis pas morte.
Mon père : Oui, mais toi, tu as toujours été indépendante. Même quand tu étais bébé, tu ne pleurais pas quand on te déposait à la garderie. Tu avais juste hâte d'aller explorer et de rejoindre tes amis.
Moi (en souriant) : Pour vrai ?
Mon père : Oui. En fait, tu pleurais seulement quand on venait te chercher. Tu n'avais pas envie de partir ! Mais avec ton frère, c'est différent. Il nous a fait des crises pas possibles quand il était plus jeune, et il fait de l'anxiété au service

de garde. Il est plus fragile, et il se sent vraiment en confiance quand il est avec toi.
Moi : Donc en gros, tu es en train de me dire que les choses ne peuvent pas changer. Vous n'allez pas réduire vos heures de travail, et Zak ne se fera pas garder par quelqu'un d'autre que moi.
Mon père : Ce qui peut changer, c'est si tu sens que l'aide que tu nous offres te rapporte quelque chose.
Moi (en écarquillant les yeux, pleine d'espoir) : Tu veux dire que vous me donneriez un salaire ?
Mon père : Pas exactement, non.
Moi (en croisant les bras, frustrée) : J'espère que tu ne vas pas m'annoncer que vous allez me récompenser avec des câlins, parce que ça ne compte pas !
Mon père (en riant) : Non. Je me doute bien que ça ne ferait pas ton bonheur.
Moi : De quoi veux-tu parler, alors ?
Mon père : Ta mère et moi pensons que l'argent de poche que nous te donnons est suffisant pour combler tes petits besoins.

Et nous ne voulons pas que tu fasses des dépenses inutiles si nous t'en donnons plus. Mais nous savons aussi qu'il y a certaines choses que tu désires beaucoup, et que si tu réussis à économiser assez de sous, tu pourrais sans doute te les procurer…
Moi : Tu veux parler… d'UN ORDI ? Je vais enfin en avoir un juste pour moi ?
Mon père : Pas exactement. Mais je me dis que si on avait un ordinateur familial, on pourrait te créer un compte d'utilisateur avec un mot de passe, ce qui te permettrait de conserver tes trucs sans que personne d'autre y ait accès…

Je l'ai interrompu en lui sautant dans les bras. Ça fait des années que je les supplie d'acheter un ordinateur. Je crois que je suis la seule de ma classe qui rédige encore la plupart de ses travaux à la main. Sinon, je dois emprunter le portable de travail de ma mère qui date des années 80 !

Mon père (en riant) : Wô ! Je n'ai pas dit que tu l'aurais demain matin ! Après tout, l'argent ne pousse pas dans les arbres, et il va falloir que ta mère et moi économisions un peu avant de nous le procurer. Et de ton côté, tu dois aussi travailler pour mériter l'accès au monde informatique.
Moi (en prenant une feuille et un crayon) : OK ! Combien d'heures dois-je accumuler ?
Mon père : Ouin, on ne peut pas dire que tu ne sais pas négocier !
Moi : Je pense juste que c'est important que je connaisse les conditions.
Mon père : Pour l'instant, contente-toi de nous rendre service sans rouspéter, et on t'informera en temps et lieu.
Moi (en lui tendant la main) : Marché conclu !

Je me suis mise à danser dès qu'il est sorti de ma chambre. Je n'en reviens pas ! J'aurai bientôt (j'espère) accès à un ordinateur ! Je pourrai enfin joindre les réseaux sociaux comme tout le monde, espionner Félix et Cédric sur Facebook, *chatter* avec Léa pendant des heures et magasiner en ligne (sans rien acheter, mais quand même !). Les gens vont enfin arrêter de me dévisager quand je vais leur dire que je ne suis ni sur Instagram, ni sur Facebook !

Après deux jours passés à dénoncer mon injustice familiale, j'ai été entendue ! Ma semaine de relâche se termine finalement sur une bonne note ! J'espère seulement que je n'aurai pas à attendre mon bal des finissants[L] pour être récompensée pour mes efforts…

Lou xox

Mercredi 13 mars, 21 h 24

Cher journal,

Chaque année, c'est pareil : on nous donne une semaine de « relâche », mais c'est l'enfer dès notre retour. C'est comme si tous les profs faisaient consensus pour nous bombarder de devoirs et d'examens en s'imaginant qu'on est reposés ! Je peux te dire qu'après une semaine complète avec Zak, je suis tout, sauf détendue ! Mais au moins, je suis maintenant motivée pour le garder, car je sais que je finirai par obtenir ce que je désire vraiment. J'ai donc le sourire quand je vais le chercher après l'école et que je dois ramasser le jus de raisin qu'il s'était amusé à répandre partout dans le salon. Quand mon père est rentré du travail vers 17 h, il m'a d'ailleurs dévisagée d'un air amusé.

Mon père : Coudonc, tu as donc bien l'air de bonne humeur !
Moi : Yep !

Mon père : Et ça sent bon ici !
Moi : Zak a fait un dégât, alors je viens de laver le plancher.
Mon père : Ouin, j'en connais une qui fait du zèle…
Moi : Est-ce que ça me vaut un ordi ?
Mon père (en fronçant les sourcils) : *Not yet.*
Moi : Et si je faisais le lavage ?
Mon père : Marilou ! *Everything in its own time.*

Il souriait fièrement, même si son accent était tellement intense qu'on aurait dit qu'il parlait en russe.

Moi : Pitié, papa, lâche l'anglais !
Mon père (un peu insulté) : Pff. Ce n'est pas cette attitude qui va t'aider à obtenir ce que tu veux.
Moi : Dis-toi que si on avait un ordinateur qui avait de l'allure, je n'aurais pas à me rendre chez Léa à cette heure-ci pour faire mon travail de français.
Mon père : Tu vas chez Léa ?

Moi (en enfilant mon manteau) : Je n'ai pas le choix, papa. On a une recherche à faire, et comme on ne vit plus à l'ère des Cro-Magnon, les profs s'attendent à ce qu'on utilise Internet et Word pour faire nos travaux.
Mon père : T'aurais dû me le dire. J'aurais apporté mon ordi de bureau. Il n'est pas trop tard pour joindre ta mère et lui dire de prendre le sien.
Moi : Oui, il est trop tard. Elle ne rentrera pas avant 18 h 30. À tantôt !

Je lui ai donné un baiser sur la joue et je suis partie avant qu'il ne puisse dire quoi que ce soit. La vérité, c'est que j'ai jusqu'à lundi prochain pour faire ma recherche, mais que je me suis dit que mes parents se presseraient plus pour acheter un ordinateur s'ils me voyaient disparaître à tout bout de champ pour faire mes travaux. Certains diraient que c'est de la manipulation, mais moi, j'appelle ça de l'ingéniosité !

Quand je suis arrivée chez Léa, ses parents m'ont offert de souper avec eux et j'ai évidemment accepté. J'adore manger chez elle, car les échanges sont divertissants. Félix embête Léa avec ses blagues sarcastiques et leur père essaie de les faire rire avec ses derniers jeux de mots, au grand découragement de leur mère qui me regarde en roulant les yeux. Je passe tellement de temps chez eux que je les considère comme ma famille adoptive. Sauf Félix, que je perçois comme l'homme de ma vie.

Moi (en m'installant à table) : Félix n'est pas là ?
Léa : Non. Les mercredis, il joue au hockey avec ses amis.
Son père : C'est bien, ça. Il s'aère l'esprit tout en faisant du sport.
Léa : Si c'est un message subtil pour que je joue à la ringuette[L], tu peux oublier ça.
Son père : Pourquoi ? Ça te ferait du bien de bouger un peu ! Regarde Marilou !

Elle fait de la natation toutes les semaines. Ce n'est pas rien, ça !
Léa (en mordant dans un morceau de pain) : Ouais, et comme c'est ma meilleure amie, je considère qu'elle bouge assez pour deux. Pas besoin de sport, parce que ses efforts comptent pour elle et moi.
Sa mère : Si ta théorie pouvait fonctionner pour de vrai, je m'abonnerais à Marilou, moi aussi !
Son père (en s'adressant à moi) : Vois-tu dans quel environnement je vis ? Ma femme et ma fille pensent que le magasinage devrait être considéré comme un sport olympique.

J'ai ri.

Léa : Pourquoi pas ? On fait beaucoup de cardio quand on va au centre commercial.
Sa mère : C'est pour ça qu'il faut éviter de magasiner en ligne.
Moi : Pas de chance que ça m'arrive ! Je n'ai jamais accès à un ordinateur. D'ailleurs,

est-ce que ça vous dérange si j'emprunte le vôtre pour prendre mes courriels ?
Son père : Pas du tout. Le mien est dans le salon, et l'ordi familial est dans la chambre de Félix, comme toujours.
Léa : Vas-y, Lou. Je vais aider mes parents à desservir et je te rejoins dans quelques minutes pour qu'on commence notre recherche.

Je les ai remerciés et je suis montée dans la chambre de Félix. L'ordinateur portatif reposait sur son lit. J'aurais pu le prendre et m'installer dans la chambre de Léa, mais j'en ai profité pour m'asseoir et respirer l'odeur de Félix. Les murs étaient tapissés d'affiches de groupes rock que j'aimais bien et de panneaux de signalisation. Des photos étaient collées sur un mur. On voyait Félix en train de sourire, entouré de ses amis (et de ses groupies).

J'ai ouvert l'ordi et l'écran s'est allumé. Félix avait oublié de se déconnecter de son compte Facebook. Je savais qu'il valait mieux interrompre sa session sans regarder et ouvrir le moteur de recherche pour prendre mes courriels, mais la tentation était trop forte. J'avais accès au compte personnel d'un des gars les plus populaires de l'école, de qui j'étais follement amoureuse…

J'ai jeté un coup d'œil rapide à ses photos, mais il n'y avait rien de particulièrement croustillant à me mettre sous la dent. J'ai alors observé son mur. Plusieurs filles lui avaient écrit des messages au cours de la journée.

Joannie BoisJoly, à 7h22 : Trop hâte de te voir en maths, mon chou !

Sarah-Maude Poitras, à 10h23 : Suis malade aujourd'hui. Je te kidnappe demain pour te voler tes notes de français !

Mélodie Béha, à 16h45 : Rentrer à la maison sans avoir donné un gros bec[L] sur la joue de Félix Olivier, c'est vraiment poche !

Tant de belles filles tripaient sur lui. Est-ce que je pensais vraiment avoir une chance ? Je ne suis pas du genre à me dénigrer et j'ai assez confiance en moi pour savoir que j'ai probablement un QI plus élevé que la moitié des greluches qui lui courent après, mais je ne crois pas que Félix les côtoie pour leur intelligence. Et le fait d'être la meilleure amie de sa petite sœur ne m'aide pas, car je sais qu'il pense que je suis trop jeune. Il m'aime bien et il me respecte, mais j'ai l'impression que jamais il ne me percevra comme une fille « sexy » ayant le potentiel de l'intéresser. Jamais je ne serai une Mélodie Béha, ou une Charlotte-Greluche ou même une Sarah Beaupré. Il était temps que j'en fasse mon deuil.

Comme Léa tardait à se joindre à moi, j'ai profité de ma connexion illégale à Facebook pour faire une autre recherche qui m'intéressait : Cédric Lalonde-Côté.

Dès que j'ai vu sa photo de profil, mon cœur a fait un bond dans ma poitrine. Mais ce n'était pas son sourire craquant

ou sa fossette qui me faisaient cet effet-là. C'était la fille qui apparaissait à ses côtés et qui l'embrassait sur la joue. J'ai consulté sa fiche pour en avoir le cœur net :
« En couple avec Jolyane Robitaille ».
Voilà. Il était encore avec sa blonde.
J'ai senti un autre coup de poignard au cœur.

Léa (en apparaissant dans l'embrasure de la porte) : Pis ? As-tu des courriels intéressants ?
Moi (en revenant rapidement sur le profil de Félix et en rabattant l'écran de l'ordi d'un coup sec) : Non. Rien du tout.
Léa (en me dévisageant) : Ça va ? T'as l'air triste.

J'ai soupiré. Même si je ne voulais pas lui parler de son frère, je pouvais au moins me confier à propos de Cédric.

Moi : Si je t'en parle, est-ce que tu me promets de ne pas le dire à Félix ?

Léa (en souriant) : Je ne partage pas mes secrets avec mon frère, alors tu n'as pas à t'en faire !
Moi : Quand j'ai pris l'ordi, Facebook était ouvert. J'en ai profité pour aller espionner la page de Cédric et j'ai vu qu'il était encore en couple. Je sais que c'est con et que ça fait des mois que je ne l'ai pas vu, mais une partie de moi espérait qu'il soit célibataire l'été prochain, quand je le reverrai.
Léa : Lou, on est juste en mars ! Rien ne te dit qu'il sortira encore avec sa greluche au mois d'août ! Et même si c'est le cas, t'as le potentiel de la chasser du décor et de sortir avec lui. À condition bien sûr que tu fonces et que tu lui dises vraiment ce que tu ressens.
Moi (en haussant les épaules) : T'as peut-être raison, mais je t'avoue que ça m'a donné le cafard de savoir que le seul gars qui m'intéresse n'est pas libre.
Léa : Alors, il faut changer ça, Lou !
On va te trouver quelqu'un d'autre !

Moi : Où ça ? Notre village est gros comme ma main. Je connais tout le monde et personne ne m'intéresse.
Léa : Tu dis ça parce que tu n'as d'yeux que pour ton Cédric, mais si tu arrêtes de focaliser sur lui, tu vas réaliser qu'il y a plein d'autres gars cool qui existent !

Il n'y en a qu'un seul, et c'est ton frère.

Moi : Je pense que l'amour te rend trop optimiste.
Léa : Pantoute[L] ! Lou, si tu veux un chum, on va t'en trouver un !
Moi : Ben là ! Tu parles comme si c'était aussi simple que de magasiner un chandail chez H&M !
Léa (en riant) : J'aime l'analogie !
On va aller te magasiner un gars ! Ou en chasser un, c'est comme tu préfères. Et on commence dès maintenant !
Moi : Léa, je ne suis pas sûre que ce soit une bonne idée.
Léa : Pourquoi ?
Moi : Quand je pense à Cédric, c'est

romancé et c'est le *fun*, mais ça, c'est parce que ça fait presque un an que je l'idéalise dans ma tête et que je sais que ce n'est pas réel. Mais l'idée de sortir avec un « vrai » gars me fait un peu paniquer…

Léa : Qu'est-ce que tu veux dire ?

Moi : Genre que l'idée d'avoir un chum, de le prendre par la main, de jaser[L] avec lui, ça m'angoisse un peu. Je ne sais pas de quoi on parlerait et j'ai l'impression que je serais maladroite avec lui.

Léa : C'est sûr que si tu t'imagines en relation avec un gars dont tu ne sais rien, ça va te faire capoter ! Moi aussi je serais gênée d'avoir un chum inconnu ! Mais si tu apprends à le connaître et que tu passes du temps avec lui, tu vas devenir de plus en plus à l'aise et ça ne sera même plus une préoccupation pour toi.

Moi : C'est ce qui t'arrive avec Thomas ? Tu te sens vraiment à l'aise avec lui ?

Léa : La première soirée, j'étais stressée et un peu gênée, mais après qu'on s'est embrassés, je me suis tout de suite sentie plus à l'aise.

Moi (d'un ton sarcastique) : Donc, ce que tu me dis, c'est que j'ai juste à *frencher* un gars pour briser la glace et faire tomber la pression ?

Léa a éclaté de rire.

Léa : Je me suis mal exprimée. Ce que je veux dire, c'est que le fait de me rapprocher de lui physiquement m'a évidemment détendue, mais que plus j'apprends à le connaître, plus je sens que je peux être naturelle avec lui. On peut même passer des heures au téléphone sans manquer de sujets de conversation !
Moi (pince-sans-rire) : Thomas est capable de soutenir une discussion pendant plus de cinq minutes ?

Léa a fait une grimace en guise de réponse.

Moi : C'était une blague. Promis.
Léa : Eh bien, pour répondre à ta blague, tu sauras qu'il peut jaser de tout plein de

choses. Il est juste plus à l'aise de le faire quand on est tous les deux.
Moi (en faisant un effort pour être de bonne foi) : Je n'en doute pas. Je sais que si tu sors avec lui, c'est parce qu'il a quelque chose entre les deux oreilles.

Léa m'a souri d'un air satisfait. La vérité, c'est que je me demande encore ce qu'elle lui trouve. Même si Thomas n'est pas vraiment mon style physiquement, je sais que la plupart des filles de l'école le trouvent beau, mais à part son physique, j'ai de la difficulté à lui trouver des qualités. J'ai pourtant vraiment essayé d'être gentille et souriante avec lui depuis le début de la semaine, mais ses réactions sont aussi dynamiques qu'un chat qui se fait tirer la queue par un enfant. Il se contente généralement de me répondre par des monosyllabes et de décamper au plus vite, suivi de près par JP et Seb. Même si Léa ne le dit pas, je sais qu'elle n'a pas non plus énormément d'affinités avec les amis de Thomas, et que c'est pour ça qu'elle n'insiste pas pour les suivre et se contente de minoucher[L] son chum après l'école. Ce qui fait évidemment mon affaire, puisque ça me permet de dîner avec elle et de continuer ma vie comme avant.

Léa (d'un ton dynamique) : J'ai une idée ! Je vais aller fouiller dans la liste des amis de Thomas sur Facebook pour voir s'il y en a un qui a du potentiel. Si oui, je vais lui en parler pour voir si on ne pourrait pas te le présenter !
Moi : Et notre recherche de français ?
Léa (en haussant les épaules) : On la fera en fin de semaine. Je pense que c'est beaucoup plus urgent de te trouver un nouveau *kick* qui te permettra d'oublier ton Cédric.

On a donc passé près d'une demi-heure à examiner le profil de certains contacts de Thomas qui fréquentent d'autres écoles que la nôtre. Même si je n'étais pas particulièrement motivée, l'enthousiasme débordant de Léa a fini par me convaincre que c'était peut-être la bonne chose à faire pour oublier Cédric et Félix. Elle a même noté le nom de trois candidats potentiels pour en parler à son chum demain matin. Je te tiendrai bien évidemment au courant des résultats de son enquête, mais pour l'instant, je vais me coucher, car nos heures de chasse virtuelle m'ont épuisée !

Lou xox

Samedi 16 mars, 17 h 24

Cher journal,

Ce matin, j'ai eu un entraînement de natation vraiment intense. Ma *coach* Sophie veut que je sois hyper en forme pour la compétition du mois d'avril, car la plupart des autres nageuses s'entraînent dans une école d'élite vraiment performante de Québec.

Sophie : Il va falloir qu'on travaille ton style papillon, car tes adversaires réussissent bien là-dedans.
Moi : Bonjour la pression !
Sophie : Tu sais bien que je ne te dirais pas ça si je ne pensais pas que tu avais une chance de remporter la course ! Tu as d'ailleurs déjà nagé contre la plupart d'entre elles, et tu étais nettement supérieure.
Moi : Ouais, mais l'an passé, je pense que j'étais plus en forme.

Sophie : Au contraire, je te trouve beaucoup plus forte cette année ! Le problème, c'est justement que tu doutes de toi. Même si tu t'acharnes à me répéter que tout va bien, j'ai vraiment l'impression que quelque chose te chicote[L], et j'aimerais qu'on en discute ensemble.

Sophie, je ne peux jamais rien lui cacher. Ça fait près de trois ans que je m'entraîne avec elle, et elle me connaît comme le fond de sa poche. Elle était là lors de ma première victoire en championnat. C'est elle qui m'a consolée quand j'ai perdu une compétition l'année dernière, qui m'a motivée quand mes règles sont apparues juste avant une course et qui a engueulé un juge qui avait décidé de donner la victoire du 200 m à une autre nageuse alors qu'on savait toutes les deux que j'avais franchi la ligne d'arrivée quelques fractions de seconde avant elle.

Moi (en m'assoyant sur le bord de la piscine) : C'est dur à expliquer, mais on dirait que j'ai de la difficulté à faire le vide quand je nage.
Sophie : Je comprends exactement ce que tu veux dire. D'ailleurs, je me souviens que quand je jouais au soccer[L] au secondaire, je ratais tout le temps le but parce que je me mettais *full* de pression avant de tirer. Plutôt que de frapper le ballon sans réfléchir, je me disais : « Sophie, ne rate surtout pas le but ! » Évidemment, ç'avait l'effet contraire et il aboutissait à droite du poteau.
Moi (en acquiesçant) : C'est un peu comme ça que ça se passe pour moi aussi. Par exemple, quand je passe du style papillon à la brasse, je me répète trop qu'il faut que je fasse une transition rapide et je pense tellement à ma technique que je m'emmêle presque dans mes bras !

On est restées silencieuses quelques instants, puis Sophie s'est tournée vers moi.

Sophie : Pourquoi nages-tu, Marilou ?
Moi : Parce que j'aime ça.
Sophie : Exactement. Et il ne faut pas que tu perdes ça. J'ai toujours senti que la natation était une passion pour toi, et que ce qui te permet d'exceller, c'est justement d'avoir du plaisir dans une piscine.
Moi : Je suis d'accord, mais je ne sais pas quoi faire pour me sortir de ma tête !
Sophie : C'est facile, arrête de penser à la victoire et nage pour le *fun* ! Moi, je m'en fous que tu perdes une compétition. Ce que je veux, c'est que tu tripes comme avant.

J'ai souri et j'ai senti une tonne de briques de moins sur mes épaules. Sans le vouloir, je crois que je m'ajoutais du stress de performance, car j'avais peur de la décevoir. Et c'est vrai que l'important dans tout ça, c'est que je m'amuse.

Je suis allée me changer, et quand je suis rentrée chez moi, ma mère m'a dit que Léa m'avait téléphoné trois fois. Je lui avais pourtant dit que j'avais un entraînement ce matin, mais elle est tellement investie dans son projet « trouvons un chum à Marilou » qu'elle ne m'a sans doute pas écoutée. Elle a d'ailleurs répondu après une seule sonnerie.

Léa : Lou ?
Moi : Oui ! Coudonc, qu'est-ce qui se passe ? Ma mère m'a dit que c'était urgent que je te rappelle.
Léa : Mets-en ! J'ai trouvé l'homme de ta vie !
Moi : Hum. J'en doute. Si tu te souviens bien, les trois gars qu'on avait *spottés* sur Facebook ne sont pas disponibles.
Léa : T'exagères ! Il y en a deux qui sont célibataires.
Moi : Oui, mais l'un d'eux habite en France, et pour reprendre les mots de ton chum, « l'autre a un quotient intellectuel inférieur à celui d'un poisson rouge ». Bref, non merci pour moi.

Léa : Je sais, mais je t'en ai trouvé un autre.
Moi (en mordant dans une pomme) :
Hum ? Qui ça ?
Léa : Hier, après l'école, Thomas est venu chez moi pour regarder la télé.
Moi : Je sais, Léa. Tu m'as d'ailleurs *flushée*[L] pour passer du temps avec lui.
Léa : Mais non ! J'ai juste remis notre soirée pyjama à ce soir.
Moi : Ça revient au même.
Léa : Non, car ce soir, on va avoir plus de temps, et si je n'avais pas déplacé notre soirée, je n'aurais pas pu gosser Thomas pendant quinze minutes pour qu'il se creuse les méninges et te trouve un ami célibataire qui a de l'allure.
Moi : Léa, je sais que ton projet te tient à cœur, mais tu n'as pas besoin de faire ça. Comme je te l'ai dit, je n'ai pas vraiment envie d'avoir un chum.
Léa : Non, ce que tu as dit, c'est que l'idée d'être mal à l'aise avec un gars te faisait capoter.
Moi (d'un ton un peu sec) : Ben, ce

que je voulais dire, c'est que je n'ai pas vraiment la tête à ça en ce moment. J'ai une compétition qui s'en vient, un petit frère qui suce toute mon énergie et une tonne de devoirs à faire.

Léa (sans lâcher prise) : Ouais, mais si tu avais un chum, ou un *kick*, tu ferais tout ça avec le sourire aux lèvres au lieu de te morfondre.

Moi (en pognant légèrement les nerfs) : Léa, je n'ai pas besoin d'un gars pour être heureuse, et ce n'est pas parce que tu as un chum que je suis soudainement obligée d'en avoir un, moi aussi.

Même s'il y avait un fond de vérité dans ma montée de lait, je savais que j'avais été trop loin et que Léa ne méritait pas que je lui parle comme ça. Après tout, je la connaissais assez bien pour savoir qu'elle agissait de bonne foi et que si elle se sentait heureuse et amoureuse, elle ne voyait tout simplement pas pourquoi sa *best* ne pouvait pas vivre ça, elle aussi. J'étais aussi consciente qu'elle voulait me remonter le moral à cause de Cédric et cherchait simplement à me faire retrouver le sourire.

Moi (en me calmant) : Je m'excuse. Je n'aurais jamais dû dire ça.

Silence au bout de la ligne. Léa me boudait.

Moi : Léa ? Je sais que j'ai été bête et que ce n'est pas ta faute si je ne suis pas du monde. Je m'excuse, OK ?

Toujours aucun signe de vie, mais je connaissais la recette pour la faire craquer.

Moi (en roulant les yeux) : OK, pour me faire pardonner, j'accepte que tu me parles du supposé homme de ma vie, et même que tu m'arranges une rencontre avec lui. Est-ce qu'on peut se réconcilier, là ?

J'ai entendu un petit cri de joie.

Léa : OUI !!! Tu vas voir, Lou, il est juste PARFAIT !

Moi (en redoublant d'efforts pour manquer d'enthousiasme) : Je ne sais pas pourquoi, mais j'ai comme un doute.

Léa : Veux-tu entendre les détails au lieu de chialer[L] ?

Moi (en riant) : OK !

Léa : Je ne le savais pas, mais Thomas est apparemment un GROS fan de hockey.

Moi : Comme 95 % des gars de notre âge.

Léa (en poursuivant son histoire) : Et hier, il tenait absolument à regarder la première période avec Félix avant de rentrer chez lui. Je t'avoue que j'ai trouvé ça un peu poche. Après tout, ce n'est pas comme si on avait des milliards d'occasions de pouvoir se coller un peu.

Moi : Et le match des Habs vous empêchait de le faire ?

Léa : De qui ?

Moi : Des Habs. C'est un nom donné aux Canadiens de Montréal. Je pensais que tu le savais.

Léa : Non. Comme mon frère n'utilise pas l'ordi pendant les matchs, j'en profite généralement pour gosser sur Internet. Je ne connais vraiment rien là-dedans.
Moi : Moi, je n'ai pas le luxe de pouvoir utiliser un ordinateur parce que mes parents considèrent encore qu'on vit à l'âge de pierre.

J'avais dit cette phrase assez fort pour que ma mère m'entende. Même s'ils m'ont dit d'être patiente, j'avoue que je commence à avoir du mal à me contenir.

Ma mère (comme si elle avait lu dans mes pensées) : J'ai apporté mon portable de travail. Tu peux le prendre, si tu veux.
Moi (en l'ignorant et en revenant à ma discussion avec Léa) : Donc, tu me disais que tu voulais coller Thomas, mais qu'il était trop captivé par son match de hockey ?
Léa : Ouais, et comme il devait partir à 20 h 30, je trouvais ça plate qu'on perde

notre temps à regarder la partie.
Moi : Et quel est le lien avec mon « prince charmant » ?
Léa : Je lui ai dit que s'il m'aidait à te trouver un *kick*, j'arrêterais de le gosser et je le laisserais regarder sa période.
Moi : Wow ! Tu n'as pas perdu de temps avant de lui montrer tes vraies couleurs !
Léa : Je sais, mais je ne fais que suivre tes conseils !
Moi : Hein ?
Léa : Ben, c'est toi qui me répètes tout le temps que c'est important de rester moi-même avec lui !
Moi (en riant) : T'as complètement raison ! Sinon, ce n'est pas le gars pour toi !
Léa : En tout cas, ma technique a fonctionné ! Il m'a nommé quelques noms, et il a fallu que je pose plein de questions pour lui tirer les vers du nez et en apprendre un peu plus sur eux. Il avait l'air un peu surpris par mon acharnement. Penses-tu que je peux être gossante quand je veux vraiment quelque chose ?

Moi (en retenant un rire): Tellement!!
Léa: Eille!
Moi: C'est ce qui fait ton charme, voyons!

C'est vrai que Léa peut parfois être… intense, mais en même temps, je dois admettre que ça lui permet généralement d'obtenir ce qu'elle veut. D'ailleurs, si je l'engageais pour négocier avec mes parents, je parie que j'aurais déjà mon ordi!

Léa: Bref, j'ai retenu le candidat numéro 2. Veux-tu savoir son nom?
Moi: Non. Je trouve que Deux, ça lui va plutôt bien.
Léa: Ouin, mais c'est un peu impersonnel.
Moi: Alors on n'a qu'à le surnommer *Dos*, question de lui donner une touche d'exotisme!
Léa (en riant): Ce n'est pas fou, ça! Parce que je t'avoue que son vrai prénom est plutôt… redondant.
Moi: C'est quoi?
Léa: Thomas.

Moi : Thomas comme dans *ton* Thomas.
Léa : Oui, mais peut-être qu'il l'écrit sans h ou sans s. Il n'est pas sur Facebook, alors c'est le genre de détails que je ne connais pas encore.
Moi : Et s'il n'est pas sur les réseaux sociaux, comment tu fais pour savoir qu'il n'est pas un laideron ?
Léa : Parce que Thomas m'a montré une photo. Il est dans son équipe de hockey et il va à l'école Saint-Jean-Baptiste. Il vient d'avoir quinze ans, il est brun aux yeux bleus. Il n'a pas eu de blonde depuis Noël. Il est drôle, sociable et il doit bien comprendre les filles parce qu'il a trois sœurs.
Moi : C'est Thomas qui t'a raconté tout ça ?
Léa : Yep !
Moi (en riant) : Wow. Tu devais être *vraiment* gossante !
Léa : Ou alors il tenait *vraiment* à regarder sa *game*[L] ! Mais attends : je ne t'ai pas encore annoncé la bonne nouvelle !
Moi : Il est millionnaire et il est le sosie de Cédric ?

Léa : Non ! Mais ce n'est pas une mauvaise chose, puisqu'on n'aime pas les snobs et qu'on essaie de te faire oublier Cédric…
Moi : Tu as raison. C'est quoi la bonne nouvelle, alors ?
Léa : Je voulais organiser un événement qui te permette de le rencontrer. Thomas a donc appelé Seb, qui joue aussi au hockey avec eux, et il a accepté d'organiser un party vendredi prochain ! C'est cool, non ?
Moi : Seb va organiser un party avec les gars de hockey ? Mais on n'aura pas rapport [L] là !
Léa : Mais non ! Seb va organiser un party avec ses amis, dont les gars de hockey. Ils ont un entraînement aujourd'hui et j'ai dit à Thomas de dire à Seb de dire à Thomas Junior que c'était important qu'il vienne, car la femme de sa vie allait être présente.
Moi : Léa ! Si tu mets trop de pression sur le gars, il n'aura pas envie de venir !
Léa : Moi, je pense que le fait de vouloir lui présenter une belle fille intelligente,

indépendante, sportive et drôle représente pas mal l'appât le plus convaincant.

Moi : Arrête ! Je vais rougir !

Léa : Alors, es-tu excitée ?

Moi (songeuse) : Oui et non.

Léa : Lou, c'est quand la dernière fois qu'on est allées dans un party à part celui de Félix ?

Moi : Euh, ça doit remonter à la fête d'Halloween de l'école l'an dernier ? À moins que tu comptes celui que Laurie a essayé d'organiser pour ma fête.

Léa : Tu veux parler de la fois où on s'est ramassées quatre filles à partager une pizza ?

Moi : Ben, Félix est venu faire un tour !

Léa : Il n'a pas eu le choix, c'est lui qui devait nous raccompagner à la maison ! Soyons honnêtes, Lou : notre vie sociale n'a pas été *full* trépidante depuis le début de notre secondaire !

Léa avait raison. On se tenait pas mal tout le temps avec Laurie et Steph, mais pratiquement jamais avec des gars. Il y a une gang de filles dans notre classe qui se croient super populaires et qui organisent parfois des sorties avec des garçons, mais nous ne sommes jamais invitées.

Moi (d'un ton sarcastique) : Tu es en train de me dire que ta relation avec Thomas nous permettra de devenir cool ?
Léa : En tout cas, on arrêtera d'envier Mégane et sa gang.
Moi : C'est clair qu'elles vont capoter quand elles vont apprendre qu'on a été invitées à une fête avec les gars de secondaire 3 !
Léa : Allez, Lou ! Après toutes ces années à s'inventer des vies, on a enfin la chance de se tenir avec des gens plus vieux !
Moi : OK, c'est bon. Je vais y aller au party de Seb !
Léa : Wow ! Tu n'as pas été très difficile à convaincre !
Moi : Ouais, mais j'ai trop faim pour faire ma difficile. Mon poulet barbecue m'appelle !

Léa : Cool !
Moi : On se parle plus tard.
Léa : Lou, attends !
Moi : Quoi ?
Léa : Promets-moi que tu vas venir coucher chez moi après le party pour qu'on puisse potiner[L] !
Moi : La fête est dans six jours, Léa. On a le temps de s'en reparler.
Léa : Lou ! Promets-moi !
Moi (en soupirant) : OK, OK !
Léa : Yé ! Bon appétit !

J'ai raccroché en souhaitant intérieurement que Thomas Junior ait l'humour de Félix, la beauté brute de Jonathan et le charisme de Cédric.

Lou xox

Chapitre 3 : Jeannot, Carotte et Wonder Woman

Jeudi 21 mars, 22 h 03

Cher journal,

Je sais que je t'ai un peu négligé cette semaine, mais j'ai été super occupée avec la recherche de français, les examens de maths et de science, mes entraînements de natation et, évidemment, mon petit frère.

Après l'école, j'ai d'ailleurs réussi à convaincre Léa de m'accompagner chez moi pour le garder, mais ça n'a pas été facile. Même si elle dîne presque tous les jours avec moi et les filles, on dirait que le reste du temps, elle est toujours scotchée à son chum, et ça me gosse.

Moi (en fermant ma case et en enfilant mon manteau) : S'il te plaît, Léa, j'ai besoin que tu viennes avec moi. Quand mes parents m'ont promis un ordi en échange de mes heures de gardiennage, ça m'a motivée pendant quelques jours, mais là, mon frère recommence à me taper sur les

nerfs et je n'ai plus de patience.
Léa : Et qu'est-ce que ça va changer que je sois là ?
Moi : Premièrement, tu vas pouvoir jouer avec lui, toi aussi. Zak t'aime, tu le sais bien ! Deuxièmement, tu pourras m'empêcher de l'étriper quand il va s'amuser à mettre de la gouache sur mon chandail préféré. Et troisièmement, je ne t'ai à peu près pas vue de la semaine.
Léa : T'exagères, et j'ai déjà fait des plans avec Thomas... Comme il fait beau, on s'est dit qu'on irait se promener au parc.
Moi : Vous faites ça tous les jours, vous *frencher* sur un banc !
Léa : Oui, mais aujourd'hui, c'est spécial. Ça fait trois semaines qu'on sort ensemble.
Moi (en secouant la tête) : Bel essai, mais je sais très bien que ç'a commencé au party de Félix, qui tombait un vendredi.
Et demain, tu pourras passer toute la soirée à te coller contre lui pour fêter ça.
Léa (en faisant la moue) : OK. Je vais aller lui dire.

Thomas était assis sur une table un peu plus loin avec son ami JP. Ils avaient chacun un écouteur inséré dans une oreille et bougeaient la tête au rythme d'une chanson. Léa s'est approchée et Thomas n'a même pas pris la peine de retirer son écouteur ; il s'est contenté de tendre l'autre oreille pour entendre ce que Léa avait à lui dire. Il a regardé dans ma direction, puis il a haussé les épaules avant de murmurer quelque chose à ma meilleure amie et de lui donner un baiser rapide sur la bouche.

Personnellement, j'aurais été insultée que mon chum ne prenne même pas la peine d'éteindre son hip-hop, de descendre de la table et de me prendre dans ses bras, mais bon, j'imagine que mes standards sont plus élevés que ceux de Léa. Ou alors, elle est trop amoureuse pour réaliser que la nonchalance de Thomas est un brin inacceptable. Quand elle m'a rejointe, je me suis retenue de le lui dire. Je ne voulais pas qu'elle se sente attaquée, et surtout, je n'avais pas envie qu'elle se fâche et m'abandonne toute seule avec mon petit frère. J'ai donc joué la carte de l'empathie.

Moi : Alors, il a bien pris ça ?
Léa : Ouais. Il m'a dit qu'il en profiterait pour faire la liste des chansons avec JP pour le party de demain.
Moi : J'espère que ce ne sera pas juste de la musique de « yo[L] ».
Léa : T'en fais pas : je lui ai fait promettre d'inclure quelques-uns de nos chanteurs préférés.

Nous sommes sorties de l'école et nous avons marché en direction de ma maison.

Moi : En tout cas, merci de faire ça pour moi.
Léa : Il n'y a pas de quoi. Et je sais que je te le répète souvent, mais je ne le trouve vraiment pas si pire, ton petit frère.
Moi : Ça, c'est parce que tu ne le vois qu'à petites doses. De loin, il a l'air ben *cute*

avec sa craque[L] entre ses palettes[L] et son sourire angélique, mais quand tu passes plus de temps avec lui, tu réalises que ce n'est qu'une façade, et qu'au fond, il est la réincarnation du diable !
Léa : Moi, je te l'échangerais bien contre Félix.
Moi (en répondant un peu trop vite) : Quand tu veux !

Je n'ai pas pu m'empêcher de rougir.

Moi (en essayant de camoufler mon malaise) : Ce que je veux dire, c'est que je pense que c'est pas mal moins rushant d'avoir un grand frère qu'un mini Zak qui est toujours dans mes pattes.
Léa : Je ne pense pas, moi. Aux yeux de Zak, tu es une héroïne. Un genre de mélange entre Princesse Leïa et Katniss Everdeen. Il va toujours te considérer comme son idole. Moi, je dois plutôt composer avec un gars de seize ans qui se croit tellement supérieur parce qu'il prend

déjà ses cours de conduite, que toutes les filles lui courent après et qu'il est toujours invité dans les partys. Ça, c'est sans compter qu'il est le chouchou et l'enfant prodigue de mes parents et qu'il m'achale[L] à propos de tout. Son sport préféré, c'est de me niaiser !

Moi (en riant) : T'exagères, Léa. Je pense que Félix prend un malin plaisir à te faire suer parce qu'il sait que ça marche. Si tu n'entrais pas dans son jeu, il arrêterait de te gosser.

Léa : C'est exactement le discours que mes parents me tiennent tous les jours !

Moi : Et ils ont raison. Quand Félix te niaise, essaie de te fermer les oreilles ou de penser à quelque chose d'autre. Pense à Thomas, tiens !

Léa : Je ne peux pas. Mon frère va s'en rendre compte et m'embêter encore plus !

Moi : Es-tu en train de me dire que ton frère a même des pouvoirs surnaturels et peut lire dans tes pensées ?

Les cris de mon petit frère sont venus nous interrompre. Nous étions arrivées devant son école et, apparemment, les enfants de la maternelle jouaient dans la cour.

Zak (en courant vers nous et en sautant dans les bras de mon amie) : LÉA !
Moi (en fronçant les sourcils) : Eille, petit monstre ! Tu pourrais saluer ta grande sœur en premier ! Après tout, c'est elle qui te fait du macaroni au fromage en cachette quand ça ne te tente pas de manger l'osso buco que papa a fait décongeler.
Zak (sans me prêter aucune attention) : Quand je vais être grand, je vais marier Léa !
Léa : Ah ! T'es *cute*, mais pour ça, il va falloir que tu demandes la permission à mon amoureux.
Zak : T'as un amoureux ? C'est qui ?
Léa : Il s'appelle Thomas.
Zak : Et Marilou, elle a un amoureux, elle aussi ?
Léa (en souriant) : Je travaille très fort là-

dessus. Avec un peu de chance, elle aura elle aussi un Thomas !
Zak : Tu vas lui prêter le tien ?
Moi (en m'étouffant) : NON !

Léa m'a dévisagée.

Léa : Ben là ! Ce ne serait pas la pire affaire au monde ! Ce n'est pas comme si je te forçais à sortir avec Monsieur Patate !

Monsieur Patate, c'est le surnom qu'on donne à monsieur Choquette, notre prof de français. Non seulement il ressemble comme deux gouttes d'eau au célèbre jouet, mais en plus, son dynamisme et sa bonne humeur sont vraiment comparables à ceux d'une pomme de terre.

Moi : Je sais bien, mais ton chum n'est pas vraiment mon genre.
Léa (en soupirant) : Le problème, Lou, c'est qu'aucun gars n'est « ton genre ». Tu es trop difficile !
Moi : Ce n'est pas vrai, ça ! La preuve, c'est

que Cédric est en plein mon style.
Léa : Pff. Moi, je pense que tu t'intéresses justement à lui parce que tu sais que tu ne peux pas l'avoir.
Moi : Tellement pas !
Zak : C'est qui, Cédric ?

Oups. J'avais oublié qu'on discutait de ma vie amoureuse devant mon petit frère. Je redoublais pourtant toujours d'efforts pour éviter de lui dévoiler des informations personnelles puisqu'il avait la fâcheuse habitude de tout raconter à mes parents. Et je ne tenais vraiment pas à ce qu'ils apprennent que j'avais un *kick* sur un gars.

À vrai dire, je suis pas mal certaine que ma mère réagirait bien, mais je me doutais que ce serait l'inverse pour mon père. Il a vraiment du mal à assimiler le fait que je puisse avoir d'autres champs d'intérêt que la natation et le gardiennage. Je ne dis pas ça parce qu'il est surprotecteur ; il est simplement incapable de me parler des vraies choses qui concernent une adolescente de quatorze ans.

J'ai fait des gros yeux à Léa pour qu'elle m'aide à trouver une réponse à sa question.

Léa (en se baissant pour regarder Zak dans les yeux) : Cédric, c'est un superhéros.
Zak : Wow ! Moi, j'aime ça, les superhéros. Est-ce que je peux le rencontrer ?
Léa : Euh, non. Il est parti en mission avec Superman et Spider-Man.
Zak (en écarquillant les yeux) : Où ça ?
Léa : Ils devaient aller combattre une adversaire de taille.
Zak : Wonder Woman ?
Moi (en intervenant) : Non, Wonder Woman, c'est moi.
Zak : Pff. Tellement pas !
Léa : Ce que Marilou essaie de dire, c'est que c'est elle, le cerveau qui contrôle toutes les opérations de Wonder Woman.
Moi (en beurrant épais) : C'est vrai, ça. Et aujourd'hui, je l'ai envoyée rejoindre les

gars pour éliminer une grosse menace.
Zak : Quelle menace ?
Moi et Léa : Jolyane Robitaille !

Nous avons toutes les deux éclaté de rire. J'avais mentionné le nom de la blonde de Cédric à Léa et, depuis, nous en avions fait une sorte de personnage mythique aussi désagréable que Sarah Beaupré et Monsieur Patate réunis.

Zak nous a dévisagées.

Zak : Donc, Wonder Woman, Cédric, Batman et Spider-Man sont tous réunis pour combattre Jolyane Robitaille ?
Léa : Exactement ! Et tout ça, c'est grâce à ta sœur.
Zak (en me regardant avec des étoiles dans les yeux) : Wow. Est-ce qu'après avoir accompli ta mission, tu peux demander à ton équipe de superhéros d'aller faire peur à William Tremblay ?
Moi (en paniquant un peu) : C'est qui,

ça ? Un garçon de ta classe ? Est-ce qu'il t'intimide ?

Zak : Non. Il est gentil, mais il sort avec Charlotte.

Léa : Charlotte n'était pas *ton* amoureuse ?

Zak : Oui, mais elle est aussi l'amoureuse de William.

Moi : Ben voyons ! Ça suffit, la polygamie ! Il faut que tu lui dises de se brancher !

Léa (en me regardant d'un air amusé) : Lou, ils ont juste six ans. Ce n'est pas la fin du monde.

Moi : Pis, ça ? Je ne veux pas que Charlotte-Machin commence à niaiser mon frère.

Léa : Aw ! C'est *cute* quand tu le défends !

Zak : J'ai froid. Est-ce qu'on peut aller boire un chocolat chaud ?

Moi : Seulement si tu me promets que demain matin, tu vas aller dire à Charlotte que tu n'as pas envie de la partager avec William et qu'elle doit choisir entre vous deux.

Zak : OK.

Soudain, j'ai eu envie d'avoir six ans moi aussi et de régler tous mes problèmes avec une boisson chaude.

Léa nous a accompagnés à la maison, et c'est elle qui a eu la patience de jouer aux Lego avec Zak jusqu'à l'arrivée de mes parents, vers 18 h.

Zak (en courant pour sauter dans les bras de ma mère) : Maman ! Papa ! Demain, je vais casser avec Charlotte pour marier Léa, et Marilou va envoyer Cédric sauver le monde après qu'il se sera débarrassé de Jolyane Robitaille !
Ma mère (en me lançant un regard perplexe) : Pardon ? Lou, qu'est-ce que ton frère raconte ?
Mon père : C'est qui, Cédric ?
Léa (en enfilant son manteau en quatrième vitesse et en se faufilant jusqu'à la porte d'entrée) : OK, BYE !
Moi : Personne. Zak a juste une imagination trop fertile.

Zak : Ce n'est pas vrai !
Moi : Et t'es trop jeune pour être amoureux de Léa. En plus, c'est ma meilleure amie.
Zak : Pis, ça ? J'ai le droit d'aimer qui je veux.

Qui étais-je pour le juger ?

Moi (en souriant) : T'as raison.
Mais comme elle a déjà un chum, il va falloir que tu sois patient.
Zak (en haussant les épaules) : C'est correct. Au pire, tu enverras Cédric pour qu'il se débarrasse de lui.
Mon père (en nous regardant d'un drôle d'air) : C'est qui, Cédric ?
Moi (pour clore la discussion) :
Un superhéros inventé.
Zak : Ce n'est pas vrai ! Il n'est pas inventé ! Et Marilou a dit à Léa qu'il était vraiment son genre !
Moi (en lui mettant la main sur la bouche) :
Tais-toi, niaiseux !
Zak (en se débattant et en pleurnichant) :

Lâche-moi ! Je ne suis pas niaiseux ! C'est toi qui es méchante ! Je vais le dire à Cédric !

Ma mère a pris Zak dans ses bras pour le consoler.

Ma mère : Ne parle pas comme ça à ton petit frère, Marilou.
Moi : Évidemment, tu vas prendre pour lui !
Ma mère : Je le défends juste parce que tu as eu tort de réagir comme ça.
Moi : Je ne pognerais pas les nerfs contre lui s'il apprenait à se fermer la trappe[L] et à être discret.
Ma mère : Change de vocabulaire, Lou.
Moi : À quoi ça sert ? Quoi que je dise, vous allez dire que j'ai tort et que votre chouchou a raison. Je pense que je ferais mieux d'aller faire mes devoirs. À plus tard.
Ma mère : Et le souper ?
Moi : Je n'ai pas faim.

J'ai fermé la porte de ma chambre et j'ai pris une grande respiration pour me calmer. Je suis tellement tannée[L] de ma situation familiale ! Si je n'avais pas tout le temps à jouer à la gardienne, je pourrais avoir une conversation normale avec ma meilleure amie sans avoir peur que Zak nous écoute et raconte tout à ma mère et mon père. Je n'ai aucune intimité, et ça me frustre que mes parents ne comprennent pas que j'aie besoin de ma bulle.

J'ai essayé de me changer les idées en me concentrant sur mes équations mathématiques, mais j'ai rapidement été interrompue par des coups à ma porte. J'ai ouvert et j'ai aperçu mon père qui me tendait une assiette de pâté chinois.

Mon père : Il faut que tu manges, Marilou. Tu es en pleine croissance.
Moi (en prenant l'assiette et en répondant d'un ton un peu sec) : Merci.

Mon père a toussoté, mal à l'aise.

Mon père : Je peux te parler deux minutes ?
Moi : Est-ce que j'ai le choix ?
Mon père (en s'assoyant sur mon lit et en me faisant signe de m'installer à côté de lui) : Non.

J'ai soupiré. Je n'étais vraiment pas d'humeur à me faire sermonner sur le fait que j'étais la plus grande des deux, que je devais être mature et montrer l'exemple et que je n'avais à peu près jamais le droit de pogner les nerfs.

Mon père (mal à l'aise) : J'aimerais revenir sur ce que Zak a dit tout à l'heure.
Moi (un peu étonnée par le thème de la discussion) : Euh, quoi exactement ?
Mon père : Que… hum… un certain Cédric t'intéressait ?

Au. Secours. J'aurais mille fois préféré qu'il me chicane parce que j'avais fait de la peine à Zak plutôt que d'endurer une discussion sur ma fausse vie amoureuse.

Moi (en rougissant) : Non, il a juste mal interprété quelque chose que je racontais à Léa.
Mon père : OK, mais si jamais, euh…
tu avais un intérêt pour un garçon, c'est important que tu saches qu'ils ne sont pas tous bien intentionnés.

Inspire. Expire.

Mon père (en poursuivant tant bien que mal son explication pas claire) : Ce que j'essaie de dire, c'est que… euh… certains garçons pourraient vouloir faire des choses que tu ne comprends pas. Ou que tu n'es pas prête à faire.
Moi (en essayant de me sortir de cette discussion tordue) : C'est correct, papa. Tu n'as pas à t'en faire pour moi.
Mon père : Évidemment que je m'en fais pour toi. Et je réalise aussi qu'il y a des choses que je n'ai jamais eu l'occasion de t'expliquer. Quand Zak est né, tu étais encore une enfant, et là, euh… Ben, tu es devenue plus…

Moi : J'ai quatorze ans, papa. Pas besoin de rien m'expliquer.
Mon père : Oui, car je veux être bien certain que j'ai tout fait pour t'aider à mieux comprendre certaines choses de la vie.
Moi (en suant de plus en plus) : Mais c'est correct. Maman a déjà fait tout ça quand j'ai eu mes règles, il y a deux ans.

J'ai constaté que mon père était encore plus nerveux maintenant que j'avais fait allusion à mes menstruations. Pas besoin de te dire que ce n'est pas lui que j'envoie à la pharmacie[L] quand j'ai besoin de serviettes hygiéniques.

Mon père (en jouant nerveusement avec son alliance) : Je… Euh… Parfois, quand deux personnes sont attirées l'une vers l'autre, ils ont envie de se faire des câlins…

J'aurais tout donné pour que Zak fasse irruption dans ma chambre et mette fin à mon calvaire. Mais évidemment, il n'est jamais là quand j'ai besoin de lui !

Moi (en me grattant la tête pour essayer de trouver une solution) : Papa, je te jure que ce n'est pas nécessaire de continuer…

Mon père : … et c'est correct ! Mais il faut se rappeler que, pour se donner des câlins, c'est important de ressentir de l'amour…

Moi (en me bouchant les oreilles) : Papa ! Arrête !

Mon père (en secouant la tête) : Non. C'est important que tu écoutes ce que j'ai à te dire.

Moi : Mais je sais déjà tout ça !

Mon père : Alors je vais te le répéter. Comme je disais, les sentiments sont très importants dans une relation interpersonnelle, car l'intimité se développe avec les gens qu'on aime. Et quand le cœur y est, parfois… on veut aussi se rapprocher physiquement…

Pitié. Aidez-moi quelqu'un.

Mon père : C'est un peu comme avec nos lapins.

Moi : Qu'est-ce que Jeannot et Carotte ont à voir là-dedans ?
Mon père : Te souviens-tu qu'avant de... d'aller à la ferme, ils formaient un couple et étaient toujours collés l'un sur l'autre ?
J'ai soupiré et je me suis levée pour faire face à mon père.

Moi : Papa, es-tu vraiment en train de faire allusion à nos anciens lapins — qui sont morts tous les deux, alors pas besoin de me faire croire à la ferme — pour essayer de m'expliquer la sexualité entre un gars et une fille ?

Mon père a arrondi les yeux. Il ne s'attendait pas à ce que je sois aussi directe avec lui, et ça le prenait de court.

Mon père : Euh... Je... Je me disais que ce serait plus simple de t'expliquer tout ça avec une image réconfortante de ton enfance.
Moi : OK, mais je te le répète pour la énième fois : ce n'est pas nécessaire. Je suis

déjà au courant de tout ce qu'il faut savoir. Là, j'aimerais juste manger mon pâté chinois avant qu'il soit complètement froid et me remettre à mes devoirs.

Mon père m'a regardée en se mordant la lèvre.

Mon père : Mais je ne veux pas abandonner la discussion sans qu'on ait abordé les choses plus... délicates.
Moi : Papa, si tu n'arrêtes pas immédiatement, je vais recommencer à te parler de mes règles. Et je vais donner du chocolat à Zak en cachette juste avant que tu le mettes au lit.
Mon père (en se levant, le sourire aux lèvres) : OK, OK. Mais tu sais que s'il y a quoi que ce soit, tu peux nous parler, hein ?
Moi : Oui.
Mon père : Et que, si Cédric essaie d'aller trop loin avec ses câlins...
Moi (en posant mes mains sur mes hanches) : PAPA !

Il est sorti de ma chambre en soupirant. J'étais en train d'avaler ma deuxième bouchée (froide) quand ma mère est arrivée.

Ma mère : Lou ? Ça va ?
Moi : Non !
Ma mère : Qu'est-ce qui se passe ?
Moi : Papa a essayé de me parler de sexualité.
Ma mère (en riant et en s'assoyant sur mon lit) : Ah ! Je lui avais pourtant dit que je m'en occuperais ! Après tout, il n'est pas très... habile quand il essaie d'aborder le sujet ! Est-ce qu'il a fait allusion aux abeilles ?
Moi (en souriant) : Pire. À Jeannot et Carotte.

Ma mère a éclaté de rire.
Ma mère : Il ne faut pas lui en vouloir. À ses yeux, tu resteras toujours son bébé.
Moi : J'ai quatorze ans. Et je suis pratiquement la deuxième mère de son fils !

Ma mère : Il sait que tu es mature et responsable ; il a juste un peu de difficulté à assimiler le fait que tu sois devenue une adolescente.

J'ai avalé ma dernière bouchée et j'ai déposé l'assiette sur mon bureau.

Ma mère : Alors, à moi, tu peux le dire. Qui est Cédric ?

J'hésitais entre lui mentir pour m'en sortir plus vite ou lui avouer la vérité pour qu'elle comprenne que, comme je n'avais aucune chance avec lui, ils pouvaient mettre fin à leurs discours sur les caresses du règne animal et dormir sur leurs deux oreilles. J'ai finalement choisi la deuxième option.

Moi : Un gars que j'ai rencontré l'été dernier au terrain de camping. Mais il ne s'est rien passé. Il a une blonde.
Ma mère : Et il te plaît ?
Moi (en haussant les épaules) : Un peu, mais ça ne sert à rien d'en parler puisqu'il

n'est pas libre. Et même s'il l'était, je ne crois pas qu'il s'intéresserait à une fille comme moi.
Ma mère (en fronçant les sourcils) : Tu veux dire une fille jolie, intelligente, déterminée, sûre d'elle et caractérielle ?
Moi (en riant) : Et humble, aussi !
Ma mère : Depuis quand tu doutes de toi, Marilou ? Ça ne te ressemble pas, ça. Tu sais ce que tu vaux, et si ce garçon ne s'en rend pas compte, c'est tant pis pour lui.
Moi (en baissant les yeux) : Je sais. Mais j'ai vu une photo de sa blonde, et mettons qu'on n'est pas vraiment le même genre.
Ma mère : C'est quoi, son « genre » ?
Moi : Genre grande blonde aux yeux bleus. Très *girlie*.
Ma mère. En français, s'il te plaît.
Moi : Disons qu'elle aime plus le rose que moi.

Ma mère a éclaté de rire.

Ma mère : Ce n'est pas un critère important, ça ! Et je ne voudrais surtout pas que tu aies des complexes à cause d'un garçon. C'est pour ça que je trouve que tu es trop jeune pour avoir un chum.
Moi (en la regardant d'un air sceptique) : Je suis trop jeune pour sortir avec un gars, mais je suis assez vieille pour prendre soin de votre fils cinq jours sur sept ?
Ma mère (en hochant la tête) : Touché. 1-0 pour toi. J'avoue que ce n'est pas une question d'âge. C'est juste… beaucoup plus simple en tant que parents de ne pas avoir à se casser la tête à cause des gars qui te tournent autour.
Moi : Ne te stresse pas trop ; ces temps-ci, ce sont plutôt des mouches qui me bourdonnent autour de la tête !
Ma mère : Ça, c'est sans doute parce que tu ne t'intéresses pas aux bons gars. Regarde un peu autour de toi, et tu vas voir que tu as plein d'autres prétendants.

Elle s'est levée et m'a embrassée sur le front.

Ma mère : Je te laisse. Si je ne couche pas ton frère bientôt, il ne sera pas du monde demain.
Moi : Pour ce que ça va changer.

Elle m'a lancé un regard désapprobateur en guise de réponse et elle est sortie de ma chambre.

J'ai essayé de me remettre à mes travaux scolaires, mais je n'arrivais pas à chasser ses paroles de mon esprit. Si ma mère partage l'avis de Léa et me conseille de me concentrer sur d'autres gars au lieu de chasser l'impossible, ce doit être vrai.

Moi qui ai appréhendé le party de demain (et la rencontre de Thomas Junior) toute la semaine, voilà que pour la première fois, je suis excitée à l'idée de le connaître, et peut-être de m'amouracher de quelqu'un qui n'est ni le frère de ma *best*, ni en couple avec Jolyane La Cruche. Je me croise les doigts pour que tout se passe bien !

Lou xox

Samedi 23 mars, 8 h 43

Cher journal,

Je viens de me regarder dans le miroir, et on dirait que j'ai passé la nuit sur la corde à linge ! La vérité, c'est que ce matin, je n'ai pas eu besoin de Zak pour me tirer du lit aux aurores puisque les mauvais souvenirs d'hier sont revenus me hanter et m'ont empêchée de dormir.

Comme tu le sais, j'avais promis à Léa de me préparer chez elle avant de nous rendre chez Seb. Et comme ma mère termine plus tôt les vendredis, je n'avais qu'à aller chercher Zak à son école et le raccompagner chez moi avant de rejoindre Léa.

Zak a marché vers moi et j'ai tout de suite remarqué qu'il avait une face d'enterrement.

Moi : Qu'est-ce qui se passe ? T'es triste parce que Léa sort encore avec Thomas ?
Zak (en se braquant) : Je ne veux pas te parler. Je suis fâché contre toi.
Moi : Si c'est à cause d'hier, reviens-en, Zak. Je sais que j'ai été brusque avec toi, mais tu n'avais pas d'affaire à raconter mes secrets à nos parents.
Zak : Je m'en fous de tes secrets. Ce n'est pas pour ça que je t'en veux.
Moi : C'est pourquoi, alors ?
Zak : Charlotte n'est plus mon amoureuse. Et c'est de ta faute !
Moi : Hein ? Pourquoi elle a cassé avec toi ? C'est quoi, son problème ?
Zak : Ce matin, quand j'ai voulu partager ma collation avec elle, elle m'a dit qu'elle n'avait pas faim, car William lui avait déjà donné son gâteau aux carottes.
Moi : Il est donc bien gossant de s'interposer entre vous deux ! Est-ce que tu en as parlé à Charlotte, comme tu m'avais promis de le faire ?
Zak : Oui ! Et elle m'a dit que, comme

William avait une plus grosse collection de billes, elle voulait que ce soit lui, son amoureux.
Moi : Pff ! Tu parles d'une raison stupide ! Crois-moi, Zak, tu es mieux sans elle ! Pourquoi tu n'essaies pas plutôt de sortir avec Anne-Sophie ? Elle te court après depuis Noël !
Zak (en éclatant en sanglots et en tapant du pied) : NON ! Je ne veux pas Anne-Sophie ! Elle n'arrête pas de me donner des bisous collants et ça m'énerve. Je veux Charlotte ! Et elle ne veut plus me parler à cause de toi !

J'ai levé les yeux, et j'ai remarqué que quelques parents me dévisageaient. Il fallait que je le console avant qu'ils ne pensent que j'étais une grande sœur indigne.

Moi (en le prenant dans mes bras) : OK, Zak, j'ai compris ! Je vais lui parler, à ta Charlotte !
Zak (en essuyant sa morve et en me

regardant, les yeux remplis d'espoir) : Dis-lui que j'ai plein de Lego. Ça va peut-être la convaincre.
Moi (en soupirant) : Elle est où ?

Zak a pointé en direction d'une petite brune qui jouait dans la cour de récréation. Plusieurs enfants lui tournaient autour. J'ai alors eu la preuve que mon petit frère partageait mes gènes, car il s'était lui aussi amouraché de la fille la plus populaire de son niveau. À bien y penser, ma situation était encore pire, car Félix était non seulement le gars le plus convoité de toute mon école, mais en plus, il était plus vieux que moi !

J'ai marché vers la petite d'un pas décidé.

Moi : Charlotte ?
Charlotte (en me dévisageant) : Désolée, mais je ne suis pas censée parler aux inconnues.
Moi (en m'efforçant de sourire) : Je ne suis

pas une inconnue ; je suis la sœur de ton ami Zak.
Charlotte : Zak n'est plus mon ami depuis ce matin.
Moi : Ouais, il m'a raconté ça, et c'est pour ça que j'aimerais te parler.

Elle s'est plantée devant moi et a envoyé sa crinière ondulée derrière son épaule avant de croiser ses bras sur sa poitrine. Wow ! Six ans, et déjà de l'attitude. Ça promet.

Charlotte : Je t'écoute.
Moi : Je… Je pense qu'il y a eu un malentendu. Ce matin, Zak t'a demandé de choisir entre lui et William, mais c'est moi qui lui avais dit de faire ça. Et là, il le regrette, parce qu'il tient à toi.
Charlotte (en plissant les yeux, comme si elle réfléchissait sérieusement à la chose) : Ouais, mais ma décision est prise. J'ai choisi William.
Moi (en perdant un peu mon sang-froid) : Parce qu'il a plus de billes que mon petit

frère? Ce n'est pas une raison, ça!
Charlotte: Oui. Et ses collations sont meilleures que celles de Zak.
Moi: Ça n'a pas rapport de choisir un gars en fonction de son lunch!

Charlotte a eu l'air ébranlée par ma réaction. Relaxe, Lou. Tu t'adresses à une enfant de six ans, pas à Jolyane Robitaille!

Moi (en prenant une grande inspiration): Ce que je veux dire, c'est que tu devrais vraiment rester amie avec Zak. Il est gentil, loyal et il t'aime beaucoup.

Charlotte s'est contentée de hausser les épaules et de tourner les talons.

Moi (en haussant le ton pour qu'elle m'entende): Et il a plein de Lego qu'il pourrait partager avec toi!

Charlotte a aussitôt fait volte-face.

Charlotte : S'il veut bien me prêter ses nouvelles figurines, j'accepterai de redevenir son amie.
Moi (en esquissant un faux sourire) : Super. Zak va être content.

Je suis retournée auprès de mon petit frère, qui nous observait, le nez collé contre la clôture.

Lui : Et puis ?
Moi (en lui prenant la main et en nous mettant en route vers la maison) : Elle a accepté ton amitié en échange de tes nouvelles figurines.
Lui (en sautillant de joie) : Youpi ! Merci, Marilou !
Moi : Mais honnêtement, Zak, je ne pense pas que ce soit la meilleure décision. Charlotte est clairement une enfant gâtée et une opportuniste !
Lui : Ça veut dire quoi, ça ? Qu'elle est belle et qu'elle ressemble à une princesse ?
Moi : C'est vrai qu'elle se prend

littéralement pour une princesse, mais ce que j'essaie de te dire, c'est que je ne la trouve pas très respectueuse, et je crois que tu mérites mille fois mieux qu'elle.
Lui (en criant) : Non ! Je veux Charlotte !
Moi : *Come on*, Zak ! Tu n'as pas envie d'avoir l'air du petit gars soumis qui rampe vers la Reine Charlotte dès qu'elle claque des doigts !

Zak m'a lancé un regard perplexe.

Moi (en m'agenouillant pour essayer de le raisonner) : Je pense que si tu étais plus indépendant et que tu la rendais jalouse en jouant avec une nouvelle amie, genre Anne-Sophie, c'est elle qui te courrait après en t'offrant ses Barbie !
Zak (en tapant du pied) : Je ne veux pas de Barbie. Et Anne-Sophie est trop collante. J'aime Charlotte, bon !

Bravo, Marilou. Tu as échoué ton cours « psychologie de l'enfant pour débutants ».

Zak a lâché ma main et a couru vers la maison. J'étais soulagée de voir la voiture de ma mère garée devant chez nous. Mes tentatives ratées d'inculquer un peu orgueil et de fierté à mon petit frère m'avaient épuisée.

Je me suis empressée de ramasser quelques trucs avant de me rendre chez Léa.
En marchant vers chez elle, j'ai senti des papillons dans mon ventre[L] à l'idée d'y croiser Félix. Même si ma tête travaille d'arrache-pied pour essayer de le chasser de mes pensées, je ne peux pas empêcher mon cœur de s'emballer en songeant à lui.

C'est la mère de Léa qui m'a ouvert lorsque je suis arrivée. Elle avait l'air préoccupée.

La mère de Léa : Entre, Marilou. Léa est dans sa chambre.
Moi (en essayant de la faire rire) : J'imagine qu'elle est en train d'évaluer les soixante-dix possibilités de tenues pour le party de ce soir !

Mais elle ne m'a pas entendue, trop perdue dans ses pensées.

La mère de Léa (en secouant la tête, comme pour reprendre ses esprits): Pardon? Tu as dit quelque chose?
Moi (en haussant les épaules): Rien d'important. Juste une *joke*[L] plate. Bon, je vais rejoindre Léa.

Elle m'a souri et s'est mise à ranger le salon avec acharnement. Ma mère se convertit elle aussi en Madame Blancheville lorsque quelque chose la tracasse.

J'ai frappé à la porte de la chambre de Léa.

Léa: Lou?
Moi: Oui!
Léa: Entre! Je suis en train de me changer. Je n'arrive pas à me brancher sur ce que je vais porter. On dirait que, peu importe ce que je mets, je ressemble à un hippopotame obèse.

Moi (en entrant et en refermant la porte derrière moi) : Tu capotes avec tes complexes.
Léa (en fronçant les sourcils) : *Dixit* la fille qui pense que Cédric est trop beau pour elle !
Moi : Ouin. Vu de même... J'imagine qu'on a toutes nos mauvaises journées ! Parlant de ça, qu'est-ce qui se passe avec ta mère ? Elle a l'air distraite et préoccupée. Je ne suis pas habituée de la voir comme ça ! D'habitude, j'ai presque droit à des mariachis quand j'arrive chez vous !
Léa (en se regardant dans la glace tout en tendant un chandail noir devant elle) : Je ne sais pas trop. Ça fait deux jours que mon père et elle sont bizarres. Je les ai surpris deux ou trois fois en train de chuchoter, et ils se taisent dès qu'on entre dans la pièce. J'en ai parlé à Félix, et il pense qu'ils traversent une crise de couple, mais je ne crois pas que ce soit ça, car ils se bécotent et se collent quand même.
Moi : Peut-être qu'ils vous préparent une surprise ?

J'ai vu le regard de Léa s'illuminer. Elle s'est tournée vers moi en sautillant.

Léa : Mais oui ! C'est ça ! Ils préparent quelque chose pour mon anniversaire !
Moi : Euh, c'est dans trois semaines, Léa.
Léa : Justement ! S'ils veulent me surprendre, il faut qu'ils s'y prennent d'avance ! C'est important, avoir quatorze ans ! J'espère tellement qu'ils vont m'offrir un cellulaire[L] !
Moi : Ils ne t'ont pas déjà dit que c'était hors de question avant que tu aies quinze ans ?
Léa (en se retournant vers le miroir) : Ouais, mais peut-être que mes arguments les ont convaincus ! Ce serait vraiment cool, en tout cas. Comme ça, je pourrais joindre Thomas quand je veux et le surveiller de plus près.
Moi (en m'assoyant sur sa chaise de bureau) : Léa, je ne pense pas que ce soit une bonne idée d'espionner ton nouveau chum. Tu devrais plutôt lui faire confiance.

Léa : C'est toi qui n'arrêtes pas de dire qu'il a une face de crosseur !
Moi : Ouais, mais ça, c'était avant que tu formes un couple avec lui. Si Thomas a décidé de sortir avec toi, je ne pense pas qu'il ait envie d'aller *cruiser*[L] d'autres filles. Sinon, il serait resté célibataire.
Léa : C'est cool que tu le défendes, pour une fois.
Moi : Nuance : je ne le défends pas, j'essaie de t'empêcher de devenir jalouse et contrôlante !
Léa : Peu importe le motif, je pense que tu as raison. Ce n'est pas Thomas, le problème, mais plutôt les greluches de secondaire 3 qui lui courent après.
Moi : Tu capotes pour rien. Bon, est-ce que tu comptes te brancher bientôt, mon petit hippopotame chéri ?
Léa (en riant et en me lançant un coussin) : Eille !
Moi (en riant aussi) : Mets donc le chandail rayé vert et blanc que tu portais le soir du party de Félix. Tu n'arrêtes pas de dire qu'il te porte chance !

Léa : Mais oui ! C'est une super bonne idée ! Merci, Lou ! Je ne sais pas ce que je ferais sans toi.

Quand elle a finalement terminé de se préparer, elle m'a aidée à choisir une tenue. Le problème, c'est que je n'étais pas super d'accord avec ses choix. Même si Léa adore la mode et qu'elle a beaucoup de style, on ne s'habille pas du tout de la même façon. Léa est très *girlie*, alors que moi, je suis plutôt *tomboy*. J'aime évidemment les beaux vêtements, mais c'est essentiel qu'ils soient confortables.

Moi (en observant mon reflet dans le miroir) : Je pense que j'aime mieux le chandail de laine vert et mes jeans.
Léa : Mais non ! Cette camisole-là te fait super bien ! Et avec mes pantalons noirs, ça te donne un look débile.
Moi (en grimaçant) : Tu veux dire que ça me rend débile ! Léa, j'ai juste l'air d'une

fille pognée[L] qui ne connaît pas sa taille.
Léa : De quoi tu parles ? Ça te va mieux qu'à moi !
Moi : Est-ce qu'on peut faire un compromis ? Genre la camisole, mais avec *mes* jeans.
Léa : À condition que tu portes mes bottillons au lieu de tes vieux Converse.
Moi : Qu'est-ce qu'ils ont, mes Converse ?
Léa : Rien, à part que tu portes les mêmes depuis la troisième année du primaire.
Moi (en lui lançant ses pantalons et en retenant un rire) : Pff ! Tellement pas ! À l'époque, je portais des grosses espadrilles blanches.
Léa (en me tendant ses bottillons et en me suppliant du regard) : Allez, Lou ! C'est une occasion spéciale !
Moi (en les prenant et en m'assoyant pour les enfiler) : OK, OK. J'espère au moins que Junior en vaut la peine !

Léa a éclaté de rire.

Léa : J'aime tellement son nouveau diminutif ! Et crois-moi, Thomas m'a montré d'autres photos hier, tu ne seras pas déçue.
Moi : On verra. Il habite où, Seb ?
Léa : À dix minutes en auto. Félix va nous conduire et nous chercher. Monsieur tient à nous impressionner avec ses talents de conducteur.

Mon cœur s'est évidemment mis à battre à toute vitesse. Tout à coup, j'étais contente d'avoir laissé Léa me convaincre d'enfiler une camisole moulante et des bottillons à la mode. J'avais espoir que Félix me trouve plus… mature comme ça. J'ai même demandé à Léa de me mettre un peu de mascara pour compléter mon nouveau look. Mais quand nous sommes descendues pour rejoindre son frère, j'ai été déçue par sa réaction.

Félix (en nous dévisageant) : Pourquoi vous vous êtes ammanchées[L] de même ?

Léa : Parce que, contrairement à toi, on croit que c'est important de soigner notre apparence physique.
Félix : Moi, je n'ai pas besoin de porter des talons hauts et de mettre une couche de peinture sur ma face pour pogner. Les filles m'aiment comme je suis.

Léa lui a tiré la langue et j'ai enfilé mon manteau. Je me trouvais niaiseuse d'avoir pensé que j'aurais pu le charmer avec du maquillage.

Félix (en s'adressant à moi et en souriant) : Ça ne m'étonne pas que ma sœur se déguise en pitoune, mais il me semble que ce n'est pas trop ton genre, non ?

Sa question m'a un peu blessée.
Moi (en haussant les épaules et en évitant son regard) : Peut-être que je n'ai pas tout le temps le goût d'avoir l'air d'un petit gars manqué.
Félix : En tout cas, moi, je te trouve *cute* au naturel.

J'ai rougi et je me suis détournée pour cacher ma joie. C'est la première fois qu'il me faisait un compliment aussi direct.

Moi (en souriant) : C'est gentil. Ça va me remonter le moral ce soir quand je vais rentrer chez moi et me changer en citrouille !
Léa (en nous rejoignant) : On y va ? Je sais que j'ai dit que je voulais faire une entrée remarquée, mais je ne tiens pas à rater le party au complet ! Et je veux être certaine que Junior est encore là !
Félix : Ton chum ne s'appelait pas Thomas ?
Léa : Yep ! Et le futur amoureux de Marilou aussi !

Elle m'a envoyé un clin d'œil et j'ai souri. J'aurais aimé voir la réaction de Félix, mais le père de Léa s'est aussitôt interposé.

Le père de Léa : Les filles, soyez prudentes.
Léa (en roulant les yeux) : Oui, papa.
Le père de Léa (en fronçant les sourcils) :

Ne fais pas cette face-là ! J'ai eu quatorze ans avant toi et je sais très bien qu'un adolescent, ça ne réfléchit pas toujours avec sa tête.

Apparemment, mon père n'était pas le seul à me servir des discours moralisateurs. Mais je dois admettre que le père de Léa est beaucoup plus doué que le mien dans la matière.

Léa : J'ai un chum, papa ! Je ne vais pas là pour me faire *cruiser*.
Le père de Léa : C'est justement ton chum qui m'inquiète !
Léa : Ben là ! Tu connais sa mère et t'as rencontré Thomas plein de fois !
Le père de Léa (avec un sourire machiavélique) : Dis-lui que s'il fait un seul geste déplacé, il aura affaire à moi.
Léa (en l'embrassant sur la joue) : T'es *cute* quand tu joues au papa surprotecteur.
Le père de Léa : Léa Olivier ! Je suis sérieux.
Léa : Je sais, papa, mais tu n'as pas à t'en faire. Je suis responsable et digne de confiance, OK ?

La mère de Léa : On le sait, ma grande. Ton père est juste... paniqué à l'idée de te voir grandir. Félix ira vous chercher à 22 h.
Moi (en suivant Léa et Félix dehors) : Parfait ! Bonne soirée à vous deux !
Le père de Léa (en entrouvrant la porte) : Soyez sages !

Je me suis installée à l'arrière de la voiture, tandis que Léa s'assoyait à la droite de Félix.

Léa (en soupirant) : Coudonc, papa est donc bien stressé ces temps-ci !
Moi : Si ça peut te consoler, mon père a aussi essayé de me faire un discours sur la sexualité il y a quelques jours... J'ai même eu droit à une métaphore sur les lapins !
Félix : Ils n'ont pas tort de s'inquiéter pour vous. C'est vrai que les gars de votre âge ne sont pas les plus délicats de la planète.
Léa : Pff ! Parce que toi, tu es *tellement* plus mature ?
Félix : Je sais que tu penses que ça ne

veut rien dire, mais il y a un monde de différence entre 14 et 16 ans, Léa. Je ne suis plus du tout le même gars qu'en secondaire 2.
Léa : C'est vrai que tu es devenu plus prétentieux.
Félix : Plus mature que toi, en tout cas ! Mais surtout, plus respectueux envers les filles.

Il venait d'anéantir le peu d'espoir qui me restait de pouvoir lui plaire. C'était clair qu'il me percevait encore comme une enfant.

Il nous a déposées devant la maison de Seb et j'ai fait un effort pour le chasser de mes pensées et me concentrer sur Junior, dont j'allais bientôt faire la connaissance.

Quand nous sommes entrées chez notre hôte, j'ai tout de suite grimacé. Je n'ai pas l'habitude des partys, mais comme il est plus vieux que nous, je m'attendais à un décor cool et un éclairage tamisé, de préférence dans le sous-sol. Sébastien avait plutôt choisi de corder[L] ses (neuf) invités dans son salon et d'éclairer la pièce avec un néon tellement puissant qu'on pouvait voir les points noirs sur mon nez. Comble de malheur, les haut-parleurs crachaient du rap.

Moi (en chuchotant à l'oreille de Léa): Je t'avoue que c'est un peu plus… froid que je pensais.
Léa (en grimaçant): Ouin. C'est un peu ordinaire. Et il y a, genre, sept personnes. Je n'appellerais même pas ça un party! Seb aurait pu se forcer!

Thomas est aussitôt venu nous accueillir. Je crois que c'est la première fois que je le voyais sourire.

Moi: Salut, Thomas. C'est… intime, comme fête!
Thomas (en haussant les épaules): Ouais,

ben, comme c'était un peu à la dernière minute, on a fait ce qu'on a pu.
Moi : Et tamiser les lumières ne faisait pas partie des préparatifs ?
Thomas : Les amis de Seb ont besoin d'éclairage pour rouler leurs cigarettes.
Léa : Ark ! C'est ben dégueu !
Thomas (en l'embrassant) : Mais non.
Léa (en s'écartant un peu) : Tu as fumé, toi aussi ?
Thomas : Oui, mais si ça t'écœure, je peux me rafraîchir l'haleine.
Léa (en souriant) : Merci !

Il s'est éloigné pour chercher de la gomme dans son manteau.

Léa (en souriant) : Il est tellement *cute* de penser à moi comme ça !

Je l'ai dévisagée. Elle n'a vraiment pas besoin de grand-chose pour être impressionnée.

Moi : Je ne savais pas qu'il fumait.
Léa (en haussant les épaules) : Ça lui arrive quand il est avec ses amis, mais il ne le fait jamais devant moi, car il sait que je n'aime pas ça et il me respecte.
Moi : Si Junior fume aussi, je t'avertis tout de suite : son chien est mort !
Léa : Ne t'en fais pas, je suis sûre qu'il a les poumons roses !
Moi (en riant) : Je pourrais ajouter ça à ma liste de critères dans ma recherche du gars parfait.
Léa (en observant les gars qui étaient assis sur le sofa) : Je pense que Junior est celui qui est assis à droite de JP.

Je l'ai observé de loin. Il portait des jeans, des chaussures de skate et un chandail à capuchon vert. Il discutait avec le gars à sa droite en marquant le rythme de la musique (poche) avec sa tête. Mon premier réflexe a été de remettre mon manteau et d'aller me coucher, car je savais déjà que Junior n'était pas mon style. Il avait l'air trop « yo » pour moi. Il avait un beau visage, mais je ne ressentais pas de papillons en le voyant.

Léa (en me dévisageant) : Pourquoi tu fais cette face-là ? Il est super beau ! Et son chandail ressemble à celui que tu voulais mettre ! Vous êtes faits l'un pour l'autre.
Moi (en grimaçant) : Ce n'est pas mon gen…

Je me suis interrompue avant de finir ma phrase. Encore une fois, je m'apprêtais à porter un jugement trop rapide et à mettre une croix sur un gars sans même essayer de le connaître mieux. Léa et ma mère avaient raison : j'étais peut-être trop difficile.

Moi (en me ressaisissant) : Je vais attendre de lui parler pour voir si ça clique vraiment.
Léa : Cool !
Puis, se tournant vers le salon : Thomas, viens ici ! Il faut que je te parle !

Son chum et Junior se sont tous les deux tournés vers nous.

Moi (en chuchotant) : Qu'est-ce que tu fais, Léa ?
Léa : Oups ! J'avais oublié qu'il avait le même prénom que mon chum ! Je voulais demander à mon Thomas de nous présenter, mais là, j'ai raté mon coup.
Moi (en voyant Junior marcher vers nous) : Merde ! Il s'en vient ! Fais quelque chose !
Léa (en toussotant et en tendant une main vers Junior) : Salut, Thomas ! C'est drôle, tu as le même prénom que mon chum ! Tu dois te demander pourquoi je sais ça ? C'est une bonne question. Je… Euh… Mon amie et moi trouvons que tu as un très beau chandail.

Moment de silence. Pourquoi avais-je demandé à Léa de m'aider ? Après tout, c'est l'une des personnes les plus maladroites que je connaisse, surtout quand elle est gênée. Je ne compte plus le nombre de fois où elle m'a mise dans l'embarras à cause de ses commentaires étranges. D'habitude, je trouve ça rigolo et attachant, mais là, j'avoue que ça m'a tapé sur les nerfs.

Léa : Bon, je vais vous laisser. Mon amoureux m'attend.

Évidemment ! Pas question de rester avec moi deux minutes si son Thomas est dans les parages ! Junior m'a souri.

Junior : Salut, beauté ! Je n'ai pas bien compris ton prénom... Peux-tu le répéter ?

Ne m'appelle pas « beauté », champion ! Et je n'ai pas à te « répéter » mon prénom, puisque je ne l'ai pas encore dit une seule fois ! AHHH ! Du calme, Marilou. Il s'y prend peut-être tout croche parce qu'il est mal à l'aise lui aussi et qu'il essaie de briser la glace.

Moi : Je m'appelle Marilou.

Le visage de Junior s'est éclairé, puis il m'a fait un sourire plein de sous-entendus.

Junior : Aaaah ! C'est toi, la fameuse Marilou !
Moi : Je ne savais pas que j'étais célèbre. D'autant plus que je ne connais personne, ici.
Junior : Thomas Raby m'a parlé de toi. Il m'a dit que sa femme lui avait dit que tu étais pas mal *chicks*[L].

Ouf. Junior connaissait un très mauvais départ.

Moi : Euh, Léa n'est pas mariée.
Junior : Non, mais c'est quand même la femme de Thomas.

J'ai respiré profondément pour ne pas lui arracher son capuchon. Je déteste les commentaires machos et, aux dernières nouvelles, Léa n'était pas un objet qui pouvait « appartenir » à quelqu'un.

Junior (en poursuivant sur sa lancée) : En tout cas, il n'avait pas tort sur une chose : tu es très jolie, belle gazelle.

OK. Là, il me pompait l'air pour vrai avec ses comparaisons animales.

Moi : Tu peux te contenter de m'appeler Marilou.
Junior (en essayant d'avoir l'air coquin) : Grrr ! T'es sauvage ! J'aime ça.
Moi (en grimaçant) : OK. Je vais aller me servir à boire. À plus tard, là !

Je me suis ruée vers la table des rafraîchissements et j'ai cherché Léa des yeux. Elle était déjà installée dans un coin avec Thomas et l'embrassait passionnément. La soirée s'annonçait longue. JP est alors arrivé devant moi.

JP : Toi, c'est Marilou, c'est ça ?
Moi (en le dévisageant) : Ouais... Pourquoi tu me demandes ça ? J'espère que ce n'est pas encore Thomas Raby qui s'est ouvert la trappe ?
JP (en riant) : Non, non ! Je voulais juste faire connaissance avec toi !
Moi (d'un air sceptique) : T'es sûre que ce n'est pas Machoman qui t'a demandé de venir me parler ?
JP : Qui ?
Moi (en pointant discrètement en direction de Junior, qui était en train de consulter la liste des chansons sur le iPod) : Lui.
JP : Ah ! Ouais, il est un peu intense avec les filles. Est-ce qu'il a essayé de te *cruiser* ?
Moi : Si se comporter en homme de Néandertal peut être considéré comme de la *cruise*, alors oui.
JP (en riant) : Je vois le genre. Si jamais il te manque de respect, t'as le droit de devenir violente.
Moi : Merci de me donner ton autorisation. Ce n'est pas complètement impossible que ça se produise !

JP : Si jamais il t'achale et que tu as besoin d'aide, t'as juste à me faire signe. Je vais intervenir.
Moi : Merci, JP.
JP (en haussant un sourcil) : Tu connais mon nom ?
Moi (en rougissant) : Euh, je… C'est Léa qui me l'a dit.
JP (en souriant) : En tout cas, je suis flatté que tu t'en souviennes.

Il m'a fait un petit signe de la main et il est parti rejoindre Seb sur le sofa. Laurie est aussitôt apparue à ma droite.

Laurie : *OH MY GOD !* Il faut que tu me le présentes !
Moi (surprise) : Laurie ! Je ne pensais pas que tu allais être là !
Laurie : Ouais. Léa m'a appelée tantôt pour m'inviter. J'étais censée venir avec Steph, mais ses parents ne lui ont pas donné la permission de sortir.
Moi : En tout cas, je suis contente de te voir ! Léa essaie de me *matcher* avec le pire

prétendant de la planète, et j'essaie de le fuir, mais je ne connais personne ici !

Laurie : Ben là ! T'as l'air de bien connaître JP ! Et comme j'ai toujours eu un petit *kick* sur lui, j'aimerais ça que tu me le présentes !

Moi : Euh, je viens de lui adresser la parole pour la première fois de ma vie, alors je n'irais pas jusqu'à dire qu'on est des *best*...

Laurie : Sais-tu s'il a une blonde ?

Moi (en surveillant Junior du coin de l'œil) : Aucune idée. Demande-lui.

Laurie : Ben voyons ! Me vois-tu vraiment arriver devant lui pour lui poser une question aussi indiscrète ?

Moi (distraitement) : Pourquoi pas ? Je suis sûre qu'il trouverait ça *cute*.

Laurie (en claquant des doigts pour me sortir de la lune) : Coudonc, qu'est-ce que tu regardes comme ça ?

Moi : Junior. Je veux être certaine qu'il ne vienne pas par ici. Je sais ! Je vais t'utiliser comme bouclier humain !

Laurie (d'un ton sec) : Lou, si tu veux que

je t'aide, il va falloir que tu m'écoutes et que tu me donnes un coup de main, toi aussi.

Moi (en me ressaisissant) : T'as raison. Je suis désolée. Qu'est-ce que je peux faire pour toi ?

Laurie : Je veux que tu me présentes JP ! J'aimerais vraiment ça lui parler, mais je n'ai pas le courage de le faire toute seule.

Moi (en soupirant) : OK, mais je t'avoue que je ne comprends pas vraiment ce que tu lui trouves.

Laurie : Il est beau, sportif, drôle…

Moi (en enchaînant) : … fumeur, fan de rap et meilleur ami de Thomas Raby. Ça en dit long sur lui, ça !

Laurie : Coudonc, t'es donc bien bête, ce soir !

Moi (sur la défensive) : Non ! Je n'ai juste pas envie qu'une autre de mes amies se joigne à leur gang de débiles.

Laurie : Ben laisse faire, d'abord ! Je vais y aller toute seule, voir le beau JP ! Je n'ai pas besoin de ton aide.

Elle est partie avant que je puisse lui répondre. Je me sentais mal d'avoir été aussi négative. Ça ne me ressemble pas, pourtant. Mais on dirait que cette gang-là a un effet néfaste sur moi.

Évidemment, Junior a profité de ma vulnérabilité pour se montrer le bout du nez.

Junior (en s'accotant sur le mur) : As-tu besoin de compagnie ?
Moi (du tac au tac) : J'ai plutôt besoin d'air.
Junior (sans se laisser décourager) : Cool. Je vais t'accompagner.

Décidément, il était dur d'oreille. J'ai jeté un coup d'œil en direction de mes amies en espérant qu'elles puissent me venir en aide, mais les deux avaient l'air très occupées. Laurie s'était installée près de JP et riait à gorge déployée de ses mauvaises blagues, tandis que Léa poursuivait sa grande session de *frenchage*.

J'ai soupiré et j'ai suivi Junior à l'extérieur. Le vent du nord m'a aussitôt fait frissonner, et il en a profité pour passer son bras autour de mes épaules.

Junior : Ne t'en fais pas, je vais te réchauffer.
Moi (en me dégageant de son étreinte) : Merci, mais mon manteau est assez chaud.
Junior (d'un air sérieux) : Pourquoi tu as peur de moi ?
Moi : Je n'ai pas peur. Je te trouve juste un petit peu… intense.

Junior a soupiré et s'est laissé choir sur les marches de la véranda.

Junior (en secouant tristement la tête) : Désolé. Je voulais juste te faire rire. Je sais que je suis un peu maladroit quand j'essaie de plaire à une fille.

J'étais (agréablement) surprise par son changement d'attitude (et par son utilisation du terme « fille » plutôt que femme).

Moi (en m'assoyant à côté de lui) : C'est correct Jun... Thomas.
Junior (en secouant la tête) : Non. J'aurais dû m'y prendre autrement avec toi.
Moi (en souriant) : En effet.
Junior : On dirait que je fais juste des gaffes avec les filles !
Moi : Si tu veux mon avis, je pense que tu aurais pas mal plus de succès si tu étais plus souvent... comme ça.
Lui (en me regardant d'un drôle d'air) : Ça veut dire quoi, « comme ça » ?
Moi (en haussant les épaules) : Je ne sais pas. Juste plus... sincère et sensible.

Il m'a souri, puis il s'est rapidement penché vers moi pour m'embrasser. Heureusement, j'ai réussi à me pousser la tête au dernier moment.

Moi : Eille ! Qu'est-ce que tu fais là ?
Junior : Ben j'essaie de te *frencher*, c't'affaire !
Moi (en faisant une face de dégoût) : Et pourquoi ?

Junior : Parce que j'ai senti que ça te tentait, toi aussi !

Moi (en me levant et d'un air outré) : Ben là ! Ce n'est pas parce que je m'adresse gentiment à toi que ça veut dire que je rêve de t'embrasser !

Junior : *Come on !* J'ai vu des étincelles dans tes yeux !

Moi : Je pense que tu confonds ça avec de la pitié.

Junior (en se levant aussi et en essayant de se faire charmeur) : Voyons, belle gazelle. Pas besoin d'être aussi agressive…

Moi (en sentant la colère monter de plus en plus) : Et dire que pendant une fraction de seconde, je pensais vraiment que tu étais un être humain normal, alors qu'au fond, ton faux discours de gars maladroit, c'était juste une façon de me manipuler pour essayer d'obtenir ce que tu veux ! Ben tu peux oublier ça, mon grand ! Marilou Bernier a besoin de pas mal plus que ça pour se laisser charmer !

Je l'ai planté là et je suis rentrée rapidement

pour chercher Laurie et Léa. Il n'était pas question que je passe une minute de plus dans ce party de rap plate.

Moi (en interrompant Léa et Thomas):
Léa, on s'en va!
Léa (en me regardant d'un drôle d'air):
Qu'est-ce qui se passe?
Moi: Il se passe que Junior le *loser* m'a suivie jusque dehors pour me «charmer».
Léa (en grimaçant): Et j'en déduis qu'il a raté son coup?
Moi (en me tournant vers son chum):
En passant, Thomas, la prochaine fois que t'essaieras de me *matcher* avec quelqu'un, essaie de trouver un gars qui respecte les filles et qui a un quotient intellectuel supérieur au néon qui éclaire cette pièce, OK?
Léa (en se mordant la lèvre): Il est si pire que ça?

J'ai fait une mine de dégoût pour qu'elle comprenne la gravité de la situation.

Thomas : Désolé, Marilou. Au hockey, il a l'air d'un gars correct. Avoir su qu'il était moron [L] avec les filles, je ne l'aurais même pas invité.
Moi : En tout cas, il a gâché ma soirée. J'ai vraiment envie de rentrer.
Léa : Ben là ! On vient à peine d'arriver ! Tu as juste à rester avec nous jusqu'à ce que Félix vienne nous chercher. Je suis sûre que Junior ne viendra pas t'achaler jusqu'ici.
Moi (en soupirant) : Penses-tu qu'on pourrait appeler Félix pour qu'il vienne tout de suite ? Ça ne me tente vraiment pas de rester ici.
Léa (en faisant la moue) : Ouais, mais moi, j'ai envie de passer le plus de temps possible avec Thomas.

Évidemment, son chum passe avant moi.

Thomas a détourné la tête et Léa en a profité pour me supplier du regard. J'ai soupiré en plissant les yeux pour lui faire comprendre que j'étais hors de moi. La tension était à son comble.

Laurie (en se joignant à nous, la mine basse) : Ça ne va pas bien, mon affaire. J'ai passé presque une demi-heure à essayer de *cruiser* JP, tout ça pour qu'il finisse par me dire que « sa blonde aussi adorait patiner ». Il aurait pu me le dire avant, qu'il n'était pas célibataire, au lieu de me faire perdre mon temps !
Moi : Désolée, Laurie.
Laurie (en haussant les épaules) : Bof, c'est tant pis pour lui. Mais là, je n'ai vraiment plus aucune raison d'endurer ce party plate. Je viens d'appeler mon père pour qu'il vienne me chercher. Quelqu'un veut partir avec moi ?
Moi (en sautillant de joie) : Moi !
Léa : Mais Lou, on est censées partir ensemble à 22 h.
Moi : Ouais, mais comme je te l'ai dit il y a trois minutes, ça ne me tente plus de rester. Junior et les néons ont gâché ma soirée.

Léa : Ben là ! Ça veut dire que tu ne viendras pas dormir chez moi ?
Moi : Pas si tu restes ici.

Léa a croisé les bras sur sa poitrine. Cette fois, sa technique de boudage intensif n'allait pas fonctionner.

Moi : OK, j'ai compris. On se parlera demain. Bye, Thomas. Merci quand même pour l'effort.
Il s'est contenté d'un hochement de tête.
J'ai roulé les yeux et j'ai suivi Laurie jusqu'à l'extérieur.

Son père m'a déposée chez moi, mais j'ai vraiment eu des difficultés à m'endormir. Non seulement la vision de Junior continuait de me hanter, mais je n'arrivais pas à chasser ma dispute avec Léa de ma tête. Même si je comprends qu'elle ait envie de profiter de la soirée plate pour se coller contre son chum, je sais que moi, je ne l'aurais jamais abandonnée comme elle l'a fait si la situation avait été inversée. Et ça me blesse de voir qu'une fois de plus, un gars (pour ne pas dire Thomas) vient créer un froid entre nous.

La connaissant, je sais qu'elle attend que je l'appelle pour qu'on se réconcilie, mais cette fois-ci, j'ai envie que ce soit elle qui fasse les premiers pas et qui me demande pardon. J'espère seulement qu'elle pourra réaliser par elle-même qu'elle a été poche d'agir comme ça.

Lou xox

Chapitre 4 :
Yeux de poisson rouge et bombe atomique

Lundi 25 mars, 17 h 42

Cher journal,

Tout va mal ! Je n'ai pas reparlé à Léa depuis vendredi soir. On s'est ignorées toute la fin de semaine et aujourd'hui, elle a dîné avec son Thomas et j'ai tout fait pour l'éviter. Quand je la croisais dans le corridor, je faisais exprès pour regarder ailleurs. Je sais que c'est un peu bébé, mais je suis encore fâchée contre elle.

Après l'école, je me suis dépêchée de me rendre à la piscine pour m'entraîner. C'est rare que je puisse nager en après-midi, mais comme ma compétition a lieu dans trois semaines, Sophie veut vraiment que je mette les bouchées doubles. Mon père s'est donc arrangé pour aller chercher Zak à l'école.

Mais même le fait d'être dans la piscine ne m'aidait pas à décrocher et à oublier Léa.

Sophie (en me tendant une serviette et en tenant un chronomètre dans sa main) : Pas mal du tout ! Tu as battu ton temps de la semaine dernière !

Moi (surprise) : Pour de vrai ? J'avais pourtant l'impression d'être super lente. J'ai la tête ailleurs aujourd'hui, alors j'étais sûre que ça allait me nuire.

Sophie : Tu as un problème avec un gars ?

Moi (en souriant) : Pour ça, il faudrait qu'il y en ait un dans ma vie. Mais ce n'est pas le cas.

Sophie : Qu'est-ce qui se passe, alors ? Es-tu encore préoccupée par ton stress de performance ?

Moi : Non plus. Je me suis chicanée avec Léa.

Sophie : Pourquoi ?

Moi : C'est niaiseux. Je l'ai accompagnée dans un party chez des amis de son chum parce qu'elle tenait à me présenter un gars qui s'est révélé le pire moron de la planète. Bref, je ne me sentais pas très bien et j'avais

envie de partir, mais Léa insistait pour qu'on reste parce qu'elle voulait passer plus de temps avec son chum. Finalement, une autre amie m'a reconduite chez moi. Léa est fâchée que je ne l'aie pas attendue, et moi, je suis blessée qu'elle ait donné la priorité à son maudit Thomas.
Sophie : Ouais, ce n'est jamais simple quand une meilleure amie tombe en amour[L].
Moi : Ce le serait peut-être si je l'étais moi aussi, mais on dirait que j'attire juste des imbéciles.
Sophie (en riant) : Bienvenue dans le club !
Moi : Es-tu en train de me dire que la situation ne s'améliore pas en vieillissant ?

Sophie a souri.

Sophie : Si ça peut te rassurer, je fréquente quelqu'un de vraiment génial en ce moment.
Moi (en soupirant) : Il faut donc que j'attende d'être une adulte pour avoir un chum qui a de l'allure ? C'est vraiment déprimant.

Sophie : Mais non ! Je suis certaine que ça va t'arriver bien assez vite.
Moi : Non. Je vais finir vieille fille !
Sophie (en me souriant) : Pff ! Je te parie que d'ici un an, tu seras en amour par-dessus la tête ! Et ça t'aidera peut-être à mieux comprendre Léa.
Moi (en me rongeant un ongle) : Tu penses que j'ai été trop dure avec elle ?
Sophie (en haussant les épaules) : Je pense que si elle t'a blessée, tu devrais le lui dire au lieu d'éterniser votre chicane. Votre amitié est trop précieuse pour laisser un gars gâcher ça !

J'ai souri et je suis allée me changer. Je sais qu'elle a raison, mais j'aimerais ça que Léa s'en rende compte, elle aussi. J'espère juste qu'on arrivera à s'expliquer avant que la situation s'envenime davantage. Bon, je dois déjà te laisser, car j'ai des sciences à étudier (comme si j'avais la tête à apprendre des formules !).

Lou xox

Mardi 26 mars, 7 h 56

Salut, Lou.
J'espère que tu auras ma lettre avant le cours de maths. Premièrement, je tiens à m'excuser pour vendredi. Après avoir réfléchi à ça pendant toute la fin de semaine, j'ai réalisé que je n'aurais pas dû insister pour rester. Même si j'avais vraiment envie de passer plus de temps avec Thomas, j'aurais dû comprendre que tu ne filais [L] pas et appeler Félix pour qu'il vienne nous chercher. Mais j'étais tellement frue [L] que tu partes avec Laurie que ça m'a pris du temps à l'admettre.

Ça fait bizarre de passer autant de jours sans te parler. J'ai essayé de compenser avec Thomas, mais ça reste un gars et il ne partage pas mon enthousiasme pour les galettes à l'avoine de la cafétéria, ni pour les nouveaux souliers pointus de Monsieur Patate, ni pour la nouvelle chanson de Selena Gomez.

Tout ça pour te dire que je m'ennuie, et je m'excuse.

Léa xox

Mardi 26 mars, 9h26

Salut, Léa!

Je suis tellement contente de lire ta lettre! Je comptais justement venir te voir aujourd'hui pour m'excuser aussi. Même si j'avais hâte de fuir Junior, je t'avais promis de dormir chez toi et j'aurais dû être un peu plus patiente.

Même si je n'ai pas de chum, je vais faire un effort pour mieux comprendre ce que tu vis.

On dîne ensemble ce midi? Ma mère a mis une Kit Kat dans mon lunch pour me remonter le moral!

Lou xox

Vendredi 29 mars, 17h42

Cher journal,

Je me suis enfin réconciliée avec Léa et j'ai le cœur beaucoup plus léger, d'autant plus que c'est elle qui a admis ses torts en premier. Nous avons d'ailleurs décidé de fêter ça mercredi midi, lors de la première vraie belle journée de printemps.

Léa (en fermant sa case et en me suivant à l'extérieur): Est-ce que Laurie et Steph viennent se promener avec nous?
Moi: Non. Je me suis trop ennuyée de toi en fin de semaine. J'ai envie qu'on soit seules.
Léa: Pareil pour moi. Pendant deux jours, j'ai vu ce que serait ma vie si tu n'étais plus là, et c'était vraiment déprimant.
Moi: Tu n'as pas pu te changer les idées avec ta famille?
Léa (en grimaçant): Non. Félix était trop occupé à *cruiser* une nouvelle fille, et

mes parents agissaient de façon vraiment bizarre. J'ai essayé d'en parler à ma mère, mais elle était trop distraite pour m'écouter.
Moi : Penses-tu encore qu'ils te préparent une surprise ?
Léa : Non. À moins que tu me caches quelque chose ?

Elle m'a regardée avec des yeux remplis d'espoir.

Moi : Je te jure qu'ils ne m'ont rien dit.
Léa : Pff. Tu ne me le dirais pas, même si c'était le cas.

La vérité, c'est que si ses parents étaient en train de lui préparer une fête surprise, c'est sûr qu'ils m'auraient impliquée dans l'organisation, mais ce n'est pas le cas. Et comme j'ai vraiment peur que Léa soit déçue en réalisant que rien de spécial n'a été prévu pour son anniversaire, j'ai décidé de prendre les choses en main.

Hier, après m'être occupée de mon petit frère, je suis allée chez Léa pour étudier mes maths avec elle, et lorsque Thomas lui a téléphoné, j'en ai profité pour descendre au rez-de-chaussée et discuter avec sa famille. Félix était en train de regarder la télé dans le salon tandis que ses parents étaient installés dans la cuisine et bavardaient à voix basse en prenant un verre de vin. Je sais que je n'aurais pas dû, mais je me suis cachée derrière la porte pour entendre leur conversation.

La mère de Léa (en chuchotant) : Je sais qu'on a repoussé le moment parce qu'on attendait d'être certains, mais je crois qu'il est vraiment temps de leur en parler.
Le père de Léa (en soupirant) : Tu as raison. Mais j'ai tellement peur de leur réaction...
La mère de Léa : Surtout de celle de Léa. Tu sais comme moi que c'est elle que ça risque le plus d'ébranler...

Comme leur discussion devenait presque inaudible, je me suis approchée davantage, faisant ainsi grincer la porte sans le vouloir. J'ai alors toussoté et j'ai fait semblant d'être essoufflée pour leur faire croire que je venais tout juste d'arriver. Ils se sont aussitôt tournés vers moi et m'ont regardée en écarquillant les yeux. Ils avaient l'air un peu paniqués. Ils se demandaient sûrement si j'avais entendu des bribes de leur conversation secrète.

Moi : Euh, désolée de vous déranger, mais j'aimerais vous parler de quelque chose…
La mère de Léa (en se levant d'un bond) : Rien de grave, j'espère ?
Moi : Non, pas du tout. En fait, c'est au sujet de Léa…
Le père de Léa (en se levant à son tour et en m'interrompant) : Ne me dis pas que Thomas lui a brisé le cœur ? Je me doutais bien qu'il n'était pas fait pour elle !

Je ne pouvais pas l'obstiner là-dessus.

Moi (en m'efforçant de sourire) : Non. Ils sortent encore ensemble. D'ailleurs, elle est en train de lui parler en ce moment, et je n'ai pas beaucoup de temps avant qu'elle raccroche. Comme vous savez, elle aura bientôt quatorze ans, et je me suis dit que ça pourrait être sympathique de lui préparer une petite fête.

Ses parents m'ont regardée d'un drôle d'air.

La mère de Léa : Mon Dieu ! Tu as raison ! Je n'avais même pas réalisé que son anniversaire s'en venait à grands pas.

Elle s'est rassise et a pris une gorgée de vin avant de poursuivre.

La mère de Léa : C'est une excellente idée, Marilou. Tu n'as qu'à planifier l'événement et à nous donner les informations pour qu'on y soit.

Moi : Euh… OK. Je vous tiendrai au courant.

Je me suis rendue au salon et je me suis laissée tomber sur le divan. J'étais sans mot. Ce n'était vraiment pas le genre des parents de Léa de ne pas vouloir s'impliquer dans l'organisation de son anniversaire. Et j'avais ma petite idée de ce qui les tracassait à ce point : ils s'apprêtaient à annoncer leur séparation à Félix et à Léa. Moi qui croyais que leur couple était le plus solide de la Terre !

Félix (en me dévisageant) : Ça va ? On dirait que t'as vu un fantôme !

J'ai jeté un coup d'œil vers l'escalier pour m'assurer que Léa n'était pas là.

Moi (en chuchotant) : J'ai eu l'idée d'organiser un party pour l'anniversaire de Léa et j'en ai parlé à tes parents…
Félix (en riant) : Si tu veux faire un cadeau

à Léa, n'invite surtout pas mes parents à sa fête !
Moi : Ce n'était pas mon intention, non plus ! J'espérais seulement qu'ils offrent de m'aider pour les préparatifs, genre la bouffe et tout, mais ils n'ont pas l'air d'avoir trop la tête à ça.
Félix : Ouais, ils sont pas mal stressés, ces temps-ci.
Moi : Et… euh… sais-tu ce qui les préoccupe ?
Félix (en haussant les épaules) : La ménopause ?
Moi (en riant) : Ben non, niaiseux ! Ç'a l'air plus sérieux que ça.
Félix : Bof, ça les regarde.

Je n'ai pas osé lui dire que selon ce que j'avais entendu, ça le regardait aussi.

Félix : Mais si tu veux, je peux t'aider, moi !

J'ai souri. Enfin une occasion de me rapprocher de lui.

Léa (en bondissant derrière nous) : Ah-ha ! Je le savais bien que vous cachiez quelque chose !
Félix : Ben là ! T'as tout gâché, niaiseuse !
Léa (sans se préoccuper de son insulte et en se précipitant vers moi) : C'est où ? C'est quand ? Est-ce que Thomas t'aide un peu, au moins ?

Je ne voulais pas anéantir son espoir, d'autant plus que je savais maintenant que ses parents s'apprêtaient à lui annoncer une mauvaise nouvelle. J'ai donc répondu sans trop réfléchir.

Moi : Mets-en qu'il m'aide ! C'est lui le cerveau de l'opération !

Félix m'a regardée d'un drôle d'air. Il savait que je mentais. Je lui ai fait signe d'embarquer dans l'histoire.

Félix : D'ailleurs, puisque tu veux tout savoir, ton party aura lieu chez lui.

Léa (en tapant des mains) : Pour vrai ? Ben là ! Il est donc bien *cute* ! En plus, il n'arrête pas de me répéter que c'est beaucoup trop petit chez lui pour inviter des gens. C'est tellement cool qu'il fasse l'effort pour moi ! Je pense que je vais le rappeler immédiatement pour le remercier et lui dire à quel point je l'aime.
Moi (en hurlant presque) : NON ! Ne fais surtout pas ça !
Léa (en me dévisageant) : Pourquoi ?

Parce que Thomas n'a aucune idée qu'il organise un party de fête[L] *chez lui.*

Moi : Parce que… Il serait trop déçu d'apprendre qu'on a gâché l'effet de la surprise. Fais semblant de rien pour l'instant, et je lui dirai que je me suis échappée.
Léa : OK, chef ! Je te laisse gérer tout ça ! Ah ! Vous êtes trop gentils de m'organiser un party ! Je vous aime !

Elle m'a embrassée sur la joue et a fait un câlin à son frère avant de sautiller jusqu'à la cuisine pour annoncer la bonne nouvelle à ses parents.

Moi (en enfilant mon manteau) : Bon, il faut que je file. J'ai des maths à étudier et un party à organiser chez un gars que j'ai du mal à sentir.
Félix (en riant) : Bonne chance ! Et fais-moi signe si jamais tu as besoin de moi.

Si seulement il savait...

Ce matin, j'ai dû attendre que Léa lâche Thomas le temps d'aller aux toilettes pour lui parler.

Moi (en lui tapotant l'épaule) : Thomas ? Il faut que je te dise quelque chose avant que Léa revienne.
Thomas : Quoi ?
Moi : Léa m'a entendue parler de son anniversaire à son frère, et euh...

Thomas : Son anniversaire s'en vient ?
Moi : Oui. C'est le 14 avril.
Thomas : C'est dans deux semaines.
On a le temps de s'en reparler, non ?
Moi : Je pense que tu ne comprends pas l'urgence de la situation.
Thomas : Tu veux me donner des idées pour son cadeau ?
Moi : Non ! Le problème, c'est qu'elle a surpris une conversation entre Félix et moi et…

Léa est arrivée en courant avant que je puisse terminer ma phrase.

Moi : Coudonc, tu fais bien pipi rapidement, toi !
Léa (en rougissant et en me faisant des gros yeux) : Lou ! Franchement ! J'étais juste allée me moucher, et je voulais être sûre de pouvoir embrasser mon chum avant la cloche !

Elle nous a regardés d'un drôle d'air.

Léa : Mais je ne voudrais surtout pas vous interrompre… surtout si vous parlez de mon… party de fête !

Thomas m'a regardée avec des points d'interrogation dans les yeux.

Moi : Léa ! Je t'ai pourtant dit de me laisser gérer ça !
Léa : Je sais, mais je suis trop énervée pour me retenir.
Moi : Ben justement, on parlait de ça, alors ce serait mieux que tu…
Léa (en sautant au cou de Thomas) : Merci tellement d'organiser ça chez toi ! Comme je sais que tu hais ça recevoir des gens à la maison parce que tu trouves ça minuscule, je le vois *vraiment* comme une preuve d'amour. Et comme le plus beau cadeau que tu pouvais me faire.

Thomas m'a lancé un regard perplexe par-dessus l'épaule de Léa.

Moi (en lui faisant des gros yeux) : Ouin. Je me suis un peu échappée hier soir, et Léa sait maintenant que tu es *full* motivé à organiser ça avec moi.

Thomas a soupiré, mais il a tout de même embarqué dans le jeu.

Thomas (en souriant à Léa) : Ça me fait plaisir. La seule chose, c'est que comme l'espace est limité, on va aussi devoir restreindre les invitations, OK?
Léa (en haussant les épaules) : Du moment que Lou, Steph, Laurie et toi êtes là, je vais être heureuse ! Bon, il faut vraiment que je file en maths. Je veux réviser avant notre test. Lou, tu viens avec moi?
Moi : Je te rejoins dans deux minutes. J'ai juste des petits détails à régler avec Thomas.

Elle l'a embrassé avant de partir en chantonnant.

Thomas : J'imagine que c'est ce que tu essayais de me dire.
Moi : Ouais. Désolée pour le party improvisé, mais tu connais Léa : quand elle s'emballe, c'est difficile de péter sa bulle.
Thomas (en haussant les épaules) : C'est correct, du moment qu'on n'est pas trop nombreux.
Moi : Cool. Veux-tu que je t'aide pour les préparatifs ?

Il m'a regardée avec des yeux de poisson rouge.

Thomas : Qu'est-ce que tu veux dire ?
Moi : Ben genre la bouffe, les ballons, la musique…
Thomas (en se grattant la tête) : Oh, je n'avais pas pensé à ça.

Normal, puisque tu es un gars, et que tu n'as pas l'air d'être le plus romantique de la planète puisque tu ne savais même pas la date d'anniversaire de ta blonde.

Moi (en m'efforçant de sourire) : Steph, Laurie et moi, on s'occupe de tout. Assure-toi juste d'être chez toi samedi le 13.

Je l'ai salué rapidement et j'ai essayé de me sortir toute cette histoire de la tête pour me concentrer sur les coefficients. J'ai hâte de voir ce que ça va donner.

En rentrant de l'école, mon petit frère était particulièrement hyperactif, alors j'ai acheté la paix en l'installant devant *L'ère de glace*. Merci, Netflix !

Je te laisse, car je veux appeler Steph. Elle a promis de m'aider à faire une liste de tout ce dont nous aurons besoin pour la fête chez Thomas. En espérant que l'ambiance soit plus tamisée que chez Seb !

Lou xox

Vendredi 5 avril, 20 h 42

Cher journal,

J'ai les yeux tellement gonflés à force de pleurer que j'ai du mal à voir ce que j'écris. Tout a commencé ce matin quand j'ai réalisé que Léa était absente de l'école. Entre les cours de math et de français, j'ai donc fait un crochet par la case de Thomas pour savoir s'il avait eu de ses nouvelles.

Moi : Salut, Thomas ! Sais-tu si Léa est malade ?
Thomas (en me regardant d'un drôle d'air) : Euh, elle ne t'a pas appelée hier soir ?
Moi (en réfléchissant) : On s'est parlé vers 19 h, mais elle a dû raccrocher parce que ses parents voulaient lui parler. Pourquoi ? Est-ce qu'il s'est passé quelque chose ?
Thomas (mal à l'aise) : Écoute, je pense que ce serait vraiment mieux qu'elle t'en parle elle-même.
Moi (paniquée) : Ben là ! Tu m'inquiètes !

Il n'est rien arrivé de grave, j'espère ?
Thomas : Ne t'en fais pas. Léa est en santé.

Je me suis alors souvenue de la conversation que j'avais surprise entre sa mère et son père.

Moi : Ses parents lui ont annoncé une mauvaise nouvelle, c'est ça ?

Thomas (en toussotant) : Non, non.

Il a détourné les yeux. Il était le pire menteur de la planète.

Moi : Ils se séparent, hein ?
Thomas : Marilou, il faut vraiment que je file. J'ai un examen de sciences dans cinq minutes. Léa ne viendra pas à l'école aujourd'hui, mais tu l'appelleras après les cours. Elle va tout t'expliquer.

Il s'est sauvé avant que je ne puisse le harceler davantage.

J'ai donc décidé de m'informer auprès de Félix, mais l'un de ses amis m'a appris qu'il était absent, lui aussi. J'étais sur le bord de la crise de nerfs lorsque Steph est arrivée. Je lui ai résumé la situation, et elle a tout fait pour me calmer.

Steph : Léa et toi, vous êtes comme des sœurs. Si c'était si grave que ça, elle t'aurait appelée hier soir et tu aurais été la première à le savoir.

Erreur. Son chum avait été mis au courant avant moi, et derrière la panique, je ne pouvais m'empêcher de ressentir une pointe de jalousie à l'idée qu'elle ait choisi de se confier d'abord à lui.

J'ai réussi de peine et de misère à tenir jusqu'à la fin des cours, et comme je n'avais pas à garder mon petit frère (vive les vendredis !), je me suis empressée de me rendre chez Léa pour savoir ce qui l'avait retenue chez elle.

Dès qu'elle a ouvert la porte, elle s'est jetée dans mes bras en pleurant.

Moi : Léa, qu'est-ce qui se passe ?
Léa (en s'essuyant le nez avec son chandail) : C'est horrible, Lou. Ma vie est finie !

Elle a éclaté en sanglots avant de pouvoir finir ses explications.

J'ai alors aperçu Félix qui sifflotait dans le salon. J'étais confuse, mais rassurée ; si les nouvelles avaient été si catastrophiques, son frère n'aurait certainement pas été en train de chantonner gaiement.

Félix (en riant) : Tu es TELLEMENT dramatique, la sœur. Arrête de capoter. C'est vraiment cool, ce qui nous arrive !

Cool ? Peut-être qu'il était content que la séparation de ses parents lui procure deux chambres et deux cadeaux de Noël ? Après tout, Félix était de nature très positive.

Léa : Il n'y a rien de cool là-dedans ! En quoi est-ce que c'est le *fun* de tout perdre ?
Félix : Relaxe. Tu vas pouvoir te refaire une vie, mais dans une maison plus grande et dans un environnement mille fois plus vivant.

J'étais confuse. Peut-être que sa mère pensait s'installer dans la rue Principale ?

Moi (en essayant de joindre mes encouragements à ceux de Félix) : Ton frère n'a pas tort. Et dis-toi que tu seras plus proche du dépanneur[L] Chez Ti-Guy.

Félix et Léa m'ont regardée d'un drôle d'air.

Léa (en reniflant) : Pourquoi tu dis ça ? Ti-Guy déménage en ville, lui aussi ?
Moi (en plissant le nez) : Comment ça, « lui aussi » ?
Félix (enthousiaste) : Parce que la famille Olivier quitte enfin la campagne ! On s'en

va dans la métropole ! Salut, les Habs ! Bonjour, le stade olympique ! *Hello*, les *chicks* !

Je l'ai regardé sans broncher, comme si l'information qu'il venait de me transmettre avait de la difficulté à se rendre jusqu'à mon cerveau. Ce sont finalement les larmes de Léa qui m'ont ramené les pieds sur terre.

Moi : Tu... Tu me niaises, là ?
Léa (en essuyant sa morve) : Non ! Mon père a accepté un emploi à Montréal et il nous force à le suivre.
Moi (paniquée) : NON ! C'est impossible !

J'ai senti une boule se former dans mon ventre et monter dans ma gorge.

Léa : Je vais trouver une solution, Lou. Je l'ai dit à mes parents hier soir, et j'ai continué de le répéter aujourd'hui : il est hors de question que je parte et que je sois loin de toi et de Thomas. Je vais trouver une solution.

J'ai alors réalisé que des larmes coulaient sur mes joues. Léa m'a prise dans ses bras et je l'ai serrée très fort. Ses parents se sont matérialisés derrière elle.

Sa mère (en nous regardant d'un air ému): Je vois que Léa t'a appris la nouvelle…
Léa (en se tournant vers sa mère): Oui. Et je viens aussi de lui dire que je refusais de vous suivre et que j'allais trouver un moyen de rester ici.
Moi (les yeux remplis d'espoir): Tu pourrais peut-être rester chez moi? Je vais demander à mes parents, mais je ne vois pas pourquoi ils diraient non. Après tout, ils t'ont toujours considérée comme leur deuxième fille.
Léa (en me souriant à travers ses larmes): J'y avais pensé, moi aussi! Tu veux qu'on se rende tout de suite chez toi pour leur en parler?

Le père de Léa (en toussotant): Euh, les filles, je sais que vous pensez que c'est une bonne idée, mais vous oubliez une chose: nous ne voulons pas non plus nous séparer de Léa.
Léa: Alors, tu n'as qu'à refuser ton offre d'emploi et rester ici avec moi.
La mère de Léa (en s'approchant de nous et en s'efforçant d'être réconfortante): Les filles, je sais que ce n'est pas le *fun* de vous imaginer loin l'une de l'autre, mais Léa terminera son année scolaire ici. Et comme on ne déménage pas avant le début du mois d'août, vous avez encore plein de temps pour vous voir et assimiler la nouvelle.
Léa (en se retournant vers ses parents et en frappant du pied): Je ne veux pas aller à Montréal, bon! Je vais m'arranger pour faire des allers-retours matin et soir s'il le faut!
Félix: Arrête de réagir comme une enfant de trois ans. Penses-tu vraiment que les parents vont te laisser faire dix heures de

route toute seule à treize ans?
Léa: QUATORZE ans. Et ce n'est pas de tes affaires!
Le père de Léa: Félix n'a pas tort, ma grande. C'est vrai que ça n'a aucun sens.
Léa (en hurlant): C'est ça! Prends pour lui, comme d'habitude! Je suis tellement tannée que personne ne m'écoute! Ma vie est finie, et tout ça, c'est de votre faute!

Elle est montée dans sa chambre et a fait claquer la porte. J'ai essuyé mes larmes et Félix s'est avancé vers moi.
Félix: Tu comprends maintenant pourquoi nous étions absents aujourd'hui: il fallait gérer ma petite sœur, qui est sur le bord de la névrose.
La mère de Léa: Tu exagères, Félix. On vous a autorisés à rester à la maison pour qu'on puisse discuter des détails ensemble, pour qu'on commence à regarder les écoles et pour qu'on planifie les prochains mois.
Félix (en me souriant): On va à Montréal en mai pour visiter des maisons!

Je ne partageais pas du tout son enthousiasme. Même si de l'extérieur je m'efforçais de ne pas m'effondrer, mon cœur était en miettes.

Moi : Je... Je devrais peut-être aller voir Léa ?
La mère de Léa (en me souriant) : Je m'en occupe. Je vais essayer de la calmer. Mais je te promets qu'elle t'appellera plus tard, d'accord ?
Moi (d'une petite voix) : OK.

Elle s'est approchée de moi et m'a serrée dans ses bras.

La mère de Léa : Je te promets que tout va s'arranger. Et que votre amitié est assez forte pour surmonter la distance.

J'ai senti les larmes me piquer les yeux. J'ai souri tristement et je suis partie sans rien dire. En arrivant chez moi, j'ai entendu les cris de mon petit frère dans le salon.

Zak : Non ! Je ne veux pas prendre de bain !
Mon père : Zak, tu es tout taché ! Il faut que tu te laves, sinon, tu vas salir le sofa.
Zak : NON !
Ma mère : Zak, écoute ton père !

J'ai déposé mon sac d'école dans l'entrée et je me suis laissée tomber sur une chaise. Personne ne s'était vraiment rendu compte que j'étais là. Mon père coupait de l'oignon en dévisageant mon petit frère, ma mère tapotait sur son BlackBerry et Zak s'amusait à frapper ses Lego avec un camion.

Mon père : Zak, je vais compter jusqu'à cinq, et si jamais tu ne bouges pas, tu t'en vas tout de suite en réflexion.
Zak (en pleurant) : Je n'aime pas ça, prendre mon bain.
Mon père (en marchant vers lui et en le prenant dans ses bras) : Et si je te permets d'emporter ton gros camion avec toi ?
Zak (en reniflant) : OK.

Ils sont passés devant moi pour se rendre jusqu'à la salle de bain. Mon frère m'a lancé un regard de biais et mon père s'est contenté de me sourire pour me saluer. Je me suis alors tournée vers ma mère, qui répondait à un courriel en murmurant des choses à propos de son travail. J'ai toussoté, et elle a enfin levé les yeux vers moi.

Ma mère : Salut, ma chouette. Tu es donc bien silencieuse !
Moi (d'une petite voix) : Ouin. Ça ne va pas fort…
Ma mère (en m'interrompant et en pitonnant plus fort sur le clavier) : Maudit téléphone préhistorique ! Pourquoi les touches ne fonctionnent-elles pas ? Je dois répondre à un courriel au plus vite, moi ! Tu as peut-être raison, ma pitchounette : on a vraiment besoin d'un ordinateur, ici.
Moi (en soupirant) : En fait, c'est pas mal le cadet de mes soucis en ce moment.
Ma mère (en haussant un sourcil, mais

sans quitter son écran des yeux) : Hein ? Comment ça ? Je pensais que l'ordinateur occupait toutes tes pensées !
Moi : Ouais, mais je viens d'apprendre une mauvaise nouvelle. Je capote, maman.
Ma mère (en daignant enfin lever les yeux vers moi) : Que se passe-t-il ?
Moi : Je suis passée chez Léa après l'école, et…

Un cri strident est venu m'interrompre.

Mon père (de la salle de bain) : Relaxe, Zak ! Les petites bibittes[L] ne mangent pas les grosses !
Zak (en continuant de crier) : J'ai peur des araignées ! Et des zombies ! Je veux maman !
Ma mère (en roulant les yeux) : Désolée, Lou, mais je dois t'interrompre. Ton frère vit une crise.

Elle les a rejoints sans me laisser terminer ma phrase. J'ai aussitôt senti un volcan bouillir à l'intérieur. Non seulement mes amours ne menaient à rien, mais voilà que j'apprenais que la seule personne sur qui je pouvais toujours compter, mon âme sœur féminine, déménageait à des milliers de kilomètres de moi. Et, comble de malheur, mes parents étaient trop distraits pour s'occuper de moi et réaliser que je traversais une crise, moi aussi.

J'ai donc décidé d'imiter mon frère et de crier, car apparemment, c'était la seule façon d'attirer l'attention dans cette famille.

Moi : AHHHHHHHHHH !

Mon petit frère s'est aussitôt tu, et mes parents sont arrivés en trombe dans le salon.

Ma mère : Qu'est-ce qui se passe avec toi ? Pourquoi hurles-tu comme ça ?
Mon père : Ne me dis pas que tu as vu une araignée, toi aussi ?
Moi : Non, je n'ai pas vu d'insecte, papa.

Mais ce que je vis est pas mal pire, et vous vous en foutez complètement.
Ma mère : Ce n'est pas vrai, ça Marilou. C'est juste qu'avec ton petit frère, ce n'est pas toujours facile de parler de choses sérieuses.
Moi : Et pourquoi est-ce qu'il doit TOUJOURS passer en premier ? J'existe, moi aussi !
Mon père : On le sait, ma grande !
Moi : Ah ouais ? Parce que, dernièrement, j'ai plutôt l'impression d'être un bibelot du salon.

J'ai pris une grande inspiration et j'ai regardé mes parents en secouant la tête.

Moi : Au lieu d'essayer de trouver une façon de garder Léa ici, c'est moi qui devrais partir avec elle à Montréal !

J'ai vu l'incompréhension dans leurs yeux, mais j'ai quitté la pièce avant d'en dire plus. J'étais trop enragée pour écrire et trop triste pour pleurer. J'ai donc mis mes écouteurs sur mes oreilles et j'ai écouté Adele, car c'est la seule qui semblait comprendre ce que je vivais.

Quand ma mère est apparue devant moi quelques minutes plus tard, je n'ai même pas pris la peine d'éteindre ma musique.

Moi (en détournant les yeux) : Je suis occupée. Et je n'ai pas envie de parler.
Ma mère (en s'assoyant à côté de moi et en prenant ma main) : Lou… Est-ce que c'est vrai ce que tu as dit à propos de Léa ? Elle s'en va vraiment à Montréal ?

J'ai hoché la tête d'un air triste. Ma mère a retiré doucement mes écouteurs et a soupiré.

Ma mère : Comment ça ?
Moi : Son père a accepté un emploi stupide dans cette ville stupide. Et ma vie stupide est ruinée.
Ma mère : Quand est-ce qu'ils déménagent ?

Moi : Quelque part cet été.
Ma mère (en essayant d'être encourageante) : Alors ça ne sert à rien de pleurer tout de suite ! Il faut plutôt profiter de tous les beaux mois qui vous restent.
Moi : Facile à dire. Mais je me doute bien qu'elle va aussi vouloir se fondre à son chum.
Ma mère (en souriant) : C'est un peu normal, Lou. Léa est amoureuse.
Moi : Ouais, mais je n'ai pas envie de la partager. Surtout pas maintenant que notre temps est compté.
Ma mère : Ne dis pas ça. Je sais que ça te fait bizarre de t'imaginer que Léa n'habitera plus à deux rues d'ici, et que la nouvelle t'attriste, mais il faut laisser retomber la poussière, profiter au maximum du temps que vous avez ensemble et te rappeler que ce n'est pas parce qu'elle s'éloigne physiquement qu'elle disparaîtra de ta vie.
Moi : Maman, tu ne comprends pas ; j'ai l'impression qu'une bombe atomique vient de s'écraser sur mon cœur. Et comment

veux-tu que Léa et moi restions proches si je n'ai même pas de façon de lui écrire?!
Ma mère: Lou, on traversera le pont lorsqu'on y sera arrivés, OK?

J'ai hoché la tête et j'ai éclaté en sanglots. Ma mère m'a prise dans ses bras, mais son étreinte a eu pour effet de redoubler l'intensité de mes larmes. Elle m'a consolée pendant une quinzaine de minutes, puis elle s'est levée doucement.

Ma mère: Je vais aller terminer le repas. Pourquoi ne viens-tu pas nous rejoindre? Ça va te changer les idées.
Moi: Je n'ai pas l'énergie d'endurer Zak.
Ma mère (en fronçant les sourcils): C'est ton petit frère, Marilou.
Moi (en soupirant): Pas de discours, s'il te plaît. J'ai déjà la tête qui tourne.
Ma mère (en s'adoucissant): Je sais que Zak prend beaucoup de place, mais on t'aime tout autant que lui, ma puce.
Moi (entre mes dents): Des fois, j'en doute.

Ma mère était presque sortie de ma chambre lorsque j'ai prononcé cette phrase, mais je sais qu'elle m'a entendue rien qu'à la façon dont elle a crispé ses épaules.

J'ai fini par engloutir le sandwich aux tomates qu'elle est venue me porter il y a une heure, et là, je me sens épuisée. Je vais donc fermer les yeux et oublier cette journée. En espérant me réveiller et réaliser que ce n'était qu'un cauchemar.

Lou xox

Chapitre 5 :
Junior contre-attaque

Mardi 9 avril, 18 h 11

Cher journal,

Même si les jours passent, l'angoisse que je ressens depuis que Léa m'a appris la nouvelle de son déménagement est toujours aussi intense. Comme ma compétition de natation approche à grands pas, j'ai passé beaucoup de temps à la piscine en fin de semaine. Ça m'a fait du bien de nager et de faire le vide pendant mes entraînements, mais on dirait que la réalité me rattrapait dès que je sortais de l'eau. Sophie m'a demandé si tout allait bien, mais je n'ai pas voulu lui en parler.

Je me suis contentée de dire que j'avais réglé ma dispute avec Léa et que j'essayais de me concentrer sur ma course. Je sais que je peux lui faire confiance, mais on dirait qu'à partir du moment où je l'annonce aux gens, ça devient plus réel. Aussi, je trouve que je lui ai assez parlé de ma vie personnelle depuis quelque temps, et je n'ai pas envie qu'elle pense que la natation vient au dernier rang de mes préoccupations. Je préfère donc me confier à toi pour exprimer ma peine et ma colère.

Normalement, j'en parlerais aussi à Léa, mais elle est tellement bouleversée par ce qui lui arrive que je ne veux pas en rajouter. Ce midi, j'ai même essayé de joindre mes forces à celles de Steph quand elle a voulu la motiver.

Steph (en s'adressant à Léa) : Salut ! Comment ça va, aujourd'hui ?
Léa (en soupirant) : Mal. Mes parents et mon frère sont tout excités à l'idée de partir à Montréal le mois prochain pour découvrir différents quartiers et visiter des maisons et des écoles, et ça me gosse au plus haut point. J'ai beau leur répéter que je ne veux pas y aller, ils ne comprennent rien.

Laurie (en mordant dans son sandwich):
As-tu pensé à faire une grève de la faim?
Ç'a fonctionné chez moi quand mes parents ont essayé de me forcer à aller dans un camp d'été.
Léa: J'y ai songé, mais je suis trop gourmande pour résister à l'appel de la lasagne ou du macaroni chinois de ma mère.
Steph: Si ton déménagement est inévitable, je crois que ça vaudrait vraiment la peine d'essayer de voir les choses du bon côté.

Nous l'avons dévisagée toutes les trois.

Steph: Quoi? J'ai quelque chose entre les dents?
Laurie: Léa s'en va vivre à des centaines de kilomètres d'ici. Ce n'est pas facile de voir du positif là-dedans…
Steph: Je sais qu'on ne veut pas la perdre et, Léa, je comprends aussi que ça te fait de la peine de t'éloigner de tes amis et de ton chum, mais en même temps, c'est quand même excitant de penser que tu vivras

dans une grande ville avec un métro et un centre-ville souterrain[L] ! Personnellement, j'étouffe dans notre village, et même si je n'ai pas envie de me séparer de vous, je peux déjà vous dire que dès que le secondaire est fini, je m'en vais ailleurs pour le cégep.

Léa m'a lancé un regard inquisiteur. J'ai pris une grande inspiration et je me suis efforcée d'être aussi positive que Steph.

Moi : Steph n'a pas tort. C'est vrai que ça devient redondant de voir des champs de maïs et de croiser les mêmes personnes à l'épicerie.
Léa : Mais moi, ça me sécurise d'habiter ici et de connaître tout le monde. Et j'adore me rendre à la pharmacie pour entendre Brigitte et Solange potiner entre deux clients.

Je me suis creusé la tête pour trouver un autre argument.

Moi : Alors, pense à tout le magasinage que tu pourras faire ! Toutes nos boutiques préférées se trouvent à Montréal.
Léa (en baissant les yeux et en jouant avec son sandwich) : Bof. C'est pas mal moins excitant de magasiner toute seule. Et si Thomas n'est pas là, je n'ai pas vraiment de raison de m'habiller *cute*.
Laurie (en frappant la table avec sa main) : Ah non ! Tu ne vas pas commencer à t'habiller en mou[L] sous prétexte que ton chum est loin ! On ne va certainement pas laisser un gars influencer ton look.

J'ai ri.

Moi : Parlant de Thomas, tu n'étais pas censée dîner avec lui, ce midi ?
Léa (en haussant les épaules) : Ouais, mais il avait promis à JP et Seb de jouer au basket avec eux.
Steph : Et comment il prend la nouvelle, lui ?
Léa (en fronçant les sourcils) : Pas assez mal à mon goût. Il n'arrête pas de me

répéter que « ça va être une super belle expérience pour moi, qu'on a encore plein de temps devant nous et que ça sert à rien de parler de l'avenir pour l'instant ». Il me gosse avec son *carpe diem*. Moi, j'ai envie qu'il me dise que ça le déchire et qu'il va trouver un moyen de venir me rejoindre.

Moi : Genre en décrochant et en devenant mécanicien à temps plein à Montréal ?

Léa : Non. Mais il veut prendre ses cours de conduite, alors il pourrait venir me visiter toutes les fins de semaine. Ou alors il pourrait être aussi motivé que Steph et faire son cégep en ville.

Moi : Il lui reste quand même encore deux ans de secondaire. Je le comprends un peu de ne pas avoir envie de planifier son avenir tout de suite.

Léa (en me dévisageant) : Depuis quand tu prends la défense de Thomas, toi ?

Je me suis contentée de sourire. C'est vrai que c'est plutôt rare que je partage l'avis de son chum. Surtout qu'il me pompe vraiment l'air ces temps-ci. La fête d'anniversaire de Léa a lieu dans quatre jours et monsieur est toujours trop occupé pour répondre à mes questions.

Moi (en espérant que mon mensonge ne fasse pas allonger mon nez) : Ben, on planifie ta fête ensemble, alors ça nous rapproche.

Mon œil. Ton chum n'est même pas fichu de nous dire à quelle heure on peut se pointer chez lui !

Léa (en continuant de maugréer) : C'est gentil, mais ne vous cassez pas trop la tête pour mon anniversaire. La mauvaise nouvelle de mes parents a gâché ma vie et mon humeur. D'ailleurs, je pense que je ferais mieux de célébrer ça toute seule dans ma chambre pour me préparer à la *rejetitude* qui m'attend à Montréal.
Moi (en souriant) : Arrête de dramatiser. Je sais bien que tu ne nous le pardonnerais jamais si on ne faisait rien pour ta fête.

Léa (en esquissant un petit sourire) : C'est vrai que ça me ferait plaisir d'avoir un petit gâteau.
Steph : Et quelques cadeaux ?
Léa : Si vous insistez…

Thomas s'est alors joint à nous, et j'ai décidé de profiter de la présence de Léa pour le questionner à propos de samedi. Je me doutais bien qu'il allait se montrer beaucoup plus coopératif devant sa blonde.

Moi : Thomas, ça tombe bien, on parlait justement de toi.
Léa (en se levant et en l'embrassant) : C'est vrai, ça !
Thomas (en haussant un sourcil) : Ah ouais ? En bien, j'espère ?
Léa : Lou me disait que les préparatifs de la fête avançaient bien ?
Thomas : Euh, ouais. En fait, tes amies font le gros du travail.

Au moins, il ne prend pas le crédit. C'est déjà ça.

Moi : Ouais, et d'ailleurs, on se demandait à quelle heure on pouvait arriver chez toi samedi pour apporter les affaires ?
Thomas (en se grattant la tête) : Quelles affaires ?
Laurie : Ben la bouffe, les décorations, les cadeaux…
Thomas : Ah, ça ! Vers l'heure du souper.
Moi : Tu n'es pas disponible avant ?
Thomas : Non. J'ai promis à mon oncle de lui donner un coup de main dans son garage.
Steph : Alors on sera chez toi à 18 h.
Laurie : Et ne te gêne surtout pas pour inviter tes amis !
Moi : Sauf ceux qui tripent sur le surnom « gazelle ».

Les filles ont ri, et Léa s'est mise à taper des mains d'un air joyeux.

Léa : OK, j'avoue que ça fait du bien de penser à autre chose qu'à Montréal ! En tout cas, merci vraiment d'organiser ça pour moi.

La cloche a sonné pour nous avertir que les classes recommençaient dans dix minutes.

Moi : Léa, tu m'accompagnes aux casiers ?
Léa (en se pendant au cou de Thomas) : Non. J'ai déjà mes livres. Je vais te rejoindre dans le cours de sciences.

J'ai grimacé intérieurement. Je crois que Steph a senti mon malaise, puisqu'elle m'a aussitôt prise par le bras.

Steph : Je vais t'accompagner, moi !
Moi (en souriant) : Merci !

Et je n'ai pu m'empêcher de penser qu'à compter de septembre, ce serait ma nouvelle réalité...

Après l'école, je suis allée chercher mon petit frère. À mon arrivée chez moi, j'ai été étonnée de voir la voiture de ma mère garée devant la maison.

Moi (en ouvrant la porte) : Maman ? Ça va ? Qu'est-ce que tu fais ici ?
Ma mère (en nous accueillant et en embrassant Zak) : J'avais un rendez-vous chez le médecin et j'ai décidé de rentrer directement après pour vous surprendre.
Moi : C'est réussi. Et pourquoi tu souris comme ça ?
Ma mère : Parce que je viens de parler à ta tante Louise, et que j'ai une autre belle surprise pour toi.
Moi : Quoi ? Tu as réussi à convaincre ta sœur de fermer les autoroutes jusqu'à Montréal pour empêcher Léa de déménager là-bas ?
Ma mère : Non, mais tu vas être contente quand même.
Moi (soudain euphorique) : Elle va m'acheter un ordinateur ?
Ma mère : Non…
Moi : Elle va t'aider à choisir un ordinateur ?
Ma mère : Non plus…
Moi : Elle va nous donner son vieil ordinateur ?

Ma mère : Ça n'a aucun lien avec l'informatique, Lou.
Moi (en faisant la moue) : Oh. OK.
Ma mère (en souriant de plus belle) : Mais c'est encore plus excitant ! On est en train de planifier… une fin de semaine de filles !
Moi : Hum, je suis contente que tu passes du temps de qualité avec ta sœur, mais je ne vois pas en quoi ça me concerne.
Et encore moins en quoi ça représente une bonne nouvelle pour moi. Parce que si tu n'es pas là, ça veut dire que je dois garder Zak toute la fin de semaine avec papa.
Ma mère : Tu ne comprends pas. Léa et toi êtes incluses dans notre virée de filles ! J'ai même déjà parlé à sa mère pour avoir son autorisation !
On partirait à Québec la fin de semaine de Pâques pour avoir plus de temps !
Moi (en sautant de joie) : Pour vrai ? Juste toi, moi, Léa et Louise pendant quatre jours ?

Zak s'est aussitôt mis à pleurer.

Ma mère (en le consolant) : Disons, trois jours !
Moi : Et la mère de Léa a accepté ?
Ma mère : Oui. Elle sait comme moi que l'annonce du déménagement vous a pas mal ébranlées, et elle trouve que c'est une super idée de planifier un petit voyage qui vous permettra de passer plus de temps ensemble.
Moi (en lui sautant au cou) : Merci, maman ! Je suis trop contente !

J'ai ramassé mon sac à dos et j'ai sautillé jusqu'à ma chambre. Je sais que ma mère agit aussi comme ça parce qu'elle se sent mal à cause de notre dispute de la semaine dernière. Et j'avoue que ça fonctionne !
Je te laisse, car je veux appeler Léa et planifier notre escapade à Québec avant le souper !

Lou xox

Samedi 13 avril, 23 h 58

Cher journal,

Léa ronfle à côté de moi, et j'en profite pour te raconter ce qui s'est passé ce soir. J'essaie toutefois d'être discrète, parce que je ne veux pas la réveiller. Je ne lui ai jamais dit que j'avais un journal intime, et je préfère que ça reste comme ça. Si elle l'apprend, elle va sûrement me poser mille et une questions pour en savoir plus, et je n'ai pas envie de lui avouer que tout a commencé quand elle s'est mise à sortir avec Thomas et que j'ai senti qu'elle était moins disponible qu'avant.

Et j'ai encore moins envie qu'elle sache que tu me sers aussi d'exutoire quand je ressens le besoin de parler d'elle. Pas *contre* elle, mais de notre amitié, qui souffre un peu depuis le début de sa relation, et dont l'avenir m'inquiète beaucoup depuis que je sais qu'elle va partir loin de moi.

Pour en revenir à ma soirée, Laurie, Steph et moi sommes arrivées comme prévu chez Thomas à 18 h tapantes. C'est sa mère qui nous a ouvert la porte.

Moi : Bonjour, madame Raby…
Sa mère (en souriant) : C'est madame Poitras.

J'ai rougi. Léa m'avait raconté que les parents de Thomas étaient séparés et qu'il voyait à peine son père, mais ça m'était sorti de la tête.

Moi : Oui, euh, pardon, madame Poitras. Est-ce que Thomas est là ?
Sa mère (d'une voix douce) : Il n'est pas rentré du garage encore. Est-ce que je peux lui faire un message ?
Laurie : Euh, en fait, nous étions censées le rejoindre ici pour préparer la fête de ce soir.

Sa mère nous a regardées d'un air perplexe. Évidemment, Thomas avait aussi oublié de mentionner à sa mère qu'il organisait un party pour sa blonde. Heureusement, quand nous avons expliqué la situation à madame Poitras, elle s'est montrée très compréhensive et elle nous a aussitôt invitées à entrer. Son appartement était encore plus petit et bordélique que je le pensais. J'ai observé le salon d'un œil sceptique en me demandant comment dix personnes feraient pour s'entasser dans un endroit aussi étroit.

Sa mère (en me souriant) : Ne t'en fais pas ! Je vais ranger les traîneries[L] de Thomas et ça vous fera déjà pas mal plus de place ! Je peux aussi enlever l'étagère et plier la table de la salle à manger pour vous permettre de mieux respirer.

Elle nous a aidées à pousser les meubles et à décorer le petit espace avant de partir au travail. Comme elle est infirmière, ses horaires sont assez atypiques.

Moi : Êtes-vous certaine que ça ne vous dérange pas qu'on reste ici en attendant les autres ?
Sa mère (en enfilant son manteau) :
Au contraire ! Je suis contente que Thomas invite enfin des amis à la maison ! Je commençais à avoir l'impression qu'il avait honte de moi !

J'ai souri. Je me demande comment une femme si gentille et généreuse a pu engendrer un gars aussi… blah.

J'ai consulté ma montre. Thomas était en retard de 35 minutes et il n'avait même pas daigné téléphoner. Si ça continuait comme ça, Léa et les autres invités allaient se pointer avant lui.

Il est finalement arrivé vers 18 h 45. Ses mains étaient couvertes de graisse et il semblait à bout de souffle.

Laurie : Coudonc, nous avais-tu oubliées ?
Thomas : Non, mais on a eu un pépin au travail.

Steph : Tu as l'air essoufflé. Ça va ?
Thomas : Ouais. J'ai commandé quelque chose pour Léa et j'ai dû courir au bureau de poste avant de m'en venir ici. Je vais prendre une douche et je suis à vous.

Il a foncé vers la salle de bain et Laurie a mis de la musique.

Laurie (en chuchotant) : Au moins, il lui a acheté un cadeau.
Steph : C'est vrai que c'est *cute*. Ça prouve qu'il tient à elle.

Je me suis contentée de hocher la tête. J'avoue que j'étais la première surprise. Mais n'empêche ! Il aurait pu prévenir sa mère et être à l'heure.

Léa s'est finalement pointée vers 19 h, juste au moment où Thomas sortait de la douche.

Léa (en l'embrassant) : Tu sens bon !

Elle a ensuite observé les ballons et les banderoles qui décoraient le salon en écarquillant les yeux.

Léa : Wow ! Vous vous êtes tellement donnés !
Thomas : Remercie tes amies. Ce sont elles qui ont tout décoré.

Léa s'est tournée vers nous d'un air reconnaissant.

Léa : Merci, les filles. Je ne sais pas ce que je ferais sans vous.
Steph : C'est la moindre des choses ! Mais Thomas a aussi une surprise pour toi !

Thomas a rougi et a tendu une petite boite à Léa. Mon cœur a fait un bond dans ma poitrine. Et s'il se mettait à genoux pour la demander en mariage ? D'un côté, je serais soulagée que Léa reste ici, mais d'un autre, j'avais de la difficulté à l'imaginer vivre en couple au-dessus du garage de l'oncle de Thomas.

Thomas : Ça m'a fait penser à toi.

Léa a déballé son cadeau d'une main tremblotante. Il s'agissait effectivement d'une bague, mais heureusement, elle n'était pas ornée d'un diamant, mais plutôt d'une pierre violette.

Thomas (en l'enfilant sur le majeur de Léa) : C'est censé pouvoir lire ton humeur. Elle change de couleur selon le moment de la journée.
Léa (en souriant et en contemplant son nouveau bijou) : Elle est tellement belle ! Merci, Thomas. Je vais penser à toi chaque fois que je vais la regarder.
Steph (en consultant le petit papier qui accompagnait la bague) : Alors elle sera souvent verte, puisque c'est la couleur de l'amour !
Léa (en le consultant à son tour) : À moins qu'on se chicane ! Là, ça se peut qu'elle devienne noire.

Thomas a souri et a embrassé Léa. Je dois admettre que pour la première fois depuis le début de leur relation, je commençais à sentir qu'il tenait vraiment à elle. J'espère seulement que ce n'est pas parce qu'il sait qu'elle part dans quelques mois.

Moi : Tant qu'à y être, j'aimerais aussi te donner mon cadeau avant que les autres arrivent.
Léa : On attend d'autres invités ?
Thomas (en haussant les épaules) : J'en ai glissé un mot à Seb et JP, mais je ne suis pas trop sûr de ce que ça va donner.
Moi (en tendant deux gros paquets à Léa) : Tiens. C'est un deux pour un !
Léa (en arrachant le papier et en souriant) : Je capote ! J'aime tellement les surprises !

Elle a déballé le premier cadeau et j'ai vu ses yeux s'embuer. L'hiver dernier, quand j'ai accompagné sa famille aux glissades sur neige, Léa et moi avons dévalé une pente tellement à pic qu'on en a perdu nos tuques[L] et qu'on a toutes les deux eu un *wedgie* atomique[L] qui nous a fait rire aux larmes. Sa mère a capté le moment sur caméra et j'ai fait agrandir la photo. Nous sommes toutes les deux ébouriffées et nos joues sont rougies par le froid, mais on peut lire le bonheur et la complicité sur nos visages.

Léa (en se tournant vers moi et en me serrant dans ses bras) : Merci, Lou. C'est le plus beau cadeau que tu pouvais m'offrir. Et c'est un souvenir que je veux emporter avec moi.

Je me suis mordu la lèvre pour m'empêcher de pleurer. Je n'aimais pas faire référence à son départ.

Moi (en pointant l'autre paquet et en m'essuyant discrètement les yeux) : Ouvre l'autre ! Il est moins émouvant !

Léa a ri avant de déballer son deuxième cadeau. Ses yeux se sont agrandis quand elle a aperçu le chandail qu'elle avait repéré dans la vitrine du Simons lors du même voyage, et dont elle rêvait depuis.

Léa : Lou ! Je capote ! Tu t'en es souvenue ?
Moi : C'est difficile de l'oublier puisque tu m'en parles tous les jours depuis quatre mois ! C'est de la part de toute la famille Bernier.
Léa (en me serrant dans ses bras) : Merci, merci, merci !

Steph et Laurie lui ont ensuite offert des boucles d'oreilles et un collier que Léa a aussitôt enfilés.

Léa (en s'adressant à Thomas) : Tu ne capotes pas trop d'être entouré de filles ?

Ding ! Dong !

Thomas (en ouvrant la porte et en apercevant ses amis) : Les choses viennent de se rééquilibrer ! Salut, les gars !

J'ai aperçu JP, Seb et deux autres garçons de leur classe.

JP : Les filles s'en viennent.
Seb : Thomas aussi.

Quelles filles ? Et surtout, *quel Thomas* ?

J'ai lancé un regard de détresse à Léa, qui s'est empressée de me rejoindre.

Léa (surprise) : Tu as invité Junior à ma fête d'anniversaire ?
Moi (d'un ton paniqué) : Non ! C'est ton chum qui s'est occupé des invitations !
J'ai jeté un coup d'œil vers la porte. Une dizaine d'autres personnes venaient d'entrer, au grand désarroi de Thomas, qui ne s'attendait pas à autant de visiteurs.

J'ai aperçu Junior dans le groupe.

Léa (en accrochant Thomas au passage) : Chéri ? Pourquoi est-ce que le salon est en

train de se remplir d'abrutis ?
Thomas (en me regardant d'un air désolé) : Je pense que le mot s'est passé dans le vestiaire de hockey, et comme je ne fais presque jamais de party, l'équipe au complet s'est invitée. Je ne sais pas où je vais mettre tout ce monde-là...
Léa (en observant les nouveaux venus et en fronçant les sourcils) : Et quoi ? Ils ont aussi téléphoné aux pires greluches de l'école ?

Je savais qu'elle faisait référence à Sarah Beaupré et à sa gang.

Sarah (en s'avançant vers nous et en tendant ses lèvres vers les joues de Thomas) : Salut, mon beau !
Thomas (mal à l'aise) : Euh, salut, Sarah. Je ne savais pas que tes amies et toi alliez venir.
Sarah : Ben oui ! Quand j'ai entendu Charline, la blonde de JP, mentionner ton party, je me suis dit qu'il fallait absolument que je vienne faire un tour ! Ça ne te dérange pas, j'espère ?

Thomas : Non. C'est cool.

J'ai jeté un coup d'œil à la bague de Léa. Elle était devenue noir jais.

Thomas (en essayant de se rattraper) : En fait… C'est un party pour Léa.
Sarah (sans nous accorder la moindre attention) : Qui ?
Moi : Léa Olivier. Sa blonde. Genre la fille à ta droite que tu ignores depuis tantôt.

J'ai vu Léa esquisser un petit sourire.

Sarah (en jetant un coup d'œil rapide en direction de mon amie) : Ah. OK. Bonne fête. Tu as quel âge ? Douze ans ?
Moi et Léa : Quatorze !
Thomas (en toussotant pour essayer de faire baisser la tension) : Viens, Sarah. Je vais te servir quelque chose à boire.
Moi (découragée) : Je n'arrive pas à croire que Junior soit là ! Moi qui espérais ne plus jamais le recroiser de ma vie !
Léa (d'un air outré) : Moi, je capote que

Sarah Beaupré ait le culot de se pointer ici et de tourner autour de mon chum! Elle m'énerve tellement! C'est MA fête, Lou! Elle n'a rien à faire chez Thomas!
Moi: Je pense qu'elle se fiche pas mal de la raison du party, Léa. Et tu sais comme moi qu'elle ne rate pas une seule occasion de se faire voir et qu'elle prend un malin plaisir à faire suer les filles comme nous. Essaie de ne pas embarquer dans son jeu et ne la laisse surtout pas gâcher ton anniversaire.

Laurie et Steph se sont aussitôt jointes à nous.

Steph: C'est qui le gars qui parle à Seb? Il est quand même *cute*!
Moi: C'est Junior. Mais crois-moi, il ne faut pas que tu te fies aux apparences.
Laurie: La blonde de JP a l'air nounoune. Je sais que c'est un jugement gratuit, mais ça fait du bien de le dire.
Léa: Elle est amie avec Sarah Beaupré. C'est sûr qu'elle est épaisse[L]!

Laurie : J'ai repéré un autre gars de leur équipe qui a de l'allure. Je vais aller lui parler pour voir s'il est un aimant à cruches, lui aussi.
Steph : En tout cas, Léa, on ne peut pas dire que ton anniversaire manque d'action ! Et grâce à toi, j'assiste à mon premier party avec des gens plus vieux !
Laurie : C'est vrai que c'est pas mal plus excitant qu'une fête dans mon sous-sol avec vous trois.
Léa (en continuant d'observer Sarah de loin) : Pff. Moi, j'aurais préféré que certaines personnes s'abstiennent de venir. Non, mais ! Regardez comment elle rit avec ses amies tout en guettant Thomas du coin de l'œil. Je suis sûre qu'elle est en train de planifier un mauvais coup.
Steph : Profites-en donc pour aller coller ton chum. Ça va lui clouer le bec.
Léa : Bonne idée !

Elle est partie comme une flèche, et Junior en a profité pour se faufiler à côté de moi.

Junior : Salut, beauté.
Moi (en soupirant) : Je pense que la dernière fois qu'on s'est vus, j'ai été très claire par rapport à ton choix de vocabulaire.
Junior : Oui. Et tu m'as aussi dit que tu avais besoin de plus que ça pour être charmée. C'est d'ailleurs pour ça que je suis ici.
Moi : Ça veut dire quoi, ça ? Que je vais avoir droit à une autre séance de *cruisage* ratée ? Et tu vas m'appeler comment, aujourd'hui ? « Ton beau petit ruminant » ? « Ta truie chérie » ? Merci, mais ce ne sera pas nécessaire.
Junior (en penchant la tête sur le côté et en imitant le chat dans *Shrek*) :
Non. Cette fois-ci, je vais essayer de me faire pardonner d'avoir été con et de te convaincre de me donner une deuxième chance.
Moi : Ça va prendre plus que des yeux de Bambi pour ça.

Junior s'est aussitôt agenouillé et a joint ses mains ensemble.

Moi : Qu'est-ce que tu fais là ?!?
Junior : Je te supplie de me pardonner.
Moi : Ce n'est pas en t'humiliant que tu vas m'avoir.

Junior s'est mis à gesticuler en prononçant une formule magique.

Moi : Essaies-tu de m'ensorceler pour que je succombe à tes charmes ? Si c'est le cas, j'ai une mauvaise nouvelle pour toi : nous ne sommes pas dans *Vampire Diaries*, alors ça ne marchera pas.
Junior (en faisant apparaître une marguerite de derrière son dos) : Non. Je voulais simplement t'offrir ceci.

Je n'ai pu m'empêcher de sourire.

Junior : Est-ce que je suis pardonné ?
Moi : Non.

Junior : Sors avec moi.
Moi : Pardon ?
Junior : Je te demande juste une occasion de passer du temps ensemble pour que je puisse continuer de te prouver que je ne suis pas juste un moron.
Moi : Je ne pense pas que ce soit possible.
Junior : Pourquoi ? Tes parents sont sévères ?
Moi : Oui. En fait, ils m'interdisent formellement de sortir avec des clowns qui essaient de m'embrasser sans que je leur donne la permission et qui me donnent des qualificatifs d'animaux.
Junior : Tu n'aimes pas te faire appeler « gazelle » ?
Moi : Non.
Junior : Ma biche ?
Moi : Non plus.
Junior : Ma girafe en chocolat ? Mon ourson en sucre ?
Moi : Ark et beurk.
Junior : Tu as raison. Toi, tu es plus comme un porc-épic. Tu es vraiment *cute*, mais

dès qu'on essaie de t'approcher, tu sors tes piquants.

Moi (en le dévisageant): Euh, merci?

Junior: Quoi? C'est adorable, un porc-épic.

Moi: Si tu le dis.

Junior: Écoute, il faut que je file dans cinq minutes, mais je ne veux pas partir sans avoir ton numéro de téléphone.

Moi: Ne compte pas là-dessus.

Junior (d'un air sérieux): Marilou, si je pouvais, je passerais le reste de la soirée à essayer de te convaincre, mais comme c'est aussi la fête de mon meilleur ami ce soir, je dois absolument faire acte de présence avant qu'il me renie.

Moi: T'as des amis, toi? Ça m'étonne.

Il a souri. Au moins, il a le sens de l'humour.

Junior: On va faire un marché. Je te laisse mon numéro et tu m'appelles dès que tu t'ennuies de moi.

Moi: Tu sais que les chances que ça arrive

sont plutôt faibles, hein ?
Junior : Oui, mais je prends quand même le risque.

Il a pris un crayon, il a noté son numéro sur une serviette de table et il me l'a tendue.

Junior : Sans blague, Marilou, j'aimerais ça qu'on se revoie. Alors, ne jette pas la *napkin*[L] trop vite.

Il a souri et il est sorti de la maison. J'ai observé la marguerite d'un air songeur, puis je l'ai déposée sur la table avant de mettre la serviette de table dans ma poche.

Je dois avouer qu'il m'a étonnée, ce soir. Il m'a fait rire, et j'ai trouvé ça quand même *cute* qu'il fasse un détour simplement pour me voir. Mais bon, il ne faut pas non plus que je m'emballe ; après tout, je doute que son côté moron soit enfoui bien loin et que je sois la seule fille qu'il essaie de charmer avec ses fleurs.

Le reste de la soirée a filé à la vitesse de l'éclair. Sarah et ses cruches sont parties au bout d'une demi-heure en prétextant qu'elles avaient un party beaucoup plus excitant auquel assister, mais leur départ n'a pas calmé Léa, qui a continué de parler contre elles jusqu'à ce qu'elle s'endorme.

Somme toute, c'était une soirée réussie que nous ne sommes pas prêtes d'oublier.

Il est déjà tard, alors je vais me coucher (et essayer de chasser Junior de mes pensées. Même s'il a été drôle ce soir, il ne mérite pas d'occuper autant de place dans ma tête !).

Lou xox

Mercredi 17 avril, 19h28

Cher journal,

Il y a des journées où j'ai vraiment l'impression d'être invisible.

Par exemple, j'ai essayé de parler de mon examen de français pendant tout le souper (une composition que j'ai faite et pour laquelle j'ai obtenu 92 %, ce qui est très rare dans mon cas), mais Zak n'arrêtait pas de m'interrompre pour poser des questions insignifiantes.

Moi : La prof m'a dit que j'avais obtenu la meilleure note de la classe !
Mon père : Bravo, Lou ! C'est tout un accomplissement.
Ma mère : Ça parle de quoi, ton texte ?
Moi : Ça parle d'un monde secret où vivent…
Zak : Pourquoi le pâté chinois est froid ?
Mon père : Donne. Je vais le mettre dans le micro-ondes.

Moi : Je disais donc que ça se passe dans un univers…
Zak : Est-ce que je peux avoir une paille pour mon lait ?
Mon père : Oui. Attends.
Moi : Hum, donc mes personnages habitent dans une…
Zak : Comment ça marche, un micro-ondes ?
Ma mère : Attends, Zak. Je vais t'expliquer tout ça quand ta sœur aura fini son histoire.
Mon père (en lui tendant son assiette) : Tiens.
Zak (en recrachant une bouchée) : C'est trop chaud !
Ma mère : Alors, souffle dessus et attends un peu. Marilou, tu disais ?
Moi : Euh, je ne sais plus trop.
Zak : Est-ce que je peux avoir plus de lait, s'il te plaît ?
Ma mère (en se levant) : Quand c'est bien demandé comme ça, oui.
Zak : Est-ce que je peux avoir une cuillère pour manger mes patates ?

Mon père (en se levant à son tour) : Je vais te chercher ça.

J'allais poursuivre mes explications quand je me suis rendu compte que plus personne ne m'écoutait. Mes parents cherchaient des ustensiles propres en se chamaillant à propos du lave-vaisselle, tandis que Zak fredonnait la chanson de son émission préférée. J'ai donc avalé le reste de mon souper en vitesse avant de regagner ma chambre. Ma mère a beau me répéter que j'occupe autant de place et d'importance que Zak dans leur vie, je commence sérieusement à en douter.

Et ces temps-ci, je ne peux pas non plus compter sur Léa pour m'écouter. Quand elle n'est pas occupée dans les bras de Thomas, elle est obnubilée par l'existence de Sarah Beaupré. J'ai d'ailleurs essayé de la raisonner ce matin, mais sans trop de succès.

Moi (en sortant du local d'anglais) : Si je te dis que je n'ai rien compris au film qu'on vient de voir, vas-tu me croire ?
Léa : Mets-en ! Je ne pourrais même pas te dire de quoi ça parlait ! Ça regarde mal pour le résumé qu'on doit faire !
Moi : Je vais demander à Laurie. Elle est presque bilingue, alors je suis certaine que si on le fait ensemble, elle pourra nous aider… Léa ?

J'ai réalisé que je parlais toute seule. Je me suis retournée et je l'ai aperçue pendue au cou de son chum.
Léa (en me rejoignant tout en tenant la main de Thomas) : Excuse-moi ! J'ai raté ta dernière phrase.
Moi : C'est correct.
Léa (en regardant Thomas) : Viens-tu dîner avec nous ?
Thomas : Je ne peux pas. Je vais dîner Chez Linda avec JP, sa blonde, Seb et une couple[L] d'autres personnes.

Léa : Qui, ça ?
Thomas (en haussant les épaules) : Je ne sais pas. Mais tu peux venir si ça te tente. Je dois passer à ma case avant. Si tu te décides, tu viendras me rejoindre.

Léa l'a regardé partir d'un air songeur.

Léa : Je suis sûre que si Thomas y va, Sarah risque de se pointer, elle aussi.
Moi (en soupirant) : Je sais qu'elle t'énerve, Léa, mais il faut que tu fasses confiance à ton chum.
Léa : Même si je sais qu'elle est prête à tout pour l'avoir ?
Moi : Thomas ne va quand même pas te tromper entre deux bouchées de poutine !
Léa : Et je vais faire quoi quand je serai à Montréal et que je ne pourrai plus la surveiller ? Lou, il faut que tu me promettes que tu l'auras à l'œil !
Moi (en roulant les yeux) : OK. Est-ce qu'on peut aller dîner, maintenant ?

Léa (en se mordant la lèvre) : Tu sais quoi ? Je pense que je vais accompagner Thomas, question d'assurer mes arrières.
Moi : Mais on s'était dit qu'on se partagerait un *hot chicken* !
Léa : Je sais, mais la vision de Sarah Beaupré qui colle mon chum m'a coupé l'appétit.
Moi : Mais…
Léa : À plus tard !

Elle est partie en courant avant que je puisse ajouter quoi que ce soit. J'ai soupiré et j'ai rejoint Laurie et Steph à notre table habituelle.

Je sais qu'elle est amoureuse et qu'elle a envie de passer du temps avec Thomas, mais ça m'énerve qu'elle ne me parle que de lui et de Sarah. Des fois, j'aimerais ça qu'elle se concentre aussi sur notre amitié et qu'elle fasse des plans avec moi pour qu'on puisse se voir à l'automne.

Je devrais peut-être lui en parler, mais j'ai l'impression que ça ne mènera à rien. La preuve, c'est que je ne peux pas dire que mon grand discours ait eu un impact fracassant dans ma famille.

Je te laisse, car je dois terminer mes devoirs et me coucher tôt puisque j'ai un entraînement de natation à 6 h 30 demain matin.

Lou xox

Samedi 20 avril, 20 h 22

Cher journal,

Ce matin, Sophie est venue me chercher à 6 h, puisque ma compétition avait lieu à une heure d'ici. Mes parents m'avaient proposé de m'y conduire avec Zak, mais j'ai préféré y aller avec mon entraîneuse pour qu'on ait la chance de récapituler certaines techniques et que je puisse me concentrer le plus possible.

Après mon échauffement, j'ai senti les fameux papillons dans mon ventre. J'ai jeté un coup d'œil rapide vers les gradins et j'ai aperçu ma famille, Léa et… Félix qui me regardaient.

Que faisait-il là, lui ? Je croyais que mon amie avait prévu de venir avec mes parents ! ? J'étais contente de le voir et flattée qu'il ait tenu à assister à l'une de mes compétitions, mais j'avoue qu'il faisait monter mon trac d'un cran.

J'ai pris une profonde inspiration pour me calmer, mais le petit hamster dans ma tête s'est emballé dans sa roue.

Il doit tellement me trouver horrible avec mon maillot une pièce, mon pince-nez et mon casque de bain !

Je suis pudique de nature, et je déteste le moment où je dois me positionner sur le bord de la piscine à côté de mes adversaires. Même si j'essaie de me concentrer sur la course que je m'apprête à exécuter, je ne peux pas m'empêcher de me comparer aux autres. Certaines nageuses sont de véritables poids plumes qui donneraient des complexes à Kendall Jenner !

Et depuis que je fais de la natation de façon plus intensive, je réalise que mes cuisses et mes épaules sont beaucoup plus musclées qu'avant, ce qui m'énerve un peu.

Je me suis étirée en m'efforçant de faire le vide.

Je fais dos aux estrades, alors Félix n'a sans doute rien de mieux à faire que de m'observer. Au moins, je n'ai pas mes règles en ce moment. S'il fallait que le cordon dépasse de mon maillot, ce serait la fin pour moi. Et s'il parvenait à voir ma cellulite des estrades ? MY GOD ! Il faut que j'entre dans l'eau au plus vite ! Heureusement, j'ai entendu le coup de sifflet nous indiquant de nous placer sur le plot. La course allait commencer.

« À vos marques… *Go !* »

J'ai plongé dans la piscine et j'ai nagé aussi vite que j'ai pu. Ma transition vers le papillon s'est bien passée. À ma dernière longueur, je me suis retenue de regarder à ma droite. J'ai appris à mes dépens qu'observer une adversaire pendant la course ne faisait que ralentir ma cadence.

Quand j'ai finalement atteint l'arrivée, j'ai retiré mes lunettes et j'ai réalisé que j'avais obtenu le meilleur temps. Je suis sortie de la piscine et Sophie s'est jetée dans mes bras.

Sophie : Lou, tu t'es surpassée ! Je suis tellement fière de toi !
Moi (en reprenant mon souffle) : Merci ! Il faut croire que les entraînements ont porté des fruits !
Sophie : Peut-être, mais je ne t'ai jamais vue performer comme ça ! On aurait dit que tu nageais sur une fusée ! Je ne sais pas quel est ton secret, mais il faut absolument le réutiliser à ta prochaine compétition, en juin !

Alors, il fallait réinviter Félix Olivier, car, devant lui, j'avais envie de me surpasser. Et de l'impressionner.

Ma mère, mon père et Zak nous ont rejoints.

Ma mère (en me prenant dans mes bras): Bravo, ma grande!
Mon père (en m'embrassant aussi): Félicitations, ma championne! *You're a winner!*
Moi (en roulant les yeux): Merci, papa!

Léa et Félix se sont joints aussi à nous.

Léa: Lou! T'étais débile!
Moi: Merci!
Félix: Je ne te savais pas aussi talentueuse, Marilou.
Moi (en rougissant): C'est gentil! Surtout que je ne m'attendais pas à te voir ici!
Léa: Toutes les raisons sont bonnes pour conduire l'auto de mes parents!
Félix: Ce n'est pas juste pour ça! J'étais aussi curieux de te voir nager, Lou! Et je ne regrette pas mon choix!

Mon sentiment de fierté et de bonheur s'est envolé en fumée lorsque Emma, une superbe nageuse de quinze ans, est passée près de nous et a souri à Félix. Ce dernier a aussitôt écarquillé les yeux et s'est penché vers moi.

Félix : OK ! *Chicks alert !* Marilou, tu la connais ?
Moi (en m'efforçant de cacher ma jalousie) : Oui. Elle est un peu niaiseuse.

C'était sorti tout seul. La vérité, c'est qu'Emma est une fille intelligente, drôle et sexy qui me fait sentir aussi attrayante qu'un caniche mouillé.

Léa (en fronçant les sourcils) : Je ne crois pas que ce soit son QI qui intéresse mon frère.
Félix (en continuant de la regarder) : Excusez-moi, les filles, mais le devoir m'appelle. Je dois aller consoler cette pauvre nageuse qui vient de perdre sa course.

Léa a soupiré et je me suis épongé le visage pour cacher ma peine et ma déception.

Léa (en m'observant d'un drôle d'air) : Ça va ?
Moi (en m'efforçant de sourire) : Oui. C'est juste toujours un peu intense après une compétition. Mon adrénaline baisse d'un coup et ça me donne un peu le cafard.
Léa : Ben là ! Pas question que tu déprimes après une victoire aussi étincelante ! Je vais d'ailleurs rentrer avec vous pour m'en assurer.
Moi : Et Félix ?
Léa (en dévisageant son frère, qui était maintenant en grande conversation avec Emma) : Je pense que mon frère va survivre sans moi. Et que ça fera même son affaire que je ne sois pas dans ses pattes.

Je suis allée me changer en vitesse, et quand je suis sortie des vestiaires, je suis tombée nez à nez avec Félix et sa nouvelle conquête qui s'apprêtaient à partir ensemble. J'ai regardé Emma qui embarquait dans la voiture des Olivier en riant tout en secouant sa grande crinière blonde.

Léa (en suivant mon regard) : Tu as raison ; c'est vrai qu'elle n'a pas l'air d'une lumière.

Léa s'est installée entre Zak et moi dans la voiture.

Léa (en me donnant un coup de coude) : Eille ! Souris ! T'as gagné, et en plus, on s'en va à Québec la fin de semaine prochaine !
Moi : Tu as raison ! Ça va me faire du bien de changer d'air.
Léa : Sais-tu quoi ? On devrait aussi en profiter pour faire une folie !
Moi : Qu'est-ce que tu proposes ?
Léa (en me chuchotant à l'oreille) : Je ne sais pas. Tu pourrais te faire tatouer ?

J'ai éclaté de rire.
Moi (en murmurant aussi) : Je pense que tu délires, Léa. Mes parents ne me donneront jamais la permission. Ils vont plutôt me servir un discours sur les dangers des gangs de rue !

Léa (un peu plus fort) : Hum… Et si tu te faisais percer le nez ?
Ma mère (en se retournant vers nous) : Je ne sais pas ce que vous manigancez, mais je peux tout de suite vous dire que personne ne se fera percer quoi que ce soit. Est-ce que c'est clair ?
Moi : Oui, maman.
Léa : Désolée, madame Bernier. J'essayais juste de trouver une façon de rendre notre séjour à Québec encore plus mémorable.
Ma mère : Une virée de filles et du magasinage, ce n'est pas assez ?
Moi : Oui, mais ç'a l'air que Léa s'est aussi mis dans la tête de changer mon look.
Ma mère : Ce n'est pas fou. D'ailleurs, tu es due pour une coupe de cheveux. On pourrait en profiter pendant qu'on est là-bas. Qu'est-ce que tu en penses ?
Léa : Tellement ! C'est sûr que si on débarque dans un salon de coiffure de Québec, tu vas avoir une tête pas mal plus originale que si tu retournes voir Sylvie pour la cinquantième fois de suite.

Moi (en haussant les épaules) : Je l'aime, moi, Sylvie.
Léa : Oui, mais elle te fait la même coupe depuis que tu as trois ans.
Ma mère (en nous dévisageant) :
Et des cheveux, ça repousse. Ce n'est pas permanent comme des tatouages ou des piercings.
Moi : Bon, OK. J'embarque.

On a passé le reste du trajet à songer à différentes coiffures qui pourraient m'aller bien. Comme mes cheveux châtains sont raides comme de la corde et ne m'arrivent qu'aux épaules, il n'y a pas des millions de possibilités, mais je fais confiance aux artistes de la grande ville !

J'ai tellement hâte à vendredi ! Plus que six jours avant le grand départ !

Lou xox

Jeudi 25 avril, 19 h 34

Cher journal,

Après l'école, Léa m'a accompagnée chez moi pour me montrer des photos de coiffures trouvées dans des magazines. Elle prend son projet « changeons la tête de Marilou » très au sérieux et ne manque pas une occasion d'essayer de me convaincre d'opter pour un look plus osé.

Léa : Regarde cette coupe garçonne ! Ça t'irait tellement bien.
Moi (en jetant un coup d'œil distrait à la mannequin) : Euh, non merci ! Je ne pense pas que le fait de ressembler à un petit gars manqué m'aidera vraiment dans ma conquête de l'homme parfait.
Léa : Serais-tu prête à avoir des mèches ?
Moi (d'un air sceptique) : Quelle couleur ?
Léa : Rose ?
Moi : NON !

Léa a soupiré et a continué de tourner les pages de son magazine. Zak a aussitôt fait irruption dans ma chambre.

Zak : Je m'ennuie !
Moi : Ton émission est finie ?
Zak : Oui. Je veux jouer avec vous.
Léa : Alors, installe-toi à côté de moi et aide-moi à trouver une nouvelle tête à ta sœur.
Zak : Oui ! Ça va être cool !
Moi (en poussant Zak hors de ma chambre) : Euh, non merci ! Je n'ai pas besoin de ton opinion.
Zak (en pleurnichant) : Mais je veux voir Léa et changer ta tête !
Moi (en m'agenouillant pour lui faire face) : Maman devrait arriver d'une minute à l'autre. Pourquoi tu ne vas pas t'installer à la fenêtre pour surveiller sa voiture ?
Zak : À condition que tu me donnes des biscuits.

J'ai roulé les yeux et j'ai fait signe à Léa que je revenais dans deux minutes. Ma mère est arrivée au moment où je servais un verre de lait à Zak.

Ma mère : Bonjour, vous deux !
Moi : Salut. Tu tombes bien, ton fils a besoin d'attention.
Ma mère (en m'embrassant) : Et toi ?
Moi : Moi, je survis, car Léa est ici.
Ma mère : Elle veut rester à souper ?
Moi : Attends, je vais lui demander.

Quand j'ai ouvert la porte de ma chambre, j'ai vu Léa qui lisait quelque chose d'un air concentré. Au départ, j'ai cru qu'il s'agissait encore de son magazine de mode.

Moi : Pourquoi tu fais cette face-là ? J'espère que ce n'est pas parce que tu veux me convaincre de me faire teindre en platine !

Léa s'est contentée de brandir un livre vers moi. Il s'agissait de mon journal. J'avais oublié de le cacher et je l'avais laissé à la vue de tous. Merde.

Moi : EILLE !! Qu'est-ce que tu fais avec ça ?!?
Léa (en rougissant) : Euh, je… C'était sur ton lit, et je l'ai pris pour noter des idées de coupes de cheveux.
Moi (en lui retirant des mains) : C'est personnel, Léa !
Léa : Désolée. Je ne savais pas que tu avais un journal intime.

Un ange est passé.

Léa (mal à l'aise) : Je… Depuis quand écris-tu là-dedans ?
Moi (évasive) : Quelques mois.
Léa : Et tu ne m'en as pas parlé ?
Moi (d'un ton sec) : Je ne savais pas que j'étais obligée de tout te dire.
Léa (du tac au tac) : Ouais. À ce que je vois, il y a des choses que tu aimes mieux me cacher.
Moi (d'un air suspicieux) : Pourquoi tu dis ça ?
Léa (en rougissant encore plus) : Parce que

je… à cause de ton journal, c't'affaire !
Moi (d'un ton suspicieux) : Est-ce que tu en as lu des passages, par hasard ?
Léa (en détournant le regard) : Pff. Non.
Moi : Léa Olivier ! Tu mens tellement mal ! Qu'est-ce que tu as lu ?
Léa : Rien de précis ! Je l'ai ouvert pour écrire dedans, et j'ai vite réalisé que c'était personnel…
Moi : Mais tu as quand même continué à lire ?
Léa : Non !
Moi : LÉA ! Dis la vérité.
Léa (en baissant la tête) : Juste une page.
Moi : Laquelle ?

Léa a pris une grande inspiration et a levé les yeux vers moi. Mon cœur battait à tout rompre. Et si elle avait lu tout ce que j'avais écrit à propos de Thomas ?

Léa : Celle qui date de la fin de semaine dernière…

J'ai pris le temps de réfléchir. C'était après ma compétition. Je parlais de stress, de nage, de cheveux… et de Félix. Re-merde. Je suis devenue écarlate et je me suis laissée tomber sur mon lit.

Léa s'est avancée vers moi.

Léa : Lou ?
Moi (en me cachant le visage) : Non. J'ai trop honte.
Léa : Honte de quoi ?
Moi : De ce que tu as lu. Est-ce qu'on peut faire semblant que ça n'existe pas ?
Léa : Genre que tu n'es pas follement amoureuse de Félix ?
Moi (en mettant un oreiller sur ma tête) : Arg ! CHUT !

Léa a soulevé l'oreiller et m'a souri.

Léa : Pourquoi tu ne m'as rien dit ?
Moi : Je ne sais pas. C'est ton frère. Je ne voulais pas que ce soit bizarre. Ou que tu ries de moi.

Léa : Pourquoi je rirais de toi ?
Moi : Parce qu'il n'y a aucune chance qu'il s'intéresse à moi. Et que c'est niaiseux de ma part de m'imaginer le contraire.
Léa : Marilou Bernier ! Mon frère serait chanceux de sortir avec une fille aussi *hot* que toi. Est-ce que c'est clair ?
Moi (en souriant) : Merci.

Léa a soupiré.

Léa : Mais ça ne veut pas dire que je comprends pourquoi tu me l'as caché.
Moi : Je ne voulais pas te causer d'arrêt cardiaque.
Léa : *Come on*, Lou ! J'ai toujours eu un doute ! Je t'ai même posé la question il y a quelques semaines, mais tu as préféré tout nier.
Moi : Je sais... Je m'excuse. J'aurais dû être honnête avec toi.

Elle a réfléchi quelques instants, puis elle m'a souri.

Léa : Je m'excuse aussi. Je n'aurais pas dû lire ton journal.
Moi : Tu es pardonnée, à condition que tu me promettes que tu ne le referas plus jamais.
Léa : Juré, craché.
Moi (en rangeant le journal et en essayant de changer de sujet) : Veux-tu rester à souper ?

Silence.

Moi : Léa ?
Léa (en sortant de la lune) : Hein ? Quoi ?
Moi : Tu vois ! C'est pour ça que je ne t'ai rien dit. Là, c'est bizarre entre nous, parce que tu sais que j'ai des… sentiments pour ton frère.
Léa : Non, ce n'est pas ça.
Moi : Ça ne te dérange pas que je tripe sur Félix ?
Léa : Non. Évidemment, je ne comprends pas qu'une fille aussi intelligente que toi puisse s'intéresser à lui, mais ça, c'est une autre histoire.

Moi : C'est quoi qui te tracasse, alors ? As-tu lu un autre passage ?
Léa : Je te jure que non.
Moi : Alors pourquoi es-tu bizarre comme ça ?

Léa a soupiré, puis elle a baissé les yeux.

Léa : C'est juste... plate de savoir que tu as besoin d'un journal pour te confier. Je pensais que je servais à ça.
Moi (en souriant) : Tu te sens trompée par mon journal intime ?
Léa : Genre. Je sais que c'est niaiseux, mais ça me fait un peu de peine de sentir que tu ne peux pas tout me dire.
Moi : Je te dis tout, Léa.

Elle m'a dévisagée.

Moi : À part pour Félix.
Léa : Pourquoi as-tu besoin de ça, alors ?
Moi : Parce que tu n'es pas toujours disponible quand j'ai besoin de me défouler.

Léa : Je suis toujours là, Lou. J'habite à trois minutes et quart à pied.
Moi : Ouais, mais tu as un chum, maintenant.
Léa : Et qu'est-ce que ça change, ça ?

J'ai réfléchi quelques secondes. Tant qu'à se dire les vraies choses, aussi bien être honnête jusqu'au bout.

Moi : Ça change que tu es moins présente qu'avant, Léa. Mais ce n'est pas un reproche. C'est juste une constatation.

Léa a baissé les yeux. Je voyais bien qu'elle était blessée.

Moi : Je ne te dis pas ça pour te faire de la peine.
Léa : Je sais. C'est juste *tough*[L] de savoir que ma relation avec Thomas a un impact sur nous deux. Et que dans quelques mois je serai à Montréal. Qu'est-ce qui arrivera si tu décides de me remplacer complètement

par ton journal ? Ou par Steph ? Ou par Laurie ?
Moi : Ça n'arrivera pas, niaiseuse ! Je t'aime trop pour ça.

Léa m'a souri et m'a serrée contre elle.

Léa : Est-ce qu'on peut se promettre qu'on ne laissera pas la distance nous séparer ?
Moi : Ni la distance, ni un gars, ni un journal intime.
Léa : *Deal !*

Ma mère a aussitôt frappé à la porte pour nous aviser que le souper était servi. Léa a mangé avec nous, puis elle est rentrée chez elle en me promettant sur la tête de Thomas qu'elle ne dirait rien à son frère à propos de mes sentiments.
Même si, sur le coup, ça m'a fait capoter qu'elle découvre que j'aimais son frère, j'avoue que je me sens maintenant plus légère, car il n'y a plus de secret entre nous. Et je me sens aussi soulagée de lui

avoir avoué que sa présence me manquait par moments. J'ai vraiment espoir que notre discussion nous rapproche davantage et que ça nous permettra de rester fortes lorsqu'on sera loin l'une de l'autre.

Lou xox

Chapitre 6 :
Coupe bol et french mou

Samedi 27 avril, 14 h 49

Cher journal,

Léa, ma mère et ma tante sont parties au centre commercial, mais il était hors de question que je les accompagne et que je me montre en public. En fait, je suis en train de songer à une façon de me terrer dans le sous-sol de Louise et d'y rester jusqu'à l'été. Dans deux mois, mes cheveux devraient avoir repoussé et je devrais avoir l'air moins… hideuse.

Tu auras compris que notre virée de ce matin dans un « salon de coiffure tendance de Québec » s'est révélée un échec total. Léa et moi avions pourtant choisi une coupe plutôt traditionnelle, mais le coiffeur n'a voulu en faire qu'à sa tête.

Moi (en me regardant dans le miroir et en lui expliquant ce que je voulais) : Je ne veux pas que ce soit plus court que

le menton derrière. Et en avant, j'aimerais avoir des mèches un peu plus longues.
Léa (en se penchant vers moi et en tirant sur mes cheveux pour illustrer mes propos) : Marilou a les cheveux vraiment raides, alors on s'est dit que ça lui donnerait un peu de volume.
Moi (en sortant une feuille de mon sac) : Regardez. J'ai même une photo pour que vous puissiez vous en inspirer !
Jacob, le coiffeur (en baissant les lunettes sur le bout de son nez et en secouant la tête) : Non, non. Ça ne t'ira pas du tout. Ça allongera trop ton visage. Je pense qu'une coupe plus courte t'irait mieux.
Moi : Mais non ! Je veux être capable de m'attacher les cheveux.
Léa (d'un air songeur) : Hum, mais Jacob a peut-être raison, Lou. C'est vrai que des cheveux courts mettraient ton visage en valeur.
Moi : Mais…
Ma mère (en levant les yeux de son magazine) : Marilou, je crois que ton

coiffeur en a vu d'autres et que tu devrais lui faire confiance.
Moi (d'un air peu convaincu) : OK...
Mais pas trop court !

Léa s'est installée près de ma mère et s'est mise à lire son roman.

Moi : Euh, Léa ? Tu ne veux pas rester près de moi pour... superviser ?
Jacob (un peu insulté) : Je n'ai pas besoin de supervision. J'ai plutôt besoin de liberté pour exprimer mon art.
Moi (d'une petite voix) : Désolée.

J'ai détourné le regard pour le laisser faire. Pourquoi étais-je si nerveuse ? Après tout, j'étais dans un salon populaire et un coiffeur expérimenté s'occupait de moi. Et c'est vrai qu'il en avait vu d'autres, plus que Sylvie. Il fallait que je me calme.

Inspire. Expire.

Mais pourquoi il continue de couper ?
Et pourquoi je sens la lame de ses ciseaux sur ma nuque !? Ce n'est pas normal, ça !
Relaxe, Marilou. C'est correct si tu obtiens un résultat plus… funky qu'à l'habitude.

Mais lorsqu'il s'est attaqué à ma frange, j'ai craqué. J'ai lancé un regard de détresse à Léa, qui a finalement lâché son livre pour s'approcher de moi.

J'ai alors vu ses yeux s'arrondir et sa bouche s'entrouvrir. Ce que je lisais sur son visage n'avait rien de rassurant.

Léa : Wow… C'est, euh… vraiment différent.
Moi : Jacob, je veux voir !
Jacob : Attends, il me reste un petit truc à finaliser à l'arrière.

Il a égalisé une mèche, puis il a fait virevolter ma chaise pour que je puisse « m'admirer » dans le miroir.

Quand je me suis vue, ma première réaction a été d'éclater de rire.

Léa (un peu soulagée) : Cool ! Tu aimes ça !
Moi (sans pouvoir m'arrêter de rire) : Comment veux-tu que j'aime ça ! Je ressemble au champignon dans Mario Bros !

Jacob a semblé insulté par ma remarque.

Jacob : Tu voulais du volume, je t'en ai donné !

J'ai observé ma coupe de plus près. Plutôt que d'opter pour un dégradé comme je voulais, Jacob avait choisi de me couper les cheveux au menton. Et les quelques mèches qu'il avait coupées plus court me donnaient littéralement l'air d'un champignon.

Mon rire s'est alors transformé en désarroi.

Léa (en me consolant) : Ne capote pas, Marilou ! Je suis sûre qu'après les avoir lavés toi-même, ils vont te sembler plus longs.

Je me suis levée de ma chaise en m'efforçant de la croire. Ma mère a payé en me répétant à quel point j'étais jolie. Je suis sortie du salon en ignorant les remontrances de Jacob qui marmonnait quelque chose à propos « des gens qui ne connaissent rien au bon goût ».

Ma mère (en s'installant derrière le volant) : Ça te rajeunit !
Moi (en croisant les bras sur ma poitrine) : Ce n'était pas le but.
Léa (en s'assoyant derrière nous et en posant une main sur mon épaule) : Et Jacob a raison, c'est vrai que ça met ton visage en valeur.
Moi : Je ne tenais pas particulièrement à accentuer le gros bouton que j'ai sur le front.

Léa a alors tendu la main vers mes cheveux pour placer ma nouvelle frange au-dessus de mes yeux.

Léa : Tu vois ? Ta nouvelle coupe permet même de cacher tes imperfections !
Moi (en me regardant dans le petit miroir du passager) : Ark ! Je ressemble à un Playmobil !

Ma mère et Léa n'ont pu s'empêcher de rire. Je me suis observée de plus près, et j'ai senti des larmes me piquer les yeux.

Ma mère : Marilou ! Ne réagis pas comme ça ! Je sais que c'est un choc d'avoir une nouvelle tête, mais tu vas t'habituer ! Et si jamais tu n'aimes vraiment pas ça, tu n'auras qu'à attendre que ça repousse !
Moi (en refoulant mes larmes) : Et en attendant, je suis censée faire quoi ? Porter une perruque ?
Léa : Je pense vraiment que tu paniques pour rien, mais si jamais tu hais vraiment

ta coupe même après avoir lavé tes cheveux, on ira magasiner des bérets ! C'est à la mode, en plus !

Dès que nous sommes arrivées chez Louise, je me suis ruée sous la douche en espérant que l'eau et mon shampooing fassent des miracles. Mais dès que mes cheveux se sont mis à sécher, j'ai compris qu'il n'y avait rien à faire : j'avais une coupe champignon avec laquelle je devrais composer pendant plusieurs semaines.

Louise : Moi, je trouve que ça te va bien.
Moi : Ma tante, pas besoin de me mentir. Je le sais que c'est une horreur.
Léa : Pour vrai, Lou, c'est moins intense que tantôt. Ta boule a comme redescendu.

J'ai soupiré et je me suis écroulée dans le sofa.

Ma mère : Eille ! Nous ne sommes pas venues à Québec pour que tu aies une face d'enterrement !

Moi : Non. Apparemment, nous sommes venues pour que je me transforme en champignon boutonneux.
Léa (en riant) : Ta mère a raison, Lou. Tu vas t'habituer, et ça ne sert à rien de te laisser abattre à cause de Jacob. Je suis sûre que notre virée à la Place Laurier va te faire du bien.
Moi : Honnêtement, je n'ai comme pas le cœur à magasiner.
Léa : OK. Je pense que les ciseaux de Jacob ont atteint ton cerveau. Es-tu vraiment en train de me dire que tu ne veux pas profiter de notre présence en ville pour dévaliser les boutiques ?
Ma mère : Euh, je dirais plutôt pour faire du lèche-vitrines. Votre budget est limité, les filles.
Moi : Léa, vas-y avec ma mère et Louise. Je préfère rester ici et m'apitoyer sur mon sort.
Léa : Ben là ! Depuis quand tu te prends pour moi ?

Son commentaire m'a fait sourire. C'est vrai que c'est plus le genre de Léa de réagir en boudant.

Moi : Je vous promets que demain, je serai de meilleure humeur, mais là, j'ai l'impression que je ne serai pas de bonne compagnie et que je vais brailler[L] chaque fois que je vais voir mon reflet dans une vitrine !
Léa : Je te laisse une journée pour te remettre du choc, mais après ça, j'exige que tu me redonnes ma personnalité.
Moi (en souriant) : Promis.
Ma mère : Veux-tu qu'on te rapporte quelque chose ?
Moi : N'importe quoi qui puisse camoufler l'horreur que j'ai sur la tête !

Elles sont parties et j'ai passé près de trente minutes à essayer toutes sortes de coiffures plus laides les unes que les autres.

Mais qu'est-ce qui se passe avec mon karma ? Ce n'était pas assez d'avoir une vie amoureuse inexistante, un *kick* impossible et une meilleure amie qui déménage à des centaines de kilomètres ? Il fallait en plus que je me métamorphose en Dora l'exploratrice ? Pourquoi est-ce que la vie semble s'acharner sur moi depuis quelques mois ?

Une chance que la crème glacée au chocolat existe ! Je vais d'ailleurs aller m'empiffrer pour essayer d'oublier tous mes malheurs !

Lou xox

Mardi 30 avril, 15 h 49

Cher journal,

Je viens de revenir de la piscine, et on dirait que le chlore a rendu mes cheveux encore plus hideux. Non seulement ils sont trop courts, mais maintenant, ils sont secs et verdâtres ! Ma mère m'a prêté son revitalisant magique pour que je leur donne un traitement-choc. J'espère que ça portera ses fruits, puisque je dois retourner à l'école demain. Au pire, je mettrai l'un des quatre bérets qu'on a achetés à Québec.

Même si Jacob a mis un gros nuage sur ma fin de semaine, ma mère, ma tante et Léa ont tout de même réussi à me faire oublier mes soucis en me traînant de force dans un restaurant italien, en me sortant dans la vieille ville pour magasiner et en écoutant[L] des films de filles en mangeant du pop-corn.

Au bout du compte, ça m'a vraiment fait du bien de sortir de ma routine, et j'avais un peu le cafard de rentrer hier soir. Léa s'en est d'ailleurs rendu compte alors que je faisais ma valise en soupirant.

Léa : Ça va ?
Moi : Oui, mais j'aimerais ça qu'on reste ici plus longtemps.
Léa : Moi aussi ! C'est tellement cool d'habiter sous le même toit et d'être en vacances !
Moi : Ouais. Et c'est doublement déprimant de retourner à la réalité et de penser qu'on sera bientôt loin l'une de l'autre.
Léa : Je sais. Mais dis-toi qu'on se retrouvera peut-être ici dans trois ans !
Moi (en écarquillant les yeux) : Ben là ! Je sais que Montréal, ce n'est pas la porte d'à côté, mais on peut quand même s'arranger pour se voir plus fréquemment que tous les trois ans !
Léa : Évidemment qu'on va se visiter souvent ! Si je dis ça, c'est parce qu'on ira

peut-être au même cégep à Québec !
Moi (en souriant) : *Oh my God !* Ce serait tellement cool ! On pourrait habiter en appartement ensemble !
Léa : Et se coucher à l'heure qu'on veut !
Moi : Et faire tout ce qu'on souhaite sans se faire casser les pieds par nos frères !
Léa : Et inviter nos chums à voir des films.
Moi (en me renfrognant) : Parle pour toi.
Léa : Ben là ! Je pense que d'ici là, Cédric aura très certainement cassé avec sa Jolyane !
Moi : Connaissant ma chance, je serai quand même célibataire.
Léa : Lou, ce n'est pas parce que ça ne fonctionne pas avec mon don Juan de frère et ton amour de camping que tu vas passer ta vie toute seule ! Je sais que Junior s'est révélé un moron de la pire espèce, mais il ne faut pas abandonner la chasse aux gars pour autant !
Moi (en haussant les épaules) : Junior n'est peut-être pas si pire que ça, finalement.

Léa m'a dévisagée.

Léa : Pourquoi tu dis ça ? Est-ce qu'il s'est passé quelque chose entre vous à mon party de fête ?
Moi (en rougissant) : Non ! Tout ce que je dis, c'est que, même s'il se donne des airs niaiseux, il lui arrive parfois d'agir… normalement.

Léa m'a souri.

Léa : Lou, je te connais par cœur ! Je le vois bien que tu me caches quelque chose ! Qu'est-ce qu'il t'a dit pour te convaincre qu'il n'était pas un *fail*[L] total ?
Moi (en riant nerveusement) : Rien ! Arrête d'insister !
Léa (en frappant des mains et en s'installant à côté de moi) : OK ! Il te fait vraiment de l'effet pour que tu réagisses comme une poule pas de tête[L] ! Raconte-moi tout !

J'ai soupiré et je lui ai parlé du petit tour de magie exécuté par Junior ainsi que de ses efforts pour essayer de se rattraper.

Léa : C'est bizarre ! De la façon dont tu m'en parles, on ne dirait même pas que c'est le même gars que chez Seb !
Moi : Je le sais ! C'est ça qui me mélange. Quand je pense à lui chez Thomas, j'avoue que je craque un peu, mais dès que je me rappelle son comportement chez Seb, j'ai presque honte de m'être laissé charmer par lui.
Léa : C'est évident qu'il ne te reste qu'une chose à faire.
Moi : L'oublier ?
Léa : Au contraire, il faut que tu le revoies !
Moi (en secouant la tête) : Il n'est pas question que je l'appelle.
Léa : Tu es tellement orgueilleuse !
Moi : Pff. Tellement pas ! Je ne veux juste pas qu'il s'imagine qu'une simple marguerite compense pour le reste…
Léa : Et ça ne s'appelle pas de l'orgueil, ça ?

Moi : Non. Ça s'appelle du gros bon sens.
Léa : OK. Laisse-moi faire, d'abord.
Moi : Qu'est-ce que tu veux dire par là ?
Léa : Que je vais m'arranger pour que tu le revoies.
Moi : Pas encore un party ? Je ne crois pas que ça va m'aider s'il y a trente personnes autour.
Léa : Alors, peut-être qu'une sortie au cinéma avec Thomas et moi te conviendrait ? Après tout, c'est pas mal plus intime si on est quatre.
Moi (en me mordant la lèvre) : Je ne sais pas trop…
Léa (d'un ton décidé) : Lou, tu ne sauras jamais qui est le *vrai* Junior tant que tu ne lui auras pas donné une autre chance.
Moi (toujours pas convaincue) : Ouais, mais s'il se révèle imbécile, je serai pognée pour l'endurer pendant deux longues heures.
Léa : Alors tu n'auras qu'à te concentrer sur le film !
Moi : Bon… OK.

Léa a applaudi.

Léa : Cool ! J'appelle Thomas dès qu'on rentre pour planifier ça !

Même si je n'ai pas voulu l'avouer à Léa, une partie de moi s'emballe à l'idée de revoir Junior, car elle sait qu'il représente mon seul espoir d'avoir enfin avoir un vrai chum (en espérant que ma coupe bol ne le fasse pas déguerpir !)

Lou xox

Dimanche 5 mai, 0 h 38

Cher journal,

Ça fait des heures que je suis rentrée à la maison, mais on dirait qu'aucun film de Netflix n'arrive à calmer mes nerfs. Je me suis donc dit que ça m'apaiserait de te raconter ce qui s'est passé aujourd'hui.

Léa avait donné rendez-vous à Thomas et Junior à 16 h devant la porte du centre commercial, situé à vingt minutes de chez nous, mais quand la mère de Léa nous y a déposées, j'ai senti mon degré de motivation descendre d'un seul coup.

Moi (en prenant une grande inspiration) : Pourquoi est-ce que j'ai dit oui, donc ?
Léa : Parce que tu sais qu'au fond, tu en as envie.
Moi : Ouais, mais c'est bébé de vous avoir utilisés comme messagers. Il va penser que j'ai deux ans d'âge mental.

Léa : Mais non ! La preuve, c'est que, quand Thomas a offert à Junior de se joindre à nous, il a accepté en disant qu'il n'arrêtait pas de penser à toi et que jamais au monde il ne refuserait une occasion de te revoir !
Moi (pince-sans-rire) : Ça, c'est parce qu'il ne sait pas que je suis devenue le sosie de Dora.
Léa (en riant et en replaçant mon béret) : Avec ça sur la tête, ça ne paraît même pas !
Moi : Savais-tu que Mégane a commencé à répandre la rumeur que j'avais des poux, et que c'est pour ça que je portais soudainement des chapeaux ?
Léa (en haussant les épaules) : Laisse-la faire. Elle est juste jalouse parce qu'on se tient avec des gars plus vieux, et qu'elle, elle est pognée avec les idiots de notre classe.

Léa a aussitôt poussé un petit cri de joie.

Léa : Je les vois ! Ils sont là-bas ! Viens !

Elle m'a prise par la main et s'est mise à courir vers le cinéma. Thomas l'a accueillie en l'embrassant passionnément, tandis que Junior me tendait la main.

Junior (en s'inclinant comme si j'étais une reine) : Bonjour, mademoiselle !
Moi : Salut !
Junior : J'aime ton look. Ça te donne un air sérieux.
Moi (en pointant mon béret) : Ça, c'est parce que tu ne sais pas ce qui se cache en dessous.
Junior (en essayant de me le retirer) : Ben là ! Tu as piqué ma curiosité !
Moi (en retirant sa main) : Eille ! Pas touche !
Junior (en souriant) : Vos désirs sont des ordres, madame.
Moi : Et toi, ça va ?
Junior : Disons que j'ai passé deux semaines à patienter à côté du téléphone…
Moi (en souriant) : Désolée de t'avoir fait poireauter.

Junior : L'attente en valait la peine.
Moi : T'es sûr ? Parce que je peux toujours te planter là et te laisser seul avec les deux tourtereaux…
Junior (en m'empoignant par le bras) : Pitié, ne fais pas ça !
Moi (sarcastique) : OK. Mais c'est seulement parce que j'ai vraiment envie de voir le film.
Junior (en feignant une moue triste) : C'est mieux que rien. As-tu gardé ma marguerite en souvenir ?
Moi : Non.
Junior (en s'empoignant le cœur) : Aïe ! Ça fait mal. Et la serviette avec mon numéro de téléphone ?
Moi : Je me suis mouchée dedans trois minutes après ton départ.

Junior a souri.

Junior : Je m'ennuyais de ton humour noir.
Moi : Et moi, de tes répliques quétaines[L].
Junior : Ha ! Ça veut au moins dire que je t'ai manqué un peu.

J'ai souri à mon tour. J'aimais bien sa répartie.

Nous sommes entrés dans la salle. Léa s'est assise entre Thomas et moi, tandis que Junior s'est installé à ma droite.

Moi (en me tournant vers Léa et en chuchotant) : Il se peut que je te fasse signe si jamais j'ai une urgence avec Junior, alors assure-toi de rester à l'affût et de ne pas passer le film scotchée sur ton ch…

Trop tard. Elle était déjà penchée vers lui et riait en lui chuchotant des trucs à l'oreille. Je me suis tournée vers Junior en souriant d'un air gêné.

Moi : Bon. Ç'a l'air que je n'ai pas trop le choix de te parler.
Lui (avec un sourire rempli de sous-entendus) : On peut faire autre chose, si tu veux.
Moi (en le repoussant avec ma main) : Rêve toujours !

Le film a commencé. Même si j'essayais très fort de me concentrer sur ce qui se passait sur le grand écran, je n'arrivais pas à oublier la proximité de la main de Junior. Ni de son bras. Ni de son épaule. Ni de sa bouche.

Non, Marilou ! Pense à autre chose ! Les sandales de Monsieur Patate. Le bouton de Mégane. Le sourire de Jonathan Prévost.

Mais au bout d'une heure, j'ai dû me rendre à l'évidence : je n'avais aucune idée de la thématique de la comédie américaine qui se déroulait devant moi et la présence de Junior à mes côtés me troublait plus que je ne voulais l'admettre.

J'ai regardé subtilement en sa direction. Il avait les yeux rivés sur l'écran.

Ben là ! S'il tripait tant que ça sur moi, il me semble qu'il ne serait pas aussi concentré sur le film !

J'ai alors perçu un léger mouvement de sa main sur l'accoudoir. J'ai senti son petit doigt contre le mien et j'ai bien vu son sourire en coin dans la pénombre. Il savait que je l'observais.

J'ai redoublé d'efforts pour me concentrer sur Amy Schumer, mais la sensation de sa peau contre la mienne faisait battre mon cœur deux fois plus vite.

Marilou, tu es vraiment retardée de t'énerver comme ça à cause de son petit doigt ! Relaxe. Prends une grande respiration. Écoute la blague qu'Amy vient de faire et qui fait craquer tout le monde dans la salle. Oh, mon Dieu ! Il vient de mettre sa main sur la mienne ! Et s'il essaie de m'embrasser, est-ce que je dois le laisser faire ? Si oui, j'ai tellement peur d'avoir l'air nouille. Et comme j'ai mangé plein de cochonneries, je dois avoir une haleine de pop-corn et des morceaux de réglisse coincés entre les dents. Il faut absolument que je mâche de la gomme avant de le faire fuir !

J'ai réussi à fouiller dans mon sac en utilisant ma main gauche, mais je sentais que le stress rendait la droite toute moite.

Il va me trouver dégueu avec ma paume toute suante ! OK, calme-toi ! Prends un morceau de gomme et mets-le dans ta bouche en riant pour avoir l'air de regarder le film et de trouver ça tout à fait naturel qu'il ait pris ta main.

J'ai fait semblant de rire, mais mon gloussement m'a fait avaler ma gomme de travers et je me suis mise à tousser comme si j'étais atteinte d'une pneumonie aiguë. Les gens dans la salle se sont tournés vers moi pour me dévisager avec mécontentement.

Junior (en me regardant d'un air inquiet) : Ça va ?

Moi (en dégageant finalement ma main droite pour couvrir ma bouche) : Oui… Tousse, tousse ! Je me suis juste… tousse, tousse, étouffée en riant. Tousse ! Tousse ! Je reviens !

Je me suis levée en vitesse et je suis sortie de la salle avant de me faire huer. Je me suis réfugiée dans les toilettes où j'ai finalement retrouvé mon souffle. Je me suis épongé le visage en m'efforçant de me calmer. La vérité, c'est que ça m'angoissait énormément d'embrasser Junior, car je me doutais qu'il avait plus d'expérience que moi et que j'avais peur d'avoir l'air cruche. J'ai donc décidé que le mieux à faire était d'éviter que ça se produise.

En sortant des toilettes, je l'ai aperçu qui m'attendait, les bras croisés et un sourire aux lèvres.

Moi : Qu'est-ce que tu fais là ?
Junior : Je voulais m'assurer que tu étais

encore vivante.
Moi : J'ai avalé de travers, mais ça va mieux.

Il s'est approché de moi et a posé ses mains sur mes épaules. Mon cœur s'est mis à accélérer.

Junior (en me faisant des yeux doux) : T'es sûre ?
Moi (en essayant de me défaire gentiment de son étreinte) : Oui, mais on devrait retourner dans la salle si on ne veut pas rater la fin du film.
Junior : Bof. Je n'arrive pas trop à me concentrer, de toute façon.
Moi (en le tirant par la main) : OK, mais moi, j'aimerais vraiment savoir comment ça finit !
Junior (en me tirant vers lui) : Est-ce que je peux te dire quelque chose avant ?
Moi (en secouant la tête) : J'aime mieux pas !

J'ai retiré ma main d'un coup sec, ce qui m'a aussitôt fait perdre l'équilibre. J'ai essayé de me retenir sur lui, mais je me suis finalement retrouvée face la première sur le tapis.

Moi (en me frottant la main) : AYOYE !
Junior (en s'agenouillant près de moi) : Ça va ?
Moi (en baissant les yeux) : Mon corps est OK, mais je ne peux pas en dire autant de mon orgueil.

Junior m'a souri et m'a tendu quelque chose.

Junior : Tiens. Tu en as perdu ton béret.
Moi (en posant mes mains sur ma tête d'un air paniqué) : Oh, non !

J'ai essayé tant bien que mal de camoufler mes cheveux, au grand plaisir de Junior qui me regardait d'un air amusé.

Junior : Qu'est-ce que tu fais, au juste ?
Moi (en lui retirant mon béret des mains et en essayant de le replacer sur ma tête) : Je cache l'horreur qui me recouvre le crâne !
Junior : Pourquoi ? Ça te va super bien les cheveux courts.

Je l'ai jugé du regard.

Moi : T'es vraiment prêt à me mentir en pleine face pour essayer de me conquérir ?
Junior (en retirant de nouveau le béret de ma tête) : Marilou, je te jure que je suis sérieux et que je trouve ça beau. Tu me fais penser à...
Moi : L'héroïne latino-américaine des enfants de moins de quatre ans ?
Junior : Non.
Moi : Une figurine de Playmobil ?
Junior (en riant) : Non plus.
Moi : Le bol dans lequel tu manges ton spaghetti ?

Junior (en se rapprochant de moi) : Rien de tout ça. Tu ressembles à la plus belle fille que j'aie vue de ma vie.

J'ai senti mes joues s'empourprer. Junior a doucement levé mon menton avec son doigt et il a planté ses yeux dans les miens. Puis tout est arrivé au ralenti. Ses lèvres se sont posées sur les miennes. C'était doux et ça goûtait le pop-corn.

C'est après que ça s'est gâté.

Junior a entrouvert la bouche. J'ai attendu qu'il présente sa langue comme Léa me l'avait décrit et comme je l'avais vu dans tous les films, mais il semblait réticent à le faire. J'ai donc pressé mes lèvres un peu plus fort pour lui faire comprendre, mais sans succès. Il s'est contenté de bouger faiblement sa bouche contre la mienne. Nous avions l'air de deux poissons rouges collés contre la vitre d'un aquarium.

J'ai finalement décidé de prendre les choses en main en tendant légèrement ma langue, et Junior a réagi en déposant mollement la sienne sur la mienne.

OH MY GOD ! Ce n'est tellement pas romantique comme moment ! C'est comme le pire premier baiser ever ! Et dire que j'avais peur que ce soit moi qui embrasse mal !

Je commençais à penser à des façons de m'en sortir lorsque j'ai entendu des bruits de pas et des voix derrière moi. Sauvée par la fin du film ! Je me suis dégagée doucement de son étreinte et j'ai souri, mal à l'aise.

Junior (en me regardant d'un air attendri) : Wow. C'était encore mieux que je l'imaginais.

J'ai attendu qu'il éclate de rire, mais il est demeuré sérieux. Il croyait sincèrement que notre baiser était réussi. Je ne savais pas quoi répondre. Heureusement, Léa et Thomas sont apparus à ce moment-là et m'ont sauvée de l'embarras.

Léa (en me dévisageant et en me tendant mon sac) : Je vous cherchais partout ! Qu'est-ce que vous faites, par terre ?
Thomas (en souriant à son ami) : Je pense que ce ne sont pas de nos affaires, Léa.

Léa m'a aussitôt regardée avec de grands yeux. Je me suis levée et je me suis éloignée sans réagir à ses sous-entendus.

Léa (en me rejoignant et en me chuchotant à l'oreille) : *Oh my God !* Est-ce que vous étiez vraiment en train de vous embrasser passionnément ?
Moi (en rougissant) : Hum. Je ne pense pas qu'on puisse qualifier ça de « baiser passionné ».
Léa : Qu'est-ce que tu veux dire ?
Moi (en me tournant vers elle) : Pourquoi

tu ne m'as pas dit qu'un *french*, c'est mou et dégueu ?
Léa : Euh, parce que ce n'est pas vrai. En tout cas, quand Thomas m'embrasse, c'est ferme et très cool. Attends… Es-tu en train de me dire que Junior *frenche* mal ?

J'ai grimacé en guise de réponse.

Léa : Il était peut-être nerveux.
Moi : Je l'étais aussi, mais ça ne m'a pas métamorphosée en limace !
Léa (en s'efforçant de rester positive) : Lou, je suis sûre que c'est le stress qui t'a fait sentir ça. Si la chimie est bonne entre vous, je ne vois pas pourquoi les baisers seraient poches.
Moi : Tout ce que je sais, c'est que c'était nul et que ça m'a complètement fait décrocher. J'ai juste envie de rentrer à la maison.
Léa (en consultant sa montre) : Ma mère devrait être ici dans une dizaine de minutes. Veux-tu que je reste avec toi d'ici là ?

Moi (en soupirant) : C'est gentil de l'offrir, mais tu peux rejoindre Thomas.
Léa : T'es sûre ?
Moi : Oui. Je vais en profiter pour expliquer à Junior que ça n'ira pas plus loin entre nous.
Léa : OK, mais si tu veux mon avis, tu ne perds rien à lui donner une autre chance. Après tout, peut-être que le deuxième baiser va être à la hauteur de tes attentes.

L'arrivée de Junior ne m'a pas donné le temps de lui répondre.

Junior : Il paraît qu'on a un peu de temps avant que tu doives partir ?
Moi (en prenant une grande inspiration) : Oui, et j'aimerais ça en profiter pour te parler de quelque chose.
Junior (en prenant ma main et en m'attirant vers un banc non loin de là) : On sera mieux là-bas pour discuter.

Je me suis assise en prenant soin de garder mes distances, mais quand j'ai tourné la tête vers lui et que j'ai vu qu'il me regardait avec des yeux de labrador, j'ai compris que la « rupture » ne serait pas facile.

Moi : En fait, je voulais t'expliquer que… je… je suis un peu mélangée en ce moment.
Junior (en se collant contre moi) : Je peux t'aider à y voir plus clair, si tu veux.
Moi (en riant nerveusement) : Justement, je pense que c'est… mieux si je fais ça toute seule.
Junior : Je ne comprends pas.
Moi : Tu… Je… Écoute, Juni… Thomas. T'es… t'es super gentil. Et drôle. Et sociable. Et, euh… T'as beaucoup d'entregent.
Junior : Dis-moi donc que je suis propre, un coup parti !
Moi : C'est vrai que tu as l'air d'avoir, euh, une belle hygiène personnelle.

Junior m'a dévisagée et j'ai senti les gouttelettes s'accumuler dans mon dos.

À l'aide ! Aidez-moi quelqu'un !

Junior : Tu sais quoi ? T'es *cute* quand tu bégaies.
Moi (en inspirant un bon coup) :
T'es gentil, mais je pense tu ne comprends pas ce que j'essaie de te dire.
Junior (en souriant) : Ça, c'est parce que tu n'es vraiment pas claire.
Moi : OK. Je vais essayer de l'être un peu plus. Je disais donc que tu avais plein de belles qualités. Et que ça te rend vraiment charmant… à tes heures.
Junior : Wow. Je ne m'attendais pas à une telle déclaration d'amour.
Moi : Oh ! En fait, ce n'est pas tout à fait ça…
Junior (en prenant ma main) :
T'es vraiment une fille surprenante, Marilou. Ça prend un certain temps avant de t'apprivoiser, mais je vois qu'une fois que c'est fait, tu deviens un livre ouvert.
Moi : Je, euh… crois qu'il y a un malentendu.

Junior a posé un doigt sur mes lèvres pour me faire taire.

Junior : Chut ! Il ne faut pas briser ce beau moment.

Il a aussitôt rapproché son visage du mien. J'avais le choix : soit je fuyais, soit je suivais le conseil de Léa et je lui donnais une deuxième chance. Il a posé ses lèvres sur les miennes avant que j'aie le temps de me décider. Il a alors entrouvert la bouche et il s'est mis à saliver à profusion. Cette fois-ci, son *french* était non seulement mou, mais beaucoup trop mouillé. Le seul point positif, c'est que cela venait confirmer qu'entre Junior et moi, c'était bel et bien terminé.

Moi (en reculant la tête et m'essuyant discrètement la bouche) : Je… Je dois vraiment te parler avant de partir.
Junior (les yeux dans la graisse de bines) : Wow. Marilou, c'était encore plus magique que la première fois.

Moi : Écoute, il n'y a pas mille façons de te dire ça…
Junior : Je sais ce que tu vas me dire.
Moi : Ah oui ?
Junior (en prenant ma main et en adoptant un air très sérieux) : Je t'aime aussi, Marilou.

Oh. Mon. Dieu. C'est un cauchemar.

Léa (en se pointant devant nous) : Désolée de vous interrompre, mais ma mère est là.
Moi (en me levant d'un bond) : OK. Il faut que je file.
Junior : Je t'appelle ce soir ?
Moi : C'est mieux pas.
Junior : Pourquoi pas ?

J'ai lancé un regard suppliant à Léa.

Léa : Parce que les parents de Marilou ne veulent pas qu'elle ait de chum.
Moi (avec un peu trop d'enthousiasme) : EXACT ! C'est ça ! Mes parents

m'interdisent que je sorte avec un garçon. C'est ce que j'essayais de te dire depuis tantôt.

Junior (troublé) : Oh. Alors on devra se voir en cachette ? Comme Roméo et Juliette ?

Moi : Je n'aime mieux pas. Je… Je ne veux pas leur jouer dans le dos, tu comprends ?

Junior : Ça veut dire quoi, ça ? Qu'on ne peut plus jamais se revoir ?

Moi (en posant une main sur son épaule) : Notre amour est impossible, Thomas. Mais je te souhaite d'être heureux.

Junior : Mais… On peut sûrement trouver une solution, non ?

Moi : Non. C'est mieux pas.

Junior (le regard affolé) : Je ne peux même pas t'embrasser une dernière fois ?

Moi (en tirant Léa par le bras) : Non ! Ce serait trop difficile. Adieu, Thomas. Sois fort !

Nous sommes sorties du centre commercial et j'ai poussé un long soupir.

Moi : Merci, Léa. Je ne savais plus comment lui faire comprendre que je ne voulais pas le revoir !
Léa : C'est à ça que servent les *BFF* !

Une fois installée dans la voiture, j'ai fermé les yeux pour faire semblant de dormir. Non seulement je ne voulais pas discuter de ce qui s'était passé devant la mère de Léa, mais je n'en avais aucune envie, car je me sentais tout à l'envers.

Quand je suis rentrée chez moi, je me suis étourdie en aidant ma mère à préparer le souper et en faisant du bricolage avec Zak, mais quand je me suis finalement retrouvée seule dans ma chambre, j'ai senti une boule dans mon ventre. La vérité, c'est que je suis triste et déçue. Triste d'avoir accordé mon premier baiser à un garçon dont je n'étais pas vraiment amoureuse, comme si j'avais simplement voulu m'en débarrasser, et déçue que l'expérience ait été aussi dégoûtante.

La prochaine fois, j'attendrai d'être certaine d'en avoir envie et de ressentir quelque chose pour le gars qui se trouve devant moi. En espérant que la technique de mon futur chum soit plus à point que celle de Junior.

Sur ce, je vais aller me coucher.
Ma journée de fou et mon long récit m'ont complètement épuisée.

Lou xox

Samedi 11 mai, 11 h 31

Cher journal,

On dirait que tout va mal depuis la fin de semaine dernière. C'est comme si la vie me punissait d'avoir embrassé Junior et de lui avoir menti à propos de ma famille hyper sévère. Tout ça ne m'a évidemment pas aidée à garder ma bonne humeur, et mes parents ne se sont pas gênés pour me le dire ce matin.

Mon père (en me tendant un verre de jus d'orange) : Marilou, vas-tu à la piscine aujourd'hui ?
Moi : Oui. Ma prochaine compétition a lieu dans un mois et je veux mettre les bouchées doubles pour réussir aussi bien que la dernière fois.
Mon père : OK. Crois-tu que tu seras rentrée vers 16 h ?
Moi (d'un ton sec) : Sûrement. Pourquoi ?
Ma mère : Ne réponds pas sur ce ton, Marilou.

Moi (en m'efforçant de garder mon calme) : Je ne pense pas que j'aie été particulièrement agressive, mais je vais essayer de me reprendre : papa, pourquoi me poses-tu cette question ?
Mon père : Parce que ta mère a un rendez-vous chez le coiffeur et que j'aurais aimé faire un tour au 5 @ 7 organisé par les gens du bureau…
Moi : Donc, en gros, tu veux que je joue encore à la gardienne ?
Ma mère : Marilou !
Moi : Quoi ? C'est ça, non ?
Mon père : Euh, j'aimerais que tu surveilles ton frère pendant une heure ou deux, oui.
Moi : Ça ne me tente pas, mais comme je n'ai rien de mieux à faire, je vais m'arranger pour être ici.
Ma mère : Coudonc, tu es donc bien de mauvais poil depuis quelques jours !
Moi : Ma meilleure amie est partie à Montréal pendant quatre jours pour visiter des maisons, ce qui me fait réaliser que je vais bientôt la perdre. Les profs nous font

crouler sous une montagne de travaux et je n'ai pas de moyen de les faire comme du monde[L] parce que vous pensez qu'on est encore en 1995. Et, comble de malheur, je dois passer mon samedi à surveiller mon petit frère qui aurait sans doute besoin de Ritalin[L] dans son sommeil tellement il est turbulent. Mais à part ça, tout va bien.
Zak : C'est quoi du Ritalin ?

Mes parents m'ont fait de gros yeux.

Moi (en souriant à Zak) : T'as mal compris. J'ai dit du « riz latin ». Ça ressemble à du couscous.
Zak : Beurk.
Ma mère (en soupirant) : Je sais que ce n'est pas facile pour toi de voir ta meilleure amie se préparer à quitter notre coin, mais la vie continue, Marilou.
Mon père : Et pour ce qui est de l'informatique, j'ai apporté mon portable du bureau, alors tu peux t'installer dans ta chambre pour travailler.

Moi : Et notre ordinateur familial, lui ? Il me semble que ce serait pratique de l'avoir avant que je termine mon secondaire !
Ma mère : Décidément, tu as hérité de l'impatience de ton père !
Mon père : Pff ! Tu es mal placée pour parler, madame Je-ne-suis-même-pas-capable-de-patienter-à-un-feu-rouge-sans-pogner-les-nerfs !
Zak : Moi, je n'aime pas le couscous ni le riz latin.

J'ai laissé tomber ma tête sur la table et j'ai soupiré. Si seulement Léa était ici pour me changer les idées ! Mais à défaut de me défouler avec elle, je vais le faire dans la piscine. D'ailleurs, je ferais mieux d'y aller avant que mes parents me demandent de garder toute la journée !

Lou xox

Jeudi 16 mai, 21 h 11

Cher journal,

Le petit nuage noir qui a élu domicile au-dessus de ma tête il y a près d'une semaine s'est enfin estompé lorsque Léa m'a proposé d'aller chez elle après l'école pour terminer notre travail d'anglais. C'est plus fort que moi : le fait de voir Félix me redonne toujours un peu le sourire ! Parlant de lui, je l'ai finalement croisé alors qu'on s'apprêtait à se mettre à table.

Félix : Salut, Marilou ! Je ne savais pas que tu soupais ici !
Moi : Ce n'était pas prévu, mais comme notre rapport d'anglais prend deux fois plus de temps qu'on pensait, on en a encore pour une bonne heure.
Félix : Je pensais pourtant que tu étais plus douée que ma sœur *in english*.
Moi : Euh. *Not really, no.*
Félix : Je vous aiderai. Ça va accélérer le

processus.
Moi : Merci !
Félix : Au fait, c'est quand ta prochaine course ?
Moi : Dans trois semaines. Tu es le bienvenu si tu veux y assister.

J'ai dit ça sans trop réfléchir, ce qui a semblé surprendre Félix.

Félix : Euh, OK ! Je viendrai si je peux !
Moi : Cool ! D'autant plus que tu me portes chance !

Je suis immédiatement devenue rouge comme une tomate.

Moi : Euh, je dis ça à cause de la dernière fois.
Félix (en souriant) : Ça me fait plaisir d'être ton porte-bonheur.
Moi : Et tu espères y revoir Emma, j'imagine ?
Félix : Qui ?

Moi (en secouant la tête) : Tu es vraiment intraitable, Félix ! Emma, c'est la fille que tu as rencontrée lors de ma dernière course et avec qui tu es parti en voiture !
Félix (en souriant) : Ah, elle ! Ça me fait penser que quand je l'ai raccompagnée chez elle, elle m'a laissé son numéro de téléphone. Moi qui me cherchais justement une *date*[L] pour un party en fin de semaine.

Bravo, championne. Tu viens de le jeter dans les bras de ta rivale !

Félix (en m'ébouriffant la tête) :
Merci, Marilou ! Je t'en dois une.
Moi (en m'efforçant de cacher ma déception) : De rien.
Félix : En passant, ça te va bien, les cheveux courts.
Moi (en essayant de les dissimuler avec mes mains) : Beurk !
Félix : En tout cas, moi, j'aime ça.

Je suis allée me laver les mains et, pour la première fois depuis des semaines, je n'ai pas grimacé en regardant mon reflet dans le miroir.

Après le souper, Félix a corrigé notre texte, ce qui nous a permis de terminer deux fois plus vite.

Moi (en fermant mon sac d'école) : On devrait engager ton frère pour nous aider à faire tous nos travaux !
Léa : Pff ! J'aurais bien trop peur de vous laisser seuls !
Moi (en jetant un coup d'œil nerveux vers la porte) : Chut ! Il pourrait nous entendre !
Léa : Aucune chance. Il est déjà en train de *skyper* avec sa groupie de ton club de natation.

Je n'ai pu retenir un soupir.

Léa (en chuchotant) : J'en déduis que Junior n'a pas réussi à le chasser de tes pensées ?
Moi (en haussant les épaules) : Pas vraiment, non.

Léa : Parlant de ça, Thomas m'a dit que Junior est ravagé depuis que tu as cassé avec lui.
Moi : Pour casser avec un gars, il aurait fallu qu'il soit mon chum, non ?
Léa : Oui, mais je pense que dans sa tête, vous formiez un couple depuis votre premier baiser.
Moi : Ce qui veut dire que notre relation a duré un gros quarante-cinq minutes ! Il devrait s'en remettre.
Léa : Lou, je… je m'excuse de t'avoir encouragée à le revoir. C'est de ma faute.
Moi : Mais non ! Et maintenant que le choc du *french* mou est passé, je réalise que je ne regrette pas de l'avoir vécu.
Léa : Pour vrai ?
Moi : Oui. Tout le monde dit qu'on apprend de nos erreurs et de nos expériences, et comme je n'en avais aucune, je commençais à me sentir un peu retardée.
Léa : C'est vrai que c'est quand même tout un exploit d'avoir rendu un gars follement

amoureux en moins d'une heure !
Moi (en riant) : Et de le laisser le même jour !
Léa : Ça, c'est sans compter sa technique de *french* douteuse !
Moi : Je te jure, on aurait dit les chutes Niagara !
Léa (en se tenant les côtes) : Arrête ! Je vais faire pipi dans ma culotte !

Son rire s'est finalement transformé en mine tristounette.

Moi (en retrouvant mon sérieux) : Eille ! Qu'est-ce qu'il se passe ?
Léa : Avec qui je vais vivre toutes mes expériences folles quand je vais habiter à l'autre bout du monde ?
Moi (en prenant sa main) : Avec moi ! On va continuer à se voir, Léa !
Léa : Et si je suis à Montréal la prochaine fois qu'un Junior essaie d'inonder ta bouche ?
Moi : Alors je vais t'appeler pour que tu

viennes à mon secours !
Léa (en souriant) : *Deal !* Je promets que je sauterai dans le premier autobus pour construire un barrage entre vous.

J'ai souri et j'ai terminé de ranger mes affaires. Même si ça me brise le cœur de penser que des centaines de kilomètres nous sépareront, je me considère chanceuse d'avoir une amie sur qui je peux toujours compter. Je n'ai peut-être pas de chum, mais, au moins, je sais que j'ai une âme sœur féminine qui veille toujours sur moi !

Lou xox

Chapitre 7 : James Bond et Minnie Mouse

Mardi 21 mai, 18 h 34

Cher journal,

Après les cours, Laurie et Léa m'ont rejointe à ma case pour offrir de m'accompagner jusqu'à l'école de Zak.

Moi : Vous êtes certaines ? Parce que Zak risque d'être très intense s'il reçoit autant d'attention féminine !
Léa : Ça va aider à sa popularité, et moi, je pourrai en profiter pour te faire part de mon nouveau plan.
Moi (en sortant de l'école) : J'espère que tu ne t'es pas encore mis dans la tête de me trouver un chum, parce que j'ai décidé que je prenais ma retraite pour un bout.
Léa (en pointant en direction d'une table à pique-nique) : Non. C'est d'elle que je veux te parler.
Laurie (en posant une main sur chacune de nos épaules) : Tu veux dire Sarah Beaupré ? La fille qui a réussi à mettre le grappin sur

Jonathan Prévost ?
Léa : Pff ! Ce sont juste des rumeurs, ça !
Moi, je suis certaine que c'est mon Thomas qu'elle a dans l'œil !
Laurie : En tout cas, Caroline de secondaire 4 a raconté à Mégane qu'elle les avait surpris en train de s'embrasser dans un party.
Moi : Premièrement, je ne croirais rien de ce qui sort de la bouche de Mégane. Tu sais très bien qu'elle cherche juste à attirer l'attention. Et deuxièmement, ce n'est pas parce qu'on embrasse quelqu'un qu'on sort avec.

Léa m'a lancé un regard de travers. Elle savait que je faisais référence à Junior.

Laurie : Ben, tant mieux si c'est juste des rumeurs ! Ça veut dire que mon beau Jonathan est encore libre !
Moi (en me tournant vers Léa) : Et c'est quoi, ton plan, madame Parano ?
Léa : Thomas m'a dit que Sarah organisait

un party chez elle samedi soir, et j'ai décidé qu'on allait l'infiltrer !
Moi : Comment ça ? Thomas ne t'a pas invitée ?
Léa : Non, parce que La Cruche Beaupré a fait croire à tout le monde que c'était un party V.I.P. réservé au deuxième cycle ! Évidemment, c'est juste une stratégie pour éviter de m'avoir dans les pattes et pour essayer de séduire Thomas.
Moi : C'est donc bien niaiseux, c't'affaire-là ! T'as juste à dire à ton chum que tu tiens à y aller.
Léa : J'ai déjà essayé, mais il m'a fait comprendre qu'il en profiterait pour passer du temps avec Seb et JP, parce qu'ils se sentent délaissés depuis qu'on sort ensemble.
Moi : Ben là ! Ils sont donc bien bébés !
Laurie : Ben, si un gars de notre classe organisait un party juste pour notre classe et que j'avais envie d'y aller entre filles, je suis pas mal sûre que vous feriez la même chose.

Moi (en réfléchissant) : Tu as raison. C'est juste bizarre quand les gars font ça !

On s'est mises à marcher toutes les trois en direction de l'école de Zak.

Laurie : Et c'est quoi, ton plan, Léa ? S'habiller en noir et entrer par effraction ?
Moi : Ou faire des cascades comme James Bond ?
Léa : Rien de tout ça. Vous savez comme moi que si on se pointe là-bas toutes seules, Sarah et sa gang vont en profiter pour nous humilier. Mais si on arrive avec quelqu'un de très cool qui se fout des règles et qui s'assume, alors elle ne pourra pas dire un mot !
Moi et Laurie : Ton frère !
Léa : Bingo ! On va s'arranger pour y aller avec Félix !
Moi : Et comment tu comptes convaincre ton frère de nous traîner là-bas ?
Léa (en haussant les épaules) : Je vais marchander avec lui.

Laurie : Et si ça ne marche pas ?
Léa : Alors je vais le gosser à un point tel qu'il n'aura pas d'autre choix que de me dire oui !
Moi (en me mordant la lèvre) : Est-ce que je peux me permettre un petit commentaire ?
Léa (en soupirant) : Je sais ce que tu vas me dire, madame La-voix-de-la-raison : je devrais plutôt me tenir tranquille et faire confiance à mon chum au lieu d'aller l'espionner dans un party dans lequel je n'ai pas été invitée.
Moi : Yep.
Léa : Je sais tout ça, mais quand j'imagine Sarah qui tourne autour de lui, ça me met hors de moi. Et t'as été la première à admettre que c'était le *fun* de vivre des expériences !
Laurie (en me dévisageant) : Marilou Bernier a dit ça ?
Moi (en faisant de gros yeux à Léa pour lui faire comprendre que je n'avais aucune envie que Laurie soit au courant de ce

qui s'était passé entre Junior et moi) : Oui, mais... c'était dans un contexte complètement différent !

Léa (en essayant de se reprendre) : On s'est juste dit qu'on voulait vivre des émotions fortes avant que je parte pour Montréal.

Laurie : Ben là ! Infiltrer le party de Beaupré, ça correspond pas mal à une aventure qu'on ne risque pas d'oublier !

J'ai souri en hochant la tête.

Léa : Youpi ! Je savais que je pouvais compter sur vous !

J'ai entendu le cri strident de Zak au loin.

Zak : LÉA ! Tu es là !

Il s'est jeté dans ses bras avant de faire un câlin à Laurie.

Zak (en levant la tête vers Léa) : Alors, c'est quoi votre nouvelle mission de superhéros ?

Léa : Cette semaine, ta sœur dirige une opération top secrète avec ses deux acolytes pour se faufiler dans le repaire de la méchante Sarah et désamorcer son plan machiavélique d'ensorceler le prince Thomas.
Zak (d'un air impressionné) : WOW ! Je peux t'accompagner, Marilou ?
Moi : Hum, j'aimerais bien, mais c'est trop dangereux. Je préfère que tu restes à la maison avec tes Lego.
Zak (d'un air déçu) : Oh. OK.
Moi : Mais si tu es sage et que tu ne racontes pas les détails de cette mission à nos parents, je te promets d'aller voir le film que tu veux au cinéma avec Léa, Laurie et peut-être même Stéphanie.
Zak (en tapant des mains d'un air enjoué) : YÉ ! Je ne dirai rien ! Promis, juré, craché !

J'ai fait un clin d'œil aux filles avant de rentrer à la maison avec mon petit frère, qui s'est amusé à faire des dessins de superhéros tandis que je terminais un devoir de maths.

Même si je suis un peu réticente à l'idée de me pointer chez Sarah et de me jeter littéralement dans la gueule du loup, je sais aussi que je tiens à collectionner les souvenirs mémorables avant le départ de ma meilleure amie, et que cette aventure m'en promet plus d'un !

Je te laisse, car mon père m'attend pour souper (et quand c'est lui qui cuisine, il vaut mieux tout avaler le plus rapidement possible pour éviter que nos papilles gustatives ne se révoltent !).

Lou xox

Dimanche 26 mai, 9h31

Cher journal,

Comme les filles dorment encore à côté de moi, j'en profite pour te raconter nos mésaventures d'hier ! Comme tu le sais, Léa avait pour mission de convaincre son frère de nous laisser l'accompagner au party chez Sarah Beaupré. Le problème, c'est qu'il n'avait pas l'air super motivé à y aller. Léa m'a donc invitée chez elle jeudi soir pour l'aider dans sa démarche.

Léa (en chuchotant à l'extérieur de la chambre de Félix) : N'oublie pas que c'est toi qui dois le supplier.
Moi : Pourquoi ?
Léa : Parce qu'il va avoir plus de mal à refuser si ça vient de toi !
Moi : Léa, s'il n'a pas le goût de se pointer là, je ne vois pas comment je vais le convaincre du contraire !
Léa (en frappant à sa porte) : On ne perd rien à essayer.

Félix : C'est qui ?
Léa (en chantonnant) : Ta petite sœur préférée !
Félix : Tu veux dire celle que j'attends toujours ?
Léa (en ouvrant sa porte) : Nia, nia. Est-ce que je peux te parler, deux minutes ?
Félix (en pianotant sur son clavier d'ordi) : Qu'est-ce que tu veux ?
Léa (en me poussant dans la chambre) : Marilou a quelque chose à te dire.
Moi : Euh, je… Ça va ?
Félix (en me souriant) : Oui. Toi ?
Moi : Oui. Bon, ben, c'est pas mal tout.
Léa (en me donnant un coup de coude) : Lou ! Dis quelque chose !
Félix (en haussant un sourcil) : Qu'est-ce qui se passe ?
Moi : Je… euh… voulais savoir si tu pensais aller au party de Sarah, samedi soir.
Félix : Je ne pense pas, non. J'ai justement prévu de revoir Emma.
Léa : Ben là ! T'as juste à l'inviter !

Félix : Eille, la p'tite ! Est-ce que je peux décider moi-même de mes activités ?
Léa : Mais Félix ! C'est vraiment important que tu y ailles. Et qu'on t'accompagne, évidemment.
Félix : Et pourquoi donc ?
Léa : Parce que Marilou est follement amoureuse d'un gars qui sera là-bas et que c'est l'occasion parfaite pour se rapprocher de lui.

J'ai jeté un regard stupéfait à Léa.

Félix : Marilou ? Tu tripes sur un gars de deuxième cycle ? Est-ce que je peux savoir c'est qui ?
Moi (en rougissant) : C'est… euh… le…

C'est toi, niaiseux !

Léa : Si je te le dis, il faut que tu me promettes de nous aider. Et de te fermer la trappe, évidemment.
Félix (en posant une main sur son cœur) : Juré.

Léa : C'est Jonathan Prévost.

J'ai regardé Léa d'un air estomaqué. Pourquoi m'inventait-elle une vie amoureuse ? Elle m'a fait de gros yeux pour me supplier d'embarquer dans son jeu.

Félix (en grimaçant) : Jonathan ? Sérieux, Lou, je pense que tu pourrais faire mieux.

Moi ? Faire mieux que le plus beau gars de l'école ? Ha ! Ha ! Ha !

Moi : Ouais, mais... C'est, euh, plus fort que moi.
Félix : Quoi, ça ?
Moi : Mon cœur s'emballe quand je te vois. Euh, je veux dire, quand je *le* vois.
Félix : Tu savais qu'il avait le quotient d'une pieuvre ?
Moi : Non. Je ne lui ai jamais parlé.
Félix : Alors comment peux-tu savoir que tu es amoureuse de lui si tu ne le connais même pas ?

Léa (en se portant à mon secours): T'es donc bien gossant avec tes questions!

Félix: J'essaie juste de comprendre ce qu'une fille brillante comme Marilou trouve à un gars drabe[L] comme Jo Prévost.

J'ai tout fait pour contenir ma joie. Non seulement Félix venait de me faire un compliment, mais en plus, il réagissait comme un gars jaloux! Son attitude m'a encouragée à élever mon jeu d'un cran.

Moi (d'un air très sérieux): Le cœur a ses raisons que la raison ne connaît point.

Léa m'a dévisagée.

Léa (en me chuchotant à l'oreille): Wow. C'est intense, ton affaire.

Moi (en poursuivant sur ma lancée): L'amour que je ressens me consume, et il faut que j'aille jusqu'au bout. Félix, je n'insisterais pas si ce n'était pas important pour moi. Si tu veux inviter Emma, ça me fera plaisir de lui tenir compagnie, mais s'il te plaît, il faut que tu me permettes d'aller chez Sarah.

Félix a soupiré.

Félix : Bon, OK. Mais je vais remettre ma *date* à dimanche, car je préfère être seul pour te surveiller de plus près.
Léa (en frappant des mains pour exprimer sa joie) : Merci, merci, merci ! Tu me sauves la vie !

Félix l'a regardée en haussant un sourcil.

Léa : Euh, je veux dire que tu sauves la vie de Marilou !

J'ai souri et j'ai suivi Léa jusqu'à sa chambre.

Léa (en me tapant dans la main) : Wow ! Je ne te connaissais pas ces talents d'actrice !

Moi : Honnêtement, moi non plus.
Léa : Et Félix qui jouait au gars protecteur !
Moi (en feignant l'innocence) : Hein ? Tu trouves ?
Léa : *Come on*, Lou ! Ne viens pas me dire que ça ne t'a pas fait un petit velours[L] de le voir réagir comme ça ?
Moi (avec un sourire en coin) :
T'as remarqué aussi ?
Léa : Mets-en !
Moi : Bah. C'est sûrement parce qu'il me perçoit comme sa deuxième petite sœur d'adoption.
Léa : Peu importe. L'important, c'est que ça ait fonctionné ! J'ai déjà hâte à samedi pour voir la face de Sarah La Cruche !

Hier soir, j'ai donc rejoint Laurie et Léa chez cette dernière pour mettre notre fameux plan à exécution.

Léa (en m'ouvrant la porte) : Salut ! Je finis de m'habiller et on est prêtes à partir !
Laurie (en me tendant des jumelles) : Tiens,

ça, c'est pour toi.
Moi : Euh, pour quoi faire ?
Laurie : Léa et moi, on s'est dit que la meilleure façon de garder un œil sur Thomas toute la soirée, c'est d'avoir quelqu'un qui monte la garde à l'extérieur. Tu pourras l'espionner par la fenêtre.
Moi : PARDON ? Et c'est quoi le but si on peut être *dans* la maison ? Ça, c'est sans compter que c'est grâce à *moi* si on peut aller à ce party plate, alors je ne vois pas pourquoi je serais celle qui fait le piquet dehors !

Les filles m'ont regardée en se mordant la joue. Elles ont finalement éclaté de rire au bout de trente secondes.

Léa : C'est une blague, Lou ! Voir si je te demanderais ça !
Laurie : Tu avais raison, Léa ! C'est vrai qu'elle peut être poisson quand elle veut !
Moi (d'un air faussement offensé) : Eille !
Léa (en me prenant par les épaules et en

me menant jusqu'à sa chambre) : Allez, madame la susceptible ! On va aller te trouver un *kit* qui a de l'allure pour ce soir !
Moi : Oh, non ! Tu ne vas pas encore me déguiser en pitoune !
Laurie (en m'observant de la tête aux pieds) : Le t-shirt noir te va bien, mais je changerais ton pantalon pour quelque chose de plus féminin.

Léa m'a tendu une jupe en jeans avant que je ne puisse rouspéter.

Léa (en m'observant à son tour) : Super ! Mais on a un problème avec tes chaussures...
Moi : Non ! Pas question que j'enlève mes Converse. Il y a des limites à me métamorphoser en fi-fille !
Laurie : C'est vrai que c'est beau avec le look décontracté. Ça te donne un air de fille *cute* qui n'a pas fait exprès.
Moi : Pour être « *cute* », il faudrait que mes

cheveux mesurent dix centimètres de plus.
Léa (en s'approchant de moi et en posant une épingle à cheveux près de mon oreille) : Tiens. Ça, c'est pour faire tenir ton toupet. Pour le reste, j'adore ta coupe et la longueur te va super bien.
Laurie : C'est vrai, ça ! Si j'étais un gars, je te marierais.
Léa : Et si j'étais mon frère, je m'arrangerais pour sortir avec toi avant qu'un autre gars te mette le grappin dessus !

J'ai fait de gros yeux à mes amies et je leur ai fait signe de se taire. Depuis que j'ai admis à Léa que Laurie était déjà au courant de mon secret, elles ne ratent pas une occasion de me le mentionner, ce qui commence à m'énerver un peu. Honnêtement, je m'attendais à ce que Léa se fâche en apprenant que j'avais d'abord fait confiance à Laurie, et que cette dernière me boude en sachant qu'elle n'était plus la seule à savoir que j'étais amoureuse de Félix, mais à ma grande surprise, les deux ont très bien réagi et unissent maintenant leurs forces pour me pousser à faire quelque chose. Ce qu'elles ne comprennent pas, c'est que je me doute bien que mes sentiments ne sont pas réciproques, et que, si je l'avouais à Félix, je ne m'en sentirais que déçue, rejetée et humiliée. Et disons que je n'ai pas trop besoin de ça en ce moment.

Moi (en essayant de changer de sujet): N'oubliez pas que ce soir, c'est Jonathan que j'ai dans ma mire.
Laurie: Tu pourrais faire d'une pierre deux coups et *cruiser* Jo pour rendre Félix jaloux!
Moi: Ouais, c'est ça! Parce que tu penses que j'ai le potentiel de draguer le plus beau gars de l'école pour conquérir le plus populaire?
Léa: Pourquoi pas? Si moi j'ai pu séduire Thomas Raby, tout est possible.
Moi: Ouais, mais Félix...

Ce dernier est entré en toussotant.

Félix (en me regardant d'un drôle d'air) : Félix... quoi ? Finis ta phrase, ça m'intéresse !
Moi (en écarquillant les yeux) : Oh, je disais juste que « Félix devait nous attendre », et qu'on ferait mieux d'y aller.
Félix : T'as raison. Si on ne part pas d'ici trois minutes, j'enfile mon pyjama, je sors les chips et je m'installe devant le match des séries.
Léa (en prenant son sac à main) : C'est bon, on te suit !

Sarah Beaupré habite à quatre rues de chez nous, tout près de notre école. Quand Félix a sonné, les filles et moi avons échangé un regard rempli d'appréhension. Nous savions que toutes les réactions étaient possibles venant de notre hôtesse.

Sarah (en ouvrant et en accueillant Félix) : Salut, mon beau ! Ça tombe bien, la moitié de ta classe vient d'arriver !

Elle a fait entrer Félix et a refermé la porte derrière elle sans même nous lancer un regard.

Léa a aussitôt frappé à la porte de toutes ses forces.

Moi (en me joignant à elle) : Eille ! On est là, chose !

Nous avons attendu pendant près de deux minutes avant que Félix vienne nous ouvrir.

Félix : Ça m'a tout pris pour la convaincre de vous laisser entrer, alors arrangez-vous pour être discrètes.
Léa (en entrant) : Ne t'en fais pas. Tu ne réaliseras même pas qu'on est là.
Félix (sarcastique) : Je ne sais pas pourquoi, mais j'en doute.
Laurie (en jetant un coup d'œil dans le salon) : *OH. MY. GOD.* Tous les gars

cool sont ici ! J'espère juste que Jonathan viendra me parler !

Félix l'a dévisagée.

Félix : Euh, ce n'est peut-être pas mes affaires, mais vous n'avez pas peur que ça cause de la chicane si vous vous jetez toutes les deux sur le même gars ?

J'ai fait de gros yeux à Laurie.

Laurie : Ben oui ! Je disais justement ça pour aider Marilou. Dans le sens que, si je lui parle en premier, ça brisera la glace pour elle.
Félix (en se grattant la tête) : Les filles sont vraiment compliquées.

Il s'est éloigné et j'ai poussé un soupir de soulagement.

Moi (en me tournant vers Léa) : On est passées proche de se faire prendre !

Mais mon amie ne se trouvait plus à côté de moi. Elle était déjà installée près de son chum sur le sofa. Sauf que pour une rare fois, ils n'étaient pas en train de s'embrasser. Ils semblaient plutôt se disputer. Thomas secouait la tête en gesticulant tandis que Léa le suppliait du regard. Celle-ci a fini par se lever d'un bond et nous rejoindre.

Léa (les yeux embués) : Je n'en reviens pas ! Thomas est fâché contre moi !
Laurie : Comment ça ?
Léa : Il dit que ce n'est pas correct de m'être pointée ici sans le prévenir.
Moi : Tu ne lui avais pas dit qu'on planifiait s'inviter ?
Léa : Non. Je voulais le surprendre.
Laurie (en grimaçant) : Et il l'a mal pris ?
Léa : Oui. Il dit qu'il voulait juste passer du temps avec ses amis et que ça lui donne l'impression que je ne peux pas lui faire confiance. Monsieur se sent « traqué et manipulé ».

Je me suis retenue de lui dire que j'étais du même avis que son chum. Connaissant Léa, elle aurait probablement réagi en m'arrachant ma bobépine et en claquant la porte !

Sarah a choisi ce moment pour venir nous voir.

Sarah : Euh, je pense que vous vous êtes trompées d'adresse, les filles. Le bal des 6e année, c'est la porte d'à côté.
Moi : Arrête de faire l'innocente. Tu sais très bien qu'on fréquente ton école et qu'on accompagne Félix.
Sarah (en s'adressant à nous comme si nous avions deux ans) : Ouais. Il m'a dit que sa maman n'avait pas trouvé de gardienne pour Lisa et qu'il était pogné pour vous trimballer avec lui. Mais comme c'est un party de grands, je vais vous inviter à aller dans la véranda. Il y a des jouets et des jeux de société pour vous distraire.

Léa : Tu as juste un an de plus que nous, alors descends de tes grands chevaux.

J'étais impressionnée, car Léa n'a pas l'habitude de se défendre. D'habitude, c'est à moi de le faire pour elle.

Sarah : Écoute, Lisa. Je sais que tu es triste parce que ton chum n'a pas envie de te voir et que tu n'es pas encore assez vieille pour te garder toute seule, mais tu es chez moi, ici. Alors si tu veux rester, il va falloir que tu obéisses à *mes* règles.
Léa : Mon nom est LÉA, et tes règles sont stupides !
Sarah (d'un ton condescendant) :
T'es presque *cute* quand tu te fâches, mais ce ne sont pas tes quatre pieds qui vont m'intimider. Je sais que ta maman t'a maquillée pour te donner un look adulte, mais moi, je ne négocie pas avec les enfants. Et ce que tu dois comprendre, c'est que tu n'as aucun ami ici. Pas même Thomas. Alors si tu n'es pas contente, la porte est juste derrière toi.

J'ai tourné la tête vers Léa. Elle était rouge et je voyais qu'elle était sur le point d'éclater en sanglots. Il était hors de question que Sarah Beaupré s'en prenne ainsi à elle sans que je réagisse.

Moi (en haussant le ton et en avançant d'un pas pour essayer de m'imposer) : Écoute-moi bien, grande échalote : je ne sais pas pour qui tu te prends, mais tu n'impressionnes personne. D'ailleurs, même Félix Olivier n'avait pas envie d'assister à ton party plate. La seule raison pour laquelle il est ici, c'est parce que Léa avait envie de voir son chum, alors ne va surtout pas croire que c'est ta popularité et tes thématiques de débile qui l'ont attiré chez toi. Va donc t'occuper de ta crotte de mascara coincée dans ton œil au lieu de nous tourner autour comme une mouche à fruits !

Il y a eu un moment de silence, puis j'ai entendu des chuchotements parmi les convives réunis dans le salon. J'ai repris mon souffle et j'ai attendu que Sarah rétorque une bêtise, mais à ma grande surprise, elle s'est contentée de me faire de l'attitude et de tourner les talons en secouant la tête.

Léa : *OH. MY. GOD !* Lou, tu as réussi à boucher Sarah Beaupré !
Laurie : Wow. Je pense que je n'ai jamais été aussi impressionnée.
Moi (en rougissant un peu) : Pff. J'ai seulement dit ce que je pensais.
Léa : En tout cas, tu es pas mal plus courageuse que moi.

Elle a jeté un regard triste en direction de Thomas, qui bavardait maintenant avec JP.

Moi : Léa, tu devrais lui expliquer ce qui t'a poussée à te pointer ici. Je suis certaine que si tu es honnête avec lui, il finira pas comprendre.
Léa (en prenant une profonde inspiration) : OK. Souhaitez-moi bonne chance.

Elle s'est avancée vers le sofa, les yeux rivés au sol.

Moi (en secouant la tête) : Je n'aime pas ça, la voir aussi piteuse.
Laurie (en haussant les épaules) : C'est ça, avoir un chum ! Parlant de ça, je vais aller voir s'il n'y aurait pas un célibataire dans le salon !

J'ai souri et Félix s'est approché de moi.

Félix : Ouin. Je viens de réaliser que je ne te voudrais pas comme ennemie !
Moi (en me mordant la lèvre) : Je m'excuse de t'avoir utilisé contre elle, mais cette fille-là a le don de me faire sauter ma coche[L] !
Félix (en souriant) : J'ai bien vu ça !

Jonathan Prévost s'est alors joint à nous et a passé son bras autour de l'épaule de Félix.

Jonathan (en s'adressant à Félix) : Salut, *man*.

Félix : Salut ! Ça va ?
Jonathan (en me regardant) : Ouais, mais je ne peux pas en dire autant de notre hôtesse.
Moi : Je suis désolée d'avoir été bête avec ton amie, mais je ne faisais que défendre la mienne.
Jonathan (en haussant les épaules) : C'est correct. J'adore Sarah, mais je sais qu'elle peut-être *bitch* quand elle veut. De toute façon, j'ai appris à ne pas me mêler de ses chicanes de filles.

J'ai soudainement réalisé que j'étais entourée de Félix Olivier et de Jonathan Prévost. J'aurais voulu que le temps s'arrête à jamais, ou qu'on prenne une photo pour que ce moment soit immortalisé. Je me suis finalement contentée de tendre une main moite à Jonathan.

Moi : En passant, moi, c'est Marilou.
Jonathan (en secouant ma main) : Enchanté, Marie-Luce.

C'était trop beau pour être vrai.

Sarah (en sortant la tête de la cuisine et en écarquillant les yeux) : JO ! Arrête de perdre ton temps avec la greluche et viens m'aider avec les chips !

Jonathan a obéi comme un chien soumis.

Félix (en haussant un sourcil, l'air amusé) : Sérieux ? Tu vas me dire que ce *gars-là* t'intéresse ?
Moi (en secouant la tête) : J'avoue qu'il a l'air plus cool de loin.
Félix : Désolé d'avoir pété ta bulle.
Moi : C'est correct. Je voulais venir ici pour faire avancer les choses, et c'est réussi, car je sais maintenant que je dois l'oublier.

Laurie est aussitôt venue nous rejoindre.
Laurie : Je viens de raconter ton acte de bravoure à Steph par texto. Elle capote et veut que tu lui racontes tout !
Moi : Si ses parents n'étaient pas aussi

sévères, aussi. Elle aurait pu m'entendre de vive voix !

Léa (en apparaissant devant nous, les larmes aux yeux) : Bon, ça ne sert à rien. Plus je parle, et plus je me cale. Je n'ai jamais vu Thomas comme ça.

Félix : Ça veut juste dire que votre lune de miel est finie.

Léa (en paniquant) : Pourquoi tu dis ça, toi ? Qu'est-ce que t'en sais ?

Félix : Relaxe, petite-sœur-qui-n'a-aucune-expérience-en-matière-de-gars ! J'essaie juste de t'aider.

Léa (en haussant les épaules et en soupirant) : Au point où j'en suis, je n'ai plus rien à perdre.

Félix : Ça veut dire quoi, ça ?

Léa : Que je suis assez désespérée pour entendre tes théories bidon. Aweye. Je t'écoute.

Félix : Je peux juste parler au nom des gars, mais la « lune de miel », c'est quand on commence à sortir avec une fille et qu'on la trouve parfaite et extraordinaire.

L'affaire, c'est que ça ne peut pas durer éternellement, et que tôt ou tard, on commence à voir ses vraies couleurs.
Laurie : C'est donc bien macho, ton affaire !
Félix : Non, car je suis sûr qu'il se passe la même chose de votre côté. Quand on passe beaucoup de temps avec notre chum ou notre blonde et qu'on sort de notre phase fusionnelle, où on a l'impression de vivre dans le monde des Câlinours, on réalise que l'autre est aussi un être humain avec des défauts qui nous semblent un peu moins *cutes* qu'au début.
Léa (en retenant ses sanglots) : Es-tu en train de me dire que je tape sur les nerfs de Thomas ? Merci, grand frère. J'avais vraiment besoin de ça.
Moi : Léa, je pense que ce que Félix essaie de t'expliquer, c'est que, comme vous commencez à mieux vous connaître, c'est normal que ça crée parfois des flammèches.
Léa : Mais je ne veux pas de flammèches. Je veux juste des papillons.
Félix (en roulant les yeux) : Ben, va vivre

dans le monde des Schtroumpfs, d'abord!
Léa: T'es con!
Félix: Et toi, t'as deux ans d'âge mental!
Ça ne m'étonne pas que ton Thomas ait besoin d'air. Sur ce, je vais aller dire bye à mes amis. C'est plate, ici.

Il s'est éloigné en coup de vent.

Léa: J'ai besoin d'aide, les filles. Je fais quoi, là?
Laurie: Vous avez eu votre première chicane, Léa. Ce n'est pas la fin du monde.
Moi: Laurie a raison. À ta place, je laisserais retomber un peu la poussière. Donne-lui le temps de se calmer. Je suis sûre que tout ira mieux demain.
Léa (en baissant les yeux): Ouin, OK.
Moi: Voulez-vous dormir chez moi?
Laurie: Oui! Laisse-moi juste prévenir mes parents. Léa, je peux te passer mon cell après pour que tu appelles les tiens.
Léa: C'est gentil, mais je pense que je vais rentrer chez moi avec Félix. J'ai besoin de réfléchir.

Laurie : Tu veux dire de te rouler dans ta peine en écoutant de la musique triste ?
Moi : Je ne crois pas que ce soit super sain, Léa. Tu devrais plutôt t'empiffrer de gâteau au chocolat et potiner avec nous.
Léa (en souriant) : C'est vrai que votre thérapie a l'air pas mal plus le *fun* !

J'ai souri et nous sommes rentrées toutes les trois. On a parlé jusqu'au petit matin et les cris de mon frère m'ont tirée du sommeil à peine quelques heures plus tard. Je crois d'ailleurs que son interprétation de la chanson-thème d'*Alvin et les Chipmunks* est en train de réveiller Laurie et Léa, alors je vais te laisser avant qu'elles me voient écrire !

Lou xox

Jeudi 30 mai, 17 h 01

Cher journal,

J'ai installé Zak devant la télé pour avoir le temps de te raconter ce qui est en train de m'arriver. Je tiens à l'immortaliser ici, car je me doute que la situation ne durera pas éternellement. Imagine-toi donc que ma montée de lait de samedi dernier chez Sarah a fait bondir ma popularité d'un (ou plutôt dix mille) cran.

Comme les nouvelles vont vite par chez nous, le récit de mon altercation s'est répandu comme une traînée de poudre. Évidemment, l'histoire a été modifiée en cours de route, et une fille de secondaire 1 est même venue me voir hier midi pour me demander si j'avais vraiment renversé une bouteille de Pepsi sur la tête de Sarah.

Moi : Euh, non. Je l'ai juste remise à sa place.

Fille : Wow. T'es *hot.*
Moi : Euh. Merci.

Elle est partie après m'avoir admirée comme si j'étais membre de One Direction.

Steph (en sortant son lunch) : J'ai vraiment l'impression d'être amie avec Selena Gomez depuis le début de la semaine.
Laurie : Et c'est tellement réjouissant de voir Sarah Beaupré qui pompe en arrière !
Léa : Si seulement mon chum réalisait qu'elle est cruche au lieu de prendre sa défense !
Moi : Laisse-le faire. Il réagit comme ça parce qu'il est encore fâché contre toi.
Steph : Hein ? J'en ai raté un bout, je pense.
Léa (en soupirant) : Thomas est fru que je me sois invitée chez Sarah et il me le fait sentir depuis lundi. Ce matin, il m'a même dit qu'il trouvait que Marilou avait été trop loin en insultant son amie devant tout le monde.
Laurie : Ben là ! C'est ordinaire de sa part

de ne pas être dans la *team Marilou*!
Moi (en haussant les épaules): C'est correct. Je n'ai pas besoin de l'appui de Thomas pour survivre.
Léa: Ouais, mais c'est important pour moi que vous vous entendiez bien.
Moi: Je le sais, Léa, mais tu ne peux pas forcer deux personnes à s'aimer.
Léa: Ça veut dire que vous ne serez jamais amis?
Moi: Je doute très fort qu'il devienne mon *BFF*, mais ça ne veut pas dire que je ne peux le côtoyer de façon… amicale. Après tout, on a quelque chose en commun, lui et moi.
Léa: Quoi, ça?
Moi: On t'aime tous les deux.

Léa a fini par esquisser un petit sourire. Même si Thomas et elle se sont à demi réconciliés en début de semaine, elle marche constamment sur des œufs lorsqu'elle est avec lui, et je vois bien que ça la rend anxieuse.

Moi (en essayant d'être positive) : Je suis certaine que d'ici quelques jours, toute cette histoire sera oubliée et que les choses redeviendront comme avant entre vous deux.
Laurie : Mais pour ça, il faut que tu agisses comme si de rien n'était avec lui.
Steph : Laurie a raison. Essaie de mettre cette histoire-là derrière toi.

Mégane nous a interrompues en se pointant à notre table.

Mégane (en me souriant) : Salut !

J'ai jeté un coup d'œil derrière moi pour m'assurer qu'elle s'adressait vraiment à moi.

Moi : Euh, salut ?
Mégane : Ça va ? T'as l'air bizarre.
Moi : Ouais, je suis juste, hum, surprise de te voir ici. Je pense que c'est la première fois que tu m'adresses la parole depuis septembre.

Mégane : Ouais. D'ailleurs, je tiens à m'excuser pour ça. Je pensais que t'étais rejet comme fille, mais je comprends que je t'ai sous-estimée.
Moi : Est-ce que je dois te remercier ?
Mégane (en souriant) : Non. Je voulais juste te dire que j'organise un petit party chez nous avec les gars de la classe samedi. Et t'es la bienvenue si ça te tente.
Moi : Euh, OK.
Mégane : Cool ! À plus !

Elle est partie et j'ai regardé les filles d'un air ébahi.

Léa : Wow. Voilà maintenant que Mégane s'agenouille devant toi ! On aura tout vu !
Steph : Pensez-vous que si c'est un party avec des gens de notre âge, mes parents vont accepter que j'y aille ?
Laurie : Je pense que tu as plus de chance de gagner à la loterie !

On a toutes éclaté de rire.

Moi : De toute façon, il est hors de question que je mette les pieds chez elle. Elle veut juste profiter de moi parce qu'elle pense que je vais arriver avec tous les gars populaires de secondaire 5 !
Léa (en regardant autour de nous, un sourire aux lèvres) : D'ailleurs, ils sont où, ceux-là ?
Moi (en riant) : Je pense qu'ils n'ont pas reçu le mémo à propos de mon deux minutes de gloire !
Laurie : Bah, même si tu n'y vas pas, c'est quand même cool de finir l'année scolaire en sachant que Mégane te supplie presque d'être son amie !
Moi : En effet ! Levons donc notre verre de jus de pomme à ça !

Nous avons trinqué en riant.

Je sais que c'est un peu bébé, mais je t'avoue que ça fait du bien à mon ego de ressortir un peu du lot et de ne plus être reconnue comme « la fille de secondaire 2 avec une coupe bol qui se tient avec la fille qui sort avec Thomas ». Même si tout sera probablement à refaire en septembre ! ;)

Lou xox

Mercredi 5 juin, 18h41

Cher journal,

Comme l'année scolaire tire à sa fin, les travaux et examens s'accumulent, ce qui me donne moins le temps d'écrire. Ça, c'est sans compter que je passe tout mon temps libre avec Zak ou à la piscine en vue de ma compétition de samedi. C'est pourquoi je tiens à profiter des cinq minutes de répit que m'offrent mes parents pour raconter la bonne nouvelle que j'ai apprise hier soir !

Après le souper, je suis allée chez Léa pour qu'on puisse répéter notre présentation orale d'histoire de ce matin (qui s'est super bien passée, même si Léa a bégayé et que j'ai eu deux trous de mémoire !).

Léa (en s'assoyant en Indien sur son lit et en posant l'ordinateur familial sur ses genoux) : Est-ce que je peux prendre une petite pause pour espionner le profil

Facebook de Thomas?

Moi (en haussant les épaules): C'est comme tu veux, mais je ne crois pas que ça rentre dans la catégorie des efforts que tu lui as promis de faire pour contrôler ta jalousie…

Léa: Pff! Tu sauras qu'à l'école, je ne lui fais plus aucun commentaire quand il jase avec d'autres filles!

Moi (pince-sans-rire): Et c'est pour ça que tu compenses une fois rentrée à la maison?

Léa (en me regardant d'un air piteux): Je fais dur, hein?

Moi: Je pense juste que ton déménagement te rend plus insécure.

Léa: Ouais. C'est comme si j'avais besoin d'une confirmation qu'il n'a d'yeux que pour moi et que notre couple va durer toute la vie.

Moi: Tu n'as aucun contrôle là-dessus, Léa. Il n'y a que le temps qui pourra te le dire.

Léa: Je sais.

Moi: Mais si ça peut te consoler, je sens que Thomas t'aime vraiment.

Léa (d'un air surpris) : Es-tu sérieuse ? Tu ne dis pas juste ça pour que je me calme les nerfs ou pour me faire plaisir ?
Moi : Non. Je t'avoue que j'ai eu mes doutes au départ, mais quand je le vois te coller à l'école et te regarder avec des yeux dans la graisse de bines, je vois bien qu'il est amoureux de toi.

Léa a souri d'un air satisfait.

Léa : Merci, Lou. Venant de toi, ça me rassure vraiment.
Moi : Est-ce que je peux t'offrir un petit conseil, maintenant ?
Léa : Je t'écoute.
Moi : Même s'il tient à toi et qu'il accepte tes petits excès de folie, je ne crois pas qu'il soit le genre de gars qui aime se sentir étouffé…
Léa : Tu as raison. Il faut que j'apprenne à lui faire confiance. OK. Tu m'as convaincue. Je n'irai pas sur Facebook.
Moi (en me mordant la lèvre) : En fait,

j'aimerais bien que tu te connectes et que tu vérifies un truc pour moi.
Léa (en chuchotant) : Si tu veux savoir si c'est sérieux entre Félix et Emma, la réponse est non.
Moi : C'est gentil, mais ce n'est pas ce que je veux savoir.
Léa (en me lançant un sourire complice) : OK. Pas besoin d'en dire plus. Quel est le nom de famille de Cédric ?
Moi : Lalonde-Côté.

Léa a tapoté sur le clavier et a fait une mine surprise.

Léa : Je ne savais pas que ton futur époux faisait du ski nautique !
Moi (en me précipitant pour consulter sa photo) : Hein ? Il a changé sa photo de profil ?

Cédric apparaissait maintenant dans toute sa splendeur en train de faire des acrobaties sur un lac.

Léa : Tu ne m'avais pas dit qu'avant, c'était Jolyane qui apparaissait en lui donnant un bec sur la joue ?

Moi : Ouais, mais ça ne veut rien dire. La preuve, c'est que c'est moi qui apparais sur ta photo de profil, même si aux dernières nouvelles tu sortais toujours avec Thomas.

Léa (en cliquant sur ses infos personnelles et en plissant les yeux) : Attends, on va voir ce que ça dit ici…

Moi : Avant, il était clairement affiché en couple avec elle.

Léa : Eh bien là, ça dit qu'il est célibataire ! Félicitations, Marilou ! Ton *kick* est enfin libre !

Moi (en écarquillant les yeux pour bien voir) : Wow ! J'espère juste que ça va durer jusqu'en août !

Léa : Ben là ! Tu ne vas quand même pas attendre deux mois avant de lui faire signe ?

Moi : Qu'est-ce que tu veux que je fasse ? Que je le *poke* ? C'est un peu retardé, comme approche.

Léa : Tu pourrais lui envoyer une invitation pour devenir son amie ?
Moi : Pour ça, il me faudrait un profil Facebook. Et pour en arriver là, il faudrait que mes parents tiennent leur promesse, achètent un ordi et arrêtent de penser qu'on vit à l'âge de pierre.
Léa : Lou, tu sais bien qu'ils vont finir par te l'offrir.
Moi : Pff. Tu connais assez bien mes parents pour savoir qu'il n'existe aucune garantie. Ils m'ont peut-être juste promis ça pour que j'arrête de chialer à propos de Zak.
Léa : Ben… en attendant, rien ne t'empêche d'ouvrir un compte Facebook. Tu n'auras qu'à le consulter quand tu es à l'école.
Moi : L'école finit dans deux semaines.
Léa : Alors tu le feras quand tu es chez moi.
Moi (en faisant la moue) : Ce qui veut dire que je n'en ai que pour deux mois…

Léa m'a regardée d'un air triste. Chaque fois qu'on fait référence à son départ, ça nous met dans un état pathétique. C'est pour ça qu'on agit généralement comme si ça n'existait pas.

Léa (en s'efforçant de garder le moral) : Ça te permettra justement de garder contact avec lui jusqu'à ton séjour au camping !
Moi (en joignant mes efforts aux siens) : Tu as raison ! Créons-moi un profil !

On a ensuite passé près d'une heure à débattre pour savoir quelle photo choisir pour ma page principale. Léa voulait qu'on prenne un nouveau cliché afin que j'aie l'air à la fois « ingénue et mystérieuse », tandis que je m'obstinais pour choisir celle de nous deux que j'avais fait imprimer pour son anniversaire.

Léa : Tu es tout ébouriffée là-dessus ! Et moi, j'ai la morve au nez.
Moi : Ça ne paraît pas du tout ! On a juste l'air heureuses et naturelles.
Léa : Ouais, mais si on en prenait une

nouvelle, on pourrait la modifier pour que tout soit parfait.
Moi (sarcastique) : Parce que c'est *tellement* réaliste comme idée !
Léa (en observant la photo tout en se mordant la lèvre) : D'un autre côté, c'est sûr que si Cédric te trouve *cute* là-dessus, il va capoter quand il va te revoir cet été.
Moi (en haussant un sourcil) : Euh, ça veut dire quoi, ça ?
Léa : Que tu es pas mal plus belle en vrai !

J'ai finalement eu gain de cause et, une fois que nous avons eu terminé toutes les étapes, j'ai envoyé une invitation à quelques personnes de notre classe ainsi qu'à Steph, Laurie, Félix et Cédric.

Moi : Et s'il ne me répond pas ?
Léa : Pourquoi ferait-il ça ?
Moi : Parce qu'il ne se souvient pas de moi ! J'aurais tellement honte !
Léa : Arrête de t'imaginer le pire.

Ding !

Cinq personnes de l'école et Félix venaient d'accepter mon invitation. Ce dernier avait accompagné sa réponse d'un petit message : *Bienvenue dans l'ère moderne ! F xx*

J'ai évidemment senti mon pouls s'accélérer. Ma tête avait beau répéter à mon cœur que cet amour était à sens unique et qu'il valait mieux passer à autre chose, c'est comme si ce dernier refusait de l'écouter.

J'ai ramassé mes affaires et j'ai jeté un dernier coup d'œil à Facebook avant de partir.

Moi : Il ne m'a toujours pas répondu. C'est mauvais signe.
Léa : Lou, ça fait quarante-cinq minutes que ton invitation a été envoyée. Relaxe.
Moi : Tu vois ? C'est pour ça que je ne

voulais pas le contacter. Là, je suis en attente et je me sens comme une nouille.
Léa : Mais non. Si tu attendais pendant deux mois avant de faire quelque chose, là tu aurais une raison de te traiter de nouille ! De toute façon, je serai avec toi toute la fin de semaine, alors je pourrai surveiller ton obsession !

J'ai souri. Ses parents doivent se rendre à Montréal très tôt samedi matin pour visiter d'autres maisons, mais Léa leur a dit qu'il était hors de question qu'elle rate ma compétition pour les accompagner, d'autant plus qu'elle n'avait aucune envie de les encourager dans leurs démarches. Comme Félix tenait lui aussi à rester ici pour assister au party d'anniversaire de son meilleur ami Mathieu, ils ont finalement accepté de partir sans eux, à condition que Léa vienne dormir à la maison samedi et que Félix reste à coucher chez Mathieu.

Quand je suis rentrée chez moi, j'ai pris soin de demander à ma mère d'apporter son ordinateur de travail vendredi pour terminer une recherche. La vérité, c'est que je meurs d'envie de savoir si Cédric m'a répondu et s'il y a de nouveaux développements dans sa vie. Je commence maintenant à comprendre pourquoi les filles deviennent rapidement accro aux réseaux sociaux : c'est une façon discrète de tout découvrir sur les gars qu'elles aiment secrètement ! Honnêtement, je ne croyais pas tomber dans le panneau aussi facilement, mais il faut croire que les vêtements *girlie* de Léa commencent à déteindre sur ma personnalité !

Lou xox

Dimanche 9 juin, 20 h 11

Cher journal,

Léa vient tout juste de rentrer chez elle, et le moins que je puisse dire, c'est que j'ai passé une fin de semaine en montagnes russes. Vendredi soir, Steph m'avait invitée à souper chez elle. Même si ses parents sont assez réticents à la laisser sortir, ils sont toujours heureux de recevoir ses amies à la maison.

Sa mère : Je suis contente que tu sois ici, Marilou !
Moi : Moi aussi ! Ça fait longtemps que je vous ai vus !
Son père : On mange de la fondue chinoise pour fêter ça !
Steph : Wow ! Tu devrais venir plus souvent, Lou !
Sa mère : Comme si on te laissait crever de faim !

J'ai ri et je me suis installée à table. Comme Steph est enfant unique, je suis toujours impressionnée (pour ne pas dire jalouse) par le calme qui règne chez elle, et surtout par toute l'attention qu'elle reçoit de ses parents.

Sa mère : Alors, Marilou, comment as-tu réagi à l'annonce du départ de Léa ?
Moi : Pas super bien.
Son père : C'est normal. Vous êtes comme deux sœurs !

J'ai pris le temps d'avaler ma bouchée de bœuf avant de poursuivre. Tout le monde attendait patiemment mes impressions. Je crois que je n'ai jamais eu autant d'écoute de la part de ma propre famille.

Moi : C'est un peu comme si je ne le réalisais pas encore. Mais je sens que ça va me faire tout un choc quand elle va partir.
Steph : Je serai ici, moi ! Je sais que je ne remplacerai jamais Léa, mais tu peux être sûre que tu peux compter sur moi.

J'ai souri. Le reste du souper a été super agréable. Ses parents m'ont demandé ce que je comptais faire cet été et ils se sont eux-mêmes lancés dans le récit de leurs folles histoires de jeunesse. Je me sens un peu coupable de l'admettre, mais j'avoue que j'envie un peu Steph. Elle raconte tout à ses parents et elle a une super belle relation avec eux. Je sais qu'elle étouffe parfois parce qu'ils ne lui accordent pas assez de liberté, mais en même temps, ils en profitent toujours pour passer du temps de qualité avec elle. La vérité, c'est que j'aimerais que mes parents soient aussi disponibles, plutôt que de me contenter des « restes ». Genre le petit quart d'heure qu'ils peuvent m'accorder lorsqu'ils rentrent du travail pendant que Zak regarde son émission à Télé-Québec.

Quand je suis rentrée chez moi, j'ai donc été irritée au plus haut point en écoutant les cris de mon petit frère qui jouait au chevalier contre un ennemi imaginaire et en réalisant que mes parents étaient une fois de plus obnubilés par leurs propres soucis.

Ma mère : Zut ! Je viens de me rappeler que j'avais oublié d'aller chercher le linge chez le nettoyeur.
Mon père : Pas grave. J'irai demain en me rendant au golf.
Ma mère : Hein ? Tu vas jouer au golf ?
Mon père : Oui. Je t'ai envoyé un texto la semaine dernière pour te le dire.
Ma mère : Mais j'ai cent millions de choses à faire demain !

Ils se sont alors tournés vers moi avec un regard suppliant.

Moi : Je ne peux pas garder Zak demain.
Mon père : Ce serait seulement pour une heure ou deux, Lou.
Moi : Papa, j'ai déjà quelque chose de prévu.

Il m'a regardée d'un air incrédule.

Moi (d'un air vexé) : Avez-vous sérieusement oublié ?

Une mouche est passée.

Ma mère : De quoi parles-tu ?
Moi : J'ai une compétition à 10 h.
Mon père (en écarquillant les yeux et en se mettant à pianoter sur son iPhone) : NON ! T'es sérieuse ? J'avais pourtant noté que c'était la semaine prochaine !
Ma mère (en secouant la tête d'un air découragé) : Et évidemment, je me suis fiée à ton père pour planifier mes trucs.
Mon père : Marilou, es-tu certaine que ce n'est pas samedi prochain ?
Moi (d'un ton sec) : Oui papa. Je pense que je connais mon horaire de compétition. Surtout que ça fait des semaines que je m'entraîne pour ça.
Ma mère (en me souriant) : Ne t'en fais pas, ma chouette. On va s'arranger pour être là.

Moi (en haussant les épaules) : Ce n'est pas nécessaire. Sophie vient me chercher et Léa sera là pour m'encourager.
Mon père (en cherchant un numéro dans son téléphone) : Je vais annuler ma partie de golf. Il n'est pas question que je rate ta course.
Moi : C'est correct, papa. Je vais survivre. Tu n'auras qu'à assister à la prochaine.
Mon père : C'est quand ?
Moi : En septembre.
Ma mère : Tu n'en as aucune cet été ?
Moi (en roulant les yeux) : Non, maman. Comme chaque année, l'été sert de camp d'entraînement pour réévaluer ma catégorie.
Ma mère (en consultant mon père du regard) : On va s'arranger. N'est-ce pas, chéri ?
Zak : Est-ce que Simon peut quand même venir jouer ici ?
Mon père (en se frappant le front) : Merde ! J'avais oublié que son ami venait dormir ici demain.
Moi : Léa aussi.

Ma mère (en consultant son BlackBerry): J'avais noté pour Léa, mais j'avoue que j'avais oublié Simon.
Mon père: Crois-tu qu'on pourrait les emmener à la piscine?
Zak: OUI! On va aller se baigner!
Ma mère: Non, Zak. On parle de la piscine où ta sœur va nager.
Moi (d'un air très sérieux): Je ne crois pas que ce soit une bonne idée. C'est déjà assez difficile de garder Zak immobile pendant une heure, sans lui ajouter une distraction aussi intense que Simon. J'ai besoin de concentration, moi. Pas de cris d'enfants gossants.
Mon père: Marilou, je suis certain que ton frère est capable de se contrôler.
Zak (en haussant le ton et en frappant la table avec une fourchette): OUI! JE VAIS ME CONTRÔLER DANS LA PISCINE AVEC SIMON. ON VA FAIRE DES SPLISH SPLASH!
Ma mère (en fronçant les sourcils): Marilou a raison. Je pense que c'est plus prudent si

je reste ici avec eux.
Mon père : Alors moi, j'assisterai à la compétition de Marilou et je m'occuperai de la filmer. Comme ça, tu pourras la voir après coup !
Ma mère : Tu vois, Lou ? Tout finit toujours par s'arranger.

Je me suis contentée de soupirer.

Hier matin, je me suis donc rendue à la piscine en compagnie de Sophie.
En enfilant mon maillot, j'ai réalisé que j'étais extrêmement nerveuse, car je sentais que mes soucis personnels avaient occupé trop de place au cours des dernières semaines et que je n'étais pas prête pour ma course.

Comme d'habitude, mon entraîneuse a su lire dans mes pensées.

Sophie (en me prenant par les épaules) : OK. Là, c'est le temps de dire au revoir à la

pression et d'avoir du *fun*.
Moi (en inspirant) : Je le sais.
Sophie (en riant) : Es-tu sûre ? Parce que je te sens un peu tendue, pour une fille qui s'amuse !
Moi : Ouais. Je broie un peu du noir depuis ce matin.
Sophie : Marilou, tu n'as aucune inquiétude à te faire. Tu as déjà battu tes adversaires à plusieurs reprises. Et même si ça ne se produit pas aujourd'hui, ce n'est pas la fin du monde.
Moi (en hochant la tête) : Merci.

J'ai senti des papillons dans mon ventre. L'adrénaline commençait à monter, ce qui était plutôt bon signe. Avant de monter sur le plot, j'ai jeté un regard vers les gradins. J'ai aperçu mon père, qui m'a fait un signe d'encouragement avec son pouce. Léa était assise à côté de lui. Elle m'avait dit qu'elle viendrait avec Félix, mais je ne le voyais nulle part.

Tant pis s'il n'est pas là. Ce n'est pas la fin du monde. Ça me permettra de me concentrer davantage sur ma technique !

J'ai pris une profonde inspiration pour essayer de faire le vide, mais le petit hamster dans ma tête a recommencé à faire des siennes.

C'est quand même étrange qu'il ne soit pas dans les gradins. Est-ce qu'il aurait fait trente minutes de route simplement pour la déposer ? Ce serait étonnant, d'autant plus qu'il m'avait dit qu'il ferait tout pour assister à ma course. D'un autre côté, il n'est pas mon chum et il ne me doit rien.

J'ai secoué mes mains pour essayer de retrouver mon calme, puis j'ai capté un mouvement à ma droite. J'ai tourné la tête et j'ai aperçu Félix et Emma sortir des vestiaires en riant. Elle s'est dépêchée de replacer son casque de bain et son pince-nez avant de se positionner à côté de moi, tandis que Félix s'installait à la droite de Léa.

Voilà la réponse à ma question. Félix s'était bel et bien pointé à ma compétition, mais ce n'était pas pour m'encourager ; c'était pour voir et embrasser Emma.

Sophie est venue me souhaiter bonne chance. Je me suis contentée de sourire avant de prendre ma position de départ. J'avais beau prendre de grandes respirations, je n'arrivais toutefois pas à chasser Félix et Emma de mon esprit.

Mieux vaut canaliser mon dégoût et ma frustration pour me pousser à nager plus vite.

Malheureusement, ce n'est pas ce qui s'est produit. À chaque mouvement de bras, je revoyais le visage épanoui d'Emma. Non seulement elle était mince et jolie, mais en plus, elle avait réussi à séduire le gars qui me plaisait.

Lorsque j'ai finalement touché la ligne d'arrivée, j'ai réalisé que j'avais terminé troisième et qu'Emma m'avait devancée de deux secondes.

J'ai retiré mon casque de bain et je me suis rendue aux vestiaires sans même me retourner. Sophie m'a rejointe quelques instants plus tard.

Sophie : Ça va ? Tu es partie comme une flèche après la course.
Moi (en retenant des sanglots) : Mettons que je ne suis pas fière de moi.
Sophie : Marilou, on ne peut pas toutes les gagner.
Moi : Je sais, mais je n'étais pas concentrée et je m'en veux.
Sophie : Ça arrive à tout le monde. Et sais-tu ce qu'on doit faire dans ce temps-là ?
Moi : Quoi ?

Sophie : Mettre la course aux poubelles et regarder droit devant. On a tout l'été pour travailler certaines petites choses !
Moi (en essuyant une larme) : Oui, mais cette compétition était vraiment importante pour mon classement final.
Sophie (en souriant) : Je sais, mais avec ta troisième position d'aujourd'hui, tu termines quand même la saison au sommet du palmarès, alors tu n'as aucune raison de t'en faire. Tu es une excellente nageuse, Marilou.
Moi (en souriant) : Merci.
Léa (en cognant à la porte du vestiaire) : Toc, toc ! Ça va, Lou ?
Sophie : Je vais vous laisser. Marilou, je suis vraiment fière de toi !
Léa (en s'installant auprès de moi) : Moi aussi ! Tu as encore bien nagé, aujourd'hui !
Moi : Pff. J'ai complètement raté ma course.
Léa : Ben là ! Ce n'est pas parce que tu termines troisième que tu as été nulle !
Moi : Je sais, mais je m'en veux pareil.
Léa : Pourquoi ? Parce que tu as laissé mon

idiot de frère te déconcentrer ?
Moi (en baissant les yeux) : Exact.
Léa : T'es humaine, Lou. C'est normal que tes sentiments t'affectent.
Moi (en essuyant une autre larme) : Je sais, mais je suis tannée de déprimer à cause d'un gars qui ne réalise même pas que j'existe.
Léa (en me serrant contre elle) : C'est tant pis pour lui, Lou. Et tu sais, ça nous permet au moins de voir un point positif à mon déménagement.
Moi : Quoi, ça ?
Léa : Ça te permettra enfin d'oublier Félix.
Moi (en posant ma tête sur son épaule) : Tu penses ?
Léa : Loin des yeux, loin du cœur, non ?
Moi : Ça s'applique aussi à ton chum, ça ?
Léa : Non. Avec Thomas, j'opte plutôt pour l'adage « l'amour est plus fort que la distance » !
Moi (en riant) : T'es tellement quétaine.
Léa (en riant aussi) : Je sais. Allez, ma névrosée d'amour ! Habille-toi ! Ton père

nous attend pour aller manger de la pizza.
Moi : Pour vrai ?
Léa : Yep ! Il te connaît assez pour savoir qu'il n'y a rien comme un peu de gras trans pour te remonter le moral !
Moi : Et ton frère ?
Léa (en haussant les épaules) : C'est un grand garçon et il a une voiture, alors qu'il s'arrange !

J'apprécie tellement sa compréhension et sa solidarité que je m'en veux presque de ne pas lui avoir révélé mon secret plus tôt.

Après la pizzeria, mon père a fait un détour par ma librairie préférée pour qu'on bouquine un peu et, en rentrant à la maison, ma mère a installé son ordi dans ma chambre pour qu'on puisse regarder des films. J'en ai évidemment profité pour jeter un coup d'œil à Facebook.

Moi (en sentant mon cœur s'emballer) : Oh. My. God ! Cédric a accepté mon

invitation, et il m'a envoyé un message !
Léa (en s'approchant de l'écran pour lire) : « C'est cool de te croiser ici, mais j'ai encore plus hâte de te revoir en chair et en os au camping cet été ! Cédric xxx »
Moi (en rougissant) : Oh ! Il se souvient de moi !
Léa : Tu vois bien que tu capotais pour rien ! Veux-tu qu'on compose une réponse ?
Moi (en souriant d'un air satisfait) : Non. Je ne veux rien changer. Comme ça, je pourrai flotter sur mon petit nuage pendant encore deux mois !
Léa : Tu le mérites. Tu as connu assez de déceptions amoureuses depuis le début de l'année !

Je sais que c'est niaiseux, mais le petit message de Cédric est venu mettre un baume sur la blessure laissée par Félix. Et pour une rare fois, je ne me sens pas totalement invisible.

Moi (en consultant mon profil) : Oh, oh !
Léa : Quoi ?
Moi : Junior m'a envoyé une invitation ! Il me semblait qu'il n'était pas sur Facebook, lui ?
Léa (en se mordant la lèvre) : Oups. C'est peut-être de ma faute.
Moi : Comment ça ?
Léa : Ben, jeudi dernier, je suis allée voir la partie de hockey de Thomas, et après, on est allés manger une pizza avec des gars de l'équipe… et on s'est mis à parler de réseaux sociaux… J'ai mentionné qu'on venait de t'inscrire à Facebook.
Moi : Arg ! Et là, je suis pognée pour avoir monsieur French mou comme ami cybernétique ?!
Léa : Quand tu y penses, c'est presque *cute* ! Il s'est créé un compte juste pour se rapprocher de toi parce qu'il n'arrive pas à t'oublier !
Moi (en lui lançant un coussin) : N'essaie pas de tourner ta gaffe en bonne nouvelle ! Là, je vais être pognée pour lui dire que

mes « parents tyranniques » gèrent aussi mon compte et qu'il ne peut pas me contacter !

Léa (en m'embrassant sur la joue) :

Tu vois ? Tu trouves toujours une solution à tout !

Léa et moi avons passé le reste de la soirée d'hier et toute la journée d'aujourd'hui à enchaîner les films de filles. Normalement, mes parents m'auraient fait un discours sur les méfaits de la surexposition aux écrans d'ordinateur, mais là, ils m'ont laissée tranquille. Je crois qu'ils ont compris que c'est exactement ce dont j'avais besoin pour retrouver ma bonne humeur.

De toute façon, j'aurai tout l'été pour profiter du soleil et pour « respirer le grand air ». Mais en attendant, je dois étudier pour mes deux examens de la semaine, alors je ferais mieux de m'y remettre !

Lou xox

Chapitre 8 : Pyjama party et mal de mer

Jeudi 13 juin, 16 h 44

Cher journal,

Ce midi, Thomas et ses amis se sont exceptionnellement joints à nous à la cafétéria.

Moi (en m'assoyant et en chuchotant à l'oreille de Laurie) : Qu'est-ce qu'ils font là, eux ?
Laurie : Je pense que Léa les a convaincus de s'asseoir avec nous, comme ses jours sont comptés dans notre école.
Léa (en me regardant avec de grands yeux) : Lou, sais-tu ce que Thomas a fait ?
Moi : Euh, non.
Léa (en frappant Thomas avec le coude) : Raconte-lui, chéri.
Thomas (en haussant un sourcil) : Hum ? Quoi, ça ?
Léa : Ben, l'histoire que tu m'as racontée à propos de l'écureuil.

JP et Seb se sont aussitôt mis à rire.

Seb : On était au parc, et il y avait un gros écureuil qui n'arrêtait pas de nous suivre…
Léa (en l'interrompant) : Non ! Laisse Thomas le raconter.
Thomas (en haussant les épaules) : C'est correct, Léa. Seb fait bien la *job*.

Seb a poursuivi son récit et j'ai vu la mine de Léa s'assombrir. Je sais qu'elle essaie de provoquer des interactions entre Thomas et moi, mais ses tentatives aboutissent presque toujours en échecs. Même si je lui ai expliqué mille fois que je n'avais pas beaucoup d'atomes crochus avec son chum, elle refuse de s'avouer vaincue.

Mégane s'est alors pointé le bout du nez, mettant fin au récit (on ne peut plus plate) de Seb.

Mégane (en souriant, surtout aux gars) : Salut, tout le monde.

Léa : Salut, Mégane. On peut faire quelque chose pour toi ?
Mégane (en nous tendant des dépliants) : Je voulais vous aviser que le comité étudiant avait réussi à convaincre la direction de nous laisser organiser une fête toute spéciale pour célébrer la fin de l'année.
JP : Tu parles d'un party plate dans le gymnase ?

J'ai souri. Il m'enlevait les mots de la bouche.

Laurie : Il y a un « comité étudiant » dans notre école ?
Mégane (en soupirant) : Oui. Il y a même eu une élection en septembre pour choisir un représentant par niveau.
Steph : Je ne m'en souviens même pas.
Mégane : Pas étonnant, puisque le taux de participation a été de 4 %.
Laurie : Ben là ! Avoir su, je me serais présentée.

Mégane (en perdant un peu patience) : OK, mais là il est trop tard. Et comme *je* suis la représentante de notre niveau, c'est *mon* travail de venir vous voir pour vous parler des décisions qui ont été prises.
Laurie (en plissant les yeux) : OK. Mais attends-toi à avoir de la compétition à la rentrée.
Mégane (d'un air sarcastique) : J'en tremble déjà. Est-ce que je peux parler du party, maintenant ?
JP : Vas-y, Marianne. On t'écoute.
Mégane (d'un air offusqué) : Je m'appelle Mé-gane.
JP : Oups. Excuse-moi.
Mégane : Bref, on organise un pyjama party jeudi prochain.
Seb : Ça veut dire quoi, ça ? Qu'on est pognés pour dormir à l'école ?
Mégane : En effet, tous ceux qui feront signer la demande d'autorisation par leurs parents auront la chance de passer une nuit dans le gymnase pour célébrer la fin des classes !

Thomas : Et qu'est-ce est qui le *fun* là-dedans ?
Mégane : Ben là ! Vous pourrez passer une nuit blanche ici !
Seb : Mais jeudi prochain, l'école finit à 15 h. Et on tombe en vacances jusqu'en septembre.
Mégane : Oui, mais moi, je vous offre de rester jusqu'au lendemain matin.
Seb : Genre de faire des heures supplémentaires ?
Mégane : Je vois plus ça comme du temps de qualité avec vos camarades.
Seb (en donnant une bine à JP) : C'est vrai que c'est mon rêve de dormir en cuillère avec le petit rasé.
Mégane (sans broncher) : On passera aussi des films sur un grand écran et on a prévu plein d'activités amusantes. La seule chose qu'on vous demande, c'est d'enfiler un pyjama.

Les gars ont soupiré.

JP : Et si j'ai l'habitude de ne dormir qu'en boxer, je fais quoi ?
Mégane (pince-sans-rire) : Je suis certaine que Seb sera content de te réchauffer.

Nous avons tous éclaté de rire.

Mégane : Écoutez, les gars, si vous avez des plaintes à formuler, je vous invite à en parler à Sarah. C'est elle, la représentante de votre niveau.

Elle nous a salués avant de se rendre à la table voisine pour répéter son discours.

Seb : Passer une nuit ici. Beurk.
Léa : Moi, je trouve au contraire que c'est une excellente idée. Et une super belle façon de faire mes adieux à l'école que j'ai fréquentée pendant deux ans.
Moi : Je suis d'accord avec Léa. C'est même très original comme projet !
Laurie : J'embarque aussi ! Steph, penses-tu être capable de convaincre tes parents ?

Steph (en souriant) : Du moment que je leur vends ça comme une « activité parascolaire » !

Léa s'est alors tournée vers Thomas et l'a supplié du regard.

Léa : C'est probablement la seule occasion qu'on aura de passer une nuit ensemble !
Moi (en consultant le dépliant de Mégane) : C'est écrit noir sur blanc que les gars et les filles dormiront dans des sections opposées du gymnase, mais vous pourrez vous aimer à travers le filet de badminton.
Steph : C'est TELLEMENT romantique !
Léa (en souriant à Thomas) : Avoue ?
Thomas (en roulant les yeux) : Bon, OK ! Mais les gars, vous n'avez pas le choix de m'accompagner !
JP et Seb (en soupirant) : OK, OK.

Léa s'est mise à pousser de petits cris de joie, ce qui a attiré l'attention de Sarah Beaupré, qui en a évidemment profité pour se pointer le bout du nez.

Sarah (en s'approchant de nous et en posant une main sur l'épaule de Thomas) : Qu'est-ce qui se passe ? Léa a appris une nouvelle comptine ?
Léa : Dégage, Sarah !

Sarah lui a envoyé un regard noir avant de se pencher à l'oreille de Thomas.

Sarah : Thomas chéri, viens-tu à la nocturne que j'organise à l'école ?
Thomas (mal à l'aise) : Euh, je... pense que oui.
Sarah : Cool ! On s'arrangera pour se voir pendant que ta petite amie fait un gros dodo.

Elle a fait un clin d'œil à Léa avant de s'éloigner en se déhanchant.

Thomas (en jetant un regard inquiet vers Léa) : Je veux juste que tu saches que je n'ai rien fait de mal.
Léa (en s'efforçant de sourire) : Je le sais bien, mon amour. Et je te fais confiance.

Les gars se sont aussitôt levés pour aller jouer au basket, et nous en avons profité pour dévisager Léa.

Laurie : « Mon amour » ? « Je te fais confiance » ? Coudonc ! Je ne te savais pas aussi zen !
Moi (pince-sans-rire) : Moi non plus, « ma chérie » !
Léa (en souriant) : Ne vous inquiétez pas, je suis toujours aussi névrosée ! La différence, c'est que je le cache maintenant à Thomas !

Nous avons éclaté de rire.

En rentrant à la maison, j'ai demandé à ma mère de signer mon autorisation pour le party, puis j'en ai profité pour trier mes pyjamas. Comme tous ceux que je possède semblent sortir tout droit de la penderie de Caillou, j'ai téléphoné à Léa pour lui en emprunter un qui soit adapté à mon âge. J'ai beau rouspéter chaque fois qu'elle essaie de me refaire un look, la proximité de sa garde-robe infinie est une autre chose qui me manquera énormément lorsqu'elle sera à Montréal.

Lou xox

Vendredi 21 juin, 20 h 42

Cher journal,

Je sais que je te néglige un peu ces temps-ci, mais les examens finaux ont occupé chaque minute de mon temps et de mon esprit au cours de la dernière semaine. La bonne nouvelle, c'est que je suis officiellement en vacances depuis hier après-midi !

Dès que le prof a ramassé nos copies du test d'anglais, nous nous sommes levés d'un bond en criant de joie. Puis, comme c'est la coutume à notre école, nous nous sommes précipités dans la cour pour notre traditionnelle bataille d'eau et de crème fouettée. Même les profs se sont amusés à immortaliser ce moment en prenant des photos !

Comme je terminais plus tôt que d'habitude, mes parents avaient exceptionnellement pris congé et je n'avais pas à aller chercher Zak à la maternelle, ce qui rendait mon après-midi encore plus agréable.

Lorsque je suis rentrée à la maison, ma mère m'a dévisagée en me tendant un linge à vaisselle.

Ma mère : Tu dégoulines de partout !
Moi : Ouais, les filles m'ont attaquée après l'examen pour fêter la fin des classes !

J'ai pris une douche en vitesse et j'ai préparé mon sac pour le fameux pyjama party.

Mon père : Tes amies y vont aussi ?
Moi : Oui.
Ma mère : Et il y aura de la surveillance, j'imagine ?
Moi : Ne t'en fais pas. Je pense que le ratio prof/élève est pas mal égal. Sans compter que des parents se sont portés volontaires

pour chaperonner la soirée.
Mon père : Avoir su, j'y serais allé.
Moi (en souriant) : Je sais. C'est d'ailleurs pour ça que je ne t'en ai pas parlé !

Je suis allée dans la salle de bain pour récupérer ma brosse à dents et ma mère m'a suivie.

Ma mère (en s'assoyant sur le bord de la baignoire) : Je suis fière de toi, ma puce.
Moi (surprise) : Et qu'est-ce qui me vaut cet honneur ?
Ma mère : Même si tu n'as pas eu une année super facile, tu as obtenu de bonnes notes et tu es toujours aussi responsable.
Moi : Avais-tu peur que mon manque de vie sociale, mon absence de vie amoureuse et l'annonce du déménagement de Léa me poussent vers la rébellion ?
Ma mère (en haussant les épaules) : Tout est possible à l'adolescence.
Moi : Tu es chanceuse, je n'ai pas vraiment de gène rebelle dans le sang. Mais tu ne

paies rien pour attendre, car je crois que Zak va t'en faire baver.

Ma mère (en riant) : Tu n'as peut-être pas tort. Parlant de lui, je tiens aussi à te remercier pour l'aide que tu nous as offerte. D'ailleurs, ça fait presque un mois que je ne t'entends pas rouspéter !

Moi : Ça, c'est parce que vous m'avez promis une récompense. Et que je sais qu'à partir de lundi, papa sera en vacances pour une semaine !

Ma mère : Oui. Et ensuite, ton frère aura son camp de soccer, puis celui de natation. Zak aura un été très chargé, tu sais.

Moi (en plissant les yeux) : Où veux-tu en venir, maman ?

Ma mère : À part pour tes entraînements à la piscine et nos vacances au camping, je ne sais pas trop ce que tu comptes faire au cours des prochaines semaines. On aurait dû en discuter avant, mais on a été tellement débordés ! Je sais que c'est un peu à la dernière minute, mais voudrais-tu aller dans un camp ?

Moi : Pas question ! Je veux rester ici jusqu'à la fin juillet pour passer le plus de temps possible avec Léa.
Ma mère : Je comprends, ma puce, mais je ne crois pas que ça occupera toutes tes journées.
Moi : C'est vrai. J'aurai sans doute un peu de temps pour surveiller Zak…
Ma mère : Tu ferais ça ?
Moi (en roulant les yeux) : Tu sais bien que oui !
Ma mère (en m'embrassant) : Merci, ma chouette.
Moi : Mais maman ?
Ma mère : Hum ?
Moi : Crois-tu que mon dévouement pourrait accélérer le processus d'achat d'un ordinateur ?
Ma mère (en se levant et en me faisant un clin d'œil) : Je vais voir ce que je peux faire !

C'est donc le cœur léger que j'ai rejoint Léa et que nous nous sommes rendues ensemble à l'école pour la toute dernière fois. Avant d'entrer, elle s'est arrêtée et m'a prise par la main.

Léa : Je ne pensais jamais dire ça, mais ça me fait de la peine de quitter cet endroit.
Moi : C'est normal, tu as passé deux années ici.

J'ai alors entendu un petit sanglot étouffé. J'ai tourné la tête vers mon amie et j'ai réalisé qu'elle pleurait.

Moi (en la prenant dans mes bras) : Non ! Ne pleure pas ! Sinon, je vais me mettre à brailler, moi aussi !
Léa (en essuyant ses larmes) : Je m'excuse. J'ai vraiment le cœur gros depuis ce matin.
Moi : Est-ce qu'il s'est passé quelque chose ?
Léa (en soupirant) : Mes parents m'ont appris que la maison est vendue.

J'ai senti une boule se former dans mon estomac.

Moi : Oh.
Léa (en pleurant de plus belle) : Et il y a pire !
Moi : Quoi ?
Léa : Ils ont fait une offre sur une maison à Montréal.

C'en était trop. J'ai senti les larmes me piquer les yeux.

Moi : Ça rend la chose plus réelle, hein ?
Léa : Tellement. Je te jure, Lou, je ferais n'importe quoi pour arrêter le temps.
Moi : Moi aussi.
Léa : Pour essayer de me remonter le moral, ils m'ont offert de nous emmener toutes les deux à Montréal la semaine prochaine.
Moi : Wow ! Qu'est-ce que t'as répondu ?
Léa : Qu'il n'en était pas question ! Je boycotte cette ville, bon !
Moi (en riant) : Ça ne m'étonne pas de toi.
Léa : Mais leur offre m'a donné une idée. On a tellement eu de *fun* ensemble à

Québec que ce serait cool de remettre ça.
Moi : Tu proposes quoi ? Que je me fasse faire une autre coupe bol dans un salon faussement branché ?
Léa : Non ! Je pensais plutôt qu'on pourrait aller passer quelques jours au chalet de ta tante Jacqueline, comme on le fait chaque année ?
Moi : (en souriant) : C'est vrai que ce serait cool de se baigner dans le lac. Je vais en parler à mes parents demain.

Steph et Laurie sont aussitôt arrivées derrière nous et nous ont prises par le cou.

Laurie : Qu'est-ce que vous faites là à admirer notre belle école brune ?
Léa : On est nostalgiques.
Steph (en nous entraînant vers la porte) : Les filles, pour une fois que je peux participer à un party, j'exige qu'on s'amuse !
Moi (en riant) : Tu as raison ! Que la fête commence !

Et c'est dans cet esprit que nous sommes entrées dans l'école. De la musique résonnait déjà dans le gymnase où des ballons, des guirlandes et une table remplie de collations avaient été installés.

Moi (en consultant l'horaire des activités): Cool! Le bingo commence dans cinq minutes!
Laurie (en pointant Thomas et Léa, qui s'embrassaient dans un coin): Hum, je pense qu'ils vont passer leur tour!

J'ai souri, et j'ai réalisé que j'étais sincèrement contente pour ma meilleure amie.

Après le bingo, les filles et moi nous sommes inscrites au championnat de volleyball, au tournoi de karaoké et à une immense chasse au trésor. Lorsque les lumières se sont finalement tamisées pour nous indiquer de réintégrer nos quartiers, je me suis installée auprès de Steph, Léa et Laurie pour entamer notre marathon de films quétaines.

Pendant la projection de *Nos étoiles contraires*, j'ai toutefois vu ma meilleure amie se lever d'un bond et jeter un regard inquiet de l'autre côté du gymnase.

Léa : Qu'est-ce qu'elle fait là-bas, elle ? C'est pourtant clair que les filles n'ont pas le droit de visiter les gars.

J'ai soulevé la tête et j'ai vu Sarah qui jasait avec JP, Seb et Thomas.

Un professeur s'est aussitôt empressé d'avertir Sarah, qui a été forcée de revenir dans la section du gymnase réservée aux filles. Ce faisant, elle a toutefois bloqué la vue de la plupart des élèves qui essayaient d'assister au premier baiser entre Hazel et Augustus. Quelques-uns ont réagi en la huant et en lui lançant du pop-corn. En essayant de se protéger le visage, le bracelet de sa montre s'est coincé dans ses cheveux. Elle s'est mise à hurler jusqu'à ce qu'une surveillante lui vienne en aide.

Léa (en riant) : Wow ! Ce spectacle est bien meilleur que ce qui se passe à l'écran !

Nous avons enchaîné les films et discuté jusqu'au petit matin, et c'est un peu cernée que je suis rentrée à la maison, alors que mes parents et Zak s'apprêtaient à déjeuner. Je les ai salués et je leur ai rapidement fait part de notre idée du chalet avant de m'effondrer dans mon lit.

Lorsque ma mère est rentrée du travail, elle m'a annoncé que ma tante était enchantée à l'idée de nous recevoir ! J'en ai déjà discuté avec Léa, et sa mère nous y conduira dimanche et viendra nous chercher vendredi prochain. Ça me rend tellement heureuse de pouvoir passer cinq journées complètes avec ma meilleure amie dans l'un des endroits les plus cool de la planète ! Ça termine réellement l'année scolaire en beauté !

Je te laisse, car j'ai promis à Zak de l'affronter dans un match de tennis sur la PlayStation !

Lou xox

Mercredi 26 juin, 23 h 41

Cher journal,

Comme il fait super chaud ce soir, Léa et moi avons décidé de dormir dans une tente. Elle ronfle d'ailleurs à côté de moi, et j'en profite pour te raconter un peu notre séjour au paradis.

En effet, ça fait quatre jours que je file le parfait bonheur. Léa et moi profitons du soleil et du lac pour nous baigner, nous faire bronzer, rire, discuter et lire des magazines à potins.

Le seul hic, c'est la bouffe. Ce qu'il faut savoir de Jacqueline, c'est que, même si elle est sans contredit la femme la plus gentille et généreuse que je connaisse, elle a malheureusement un penchant excessif pour tout ce qui est granole[L]. Depuis notre arrivée, elle nous nourrit donc de tofu grillé, de seitan mariné et de jus vert.

Ce midi, j'étais tellement proche de l'overdose de vitamines que j'ai failli intervenir, mais Léa m'a encouragée à me taire.

Léa : Vois ça comme une cure de santé !
Moi : Est-ce que c'est l'eau du lac qui te monte au cerveau ? Tu es la première à revendiquer ton amour pour les chips et la poutine italienne !
Léa : Justement ! Je me dis que tous les aliments bio-machin que je mange ici me permettront de m'empiffrer sans scrupule au retour !

Ma tante est aussitôt venue nous rejoindre sur le bord de l'eau.

Ma tante (en nous tendant un plat rempli de croustilles[L]) : Tenez ! Je me suis dit que vous deviez avoir un petit creux.
Moi (en mordant dans une chips avec appétit) : Merci, ma tante ! C'est comme si tu avais lu dans mes pensées ! Je disais

justement à Léa que j'avais une envie folle de… ARK ! C'est quoi, ça ?
Ma tante : Ce sont des croustilles de légumes et de soja. C'est moi-même qui les ai fait cuire dans l'huile de chanvre.

Léa (en avalant péniblement sa croustille et en repoussant gentiment le bol) : Je… Je pense que je vais garder mon appétit pour le souper.
Ma tante (en pointant un kayak) : Ça vous dit d'aller faire un tour, en attendant ?
Moi : Pas sûre. Je suis aussi habile qu'un orignal.
Léa : Allez, Lou ! Ça va être drôle !
Moi (en me laissant convaincre) : OK. Allons-y !

Léa et moi avons enfilé nos vestes de sauvetage et nous nous sommes installées dans la petite embarcation, qui s'est aussitôt mise à tanguer dangereusement.

Léa : Pourquoi ça bouge comme ça ?
Moi (en essayant tant bien que mal de

ramer pour nous faire avancer) : Parce que c'est un bateau, Léa !
Léa : Ça me donne mal au cœur.
Moi : Il faut juste que tu t'habitues. Rame avec moi, ça va te changer les idées.

Nous avons pagayé en silence pendant quelques minutes, puis j'ai senti qu'on commençait à tourner en rond.

Moi : Léa ! Il faut que tu rames, toi aussi ! Sinon, on n'ira nulle part !

Comme elle ne répondait pas, je me suis tournée pour faire face à mon amie, qui ressemblait davantage à Yoda qu'à un être humain.

Moi : *Oh my God !* Léa, tu es verte !
Léa : Ouais, ma nausée ne passe pas.
Moi : Ce doit être le mal de mer.
Ma tante (du rivage) : Tout va bien, les filles ?
Moi (en l'observant de loin) : Ark ! Comment peut-elle continuer à avaler ses

chips de soya sans vomir ?
Léa (en portant la main à sa bouche) : Pitié ! Ne me parle pas de ses croustilles ! Ça va me rendre mala...

Trop tard. Léa s'est penchée par-dessus bord et a vidé le contenu de son estomac dans le lac.

Moi (en m'efforçant de ne pas regarder) : Es-tu correcte ?
Léa (toujours aussi verte) : Non. Ça vacille trop. Peux-tu ramer jusqu'à la plage, s'il te plaît ?

J'ai essayé tant bien que mal de nous ramener à bon port, mais le kayak s'obstinait à effectuer des ronds au milieu du lac, ce qui avait pour effet de faire vomir Léa de plus belle.

Après vingt minutes d'acharnement, ma tante est finalement intervenue en nous rejoignant en canot et en nous tirant jusqu'au rivage avec une corde.

Léa (en se laissant choir sur la plage) : Wow. C'était pire qu'un voyage à La Ronde[L] !
Moi (en me massant les biceps) : On forme vraiment une belle équipe d'andouilles !
Léa (en riant et en reprenant peu à peu un teint normal) : Je m'excuse d'avoir été aussi inefficace !
Moi (en riant) : Nous qui voulions des souvenirs mémorables, on peut dire que c'est gagné !

On a évidemment décidé de passer le reste de l'après-midi sur la terre ferme. Une fois la nuit tombée, Jacqueline nous a proposé de faire un feu de camp.

Moi (en mordant dans une saucisse végétarienne) : Ma tante, je comprends pourquoi tu passes toute l'année ici. C'est tellement zen !
Léa : C'est vrai, ça ! D'ailleurs, est-ce que Marilou et moi pouvons vivre avec toi jusqu'à la fin de notre secondaire ? Ça nous évitera de nous séparer.

Ma tante (en souriant) : J'aimerais bien, mais je ne crois pas que vos parents soient du même avis. Bon, je vous laisse ! Je vais prendre un bain avant de me mettre au lit. Vous avez tout ce qui vous faut ?
Moi : Oui ! Merci encore de nous laisser dormir dehors ! Ça va être cool !
Léa : Mets-en ! On pourra communier avec la nature !

Ma tante a regagné le chalet, et un craquement à notre gauche est venu rompre le silence.

Léa (en écarquillant les yeux) : Penses-tu que c'est un animal ?
Moi (en haussant les épaules) : Si c'est le cas, on a juste à lui offrir une saucisse dégueu pour le faire déguerpir !

Léa a éclaté de rire, puis nous avons finalement entendu des voix au loin.

Moi (en scrutant l'obscurité) : Je vois deux personnes qui s'en viennent !

Voix masculine : Marilou, c'est toi ?
Moi (en discernant enfin son visage) : Michaël ?
Autre voix : Léa ?
Léa : Victor ?

Mon voisin et son ami sont finalement apparus devant nous.

Victor (en souriant à Léa) : Ça alors ! C'est vraiment une drôle de coïncidence ! Je parlais justement de toi à Michaël tout à l'heure ! Je lui disais que notre rencontre datait d'un an et que j'espérais vraiment te revoir cette année, car tu as marqué mon existence.
Léa (mal à l'aise) : Ah, euh… merci.
Michaël (en s'installant près de moi) : Et moi, je lui ai répondu que je me croisais les doigts pour que tu viennes visiter ta tante. Je pense à toi sans arrêt, Marilou.
Moi (en écarquillant les yeux) : Hein ? Comment ça ?
Michaël : Notre baiser raté… il est resté gravé dans ma mémoire.

Victor (en tendant la main à Léa) : Tout comme notre baiser réussi.
Moi (en me levant un bond et en tirant Léa par la main) : Ouais, ben, euh, c'est vraiment romantique tout ça, mais... il est déjà tard et, euh, nous avons... de la visite sur le feu.
Michaël : Hein ?
Moi : Je veux dire de la visite qui nous attend. Et une théière sur le feu. Alors, bonne soirée !

Nous avons marché rapidement jusqu'à notre tente dressée à droite du chalet et ce n'est qu'une fois confortablement installée dans mon sac de couchage que j'ai osé briser le silence.

Moi (en chuchotant) : Penses-tu qu'ils sont encore là ?
Léa (en riant) : Je pense que Michaël passera l'hiver sur le bord du lac s'il croit avoir une chance de t'y recroiser !
Moi (en riant aussi) : Et Victor restera à

ses côtés pour se remémorer votre beau *french* !

Léa : Beurk ! M'en parle pas ! Je me trouve tellement nouille d'avoir offert mon premier baiser à ce gars-là.

Moi : Je suis mal placée pour te juger, après ce qui s'est passé avec Junior.

Léa (en se tournant vers moi) : Je suis certaine que tout s'arrangera quand tu seras amoureuse.

Moi (en souriant) : Et moi, je suis sûre que tout ira bien avec Thomas malgré la distance.

Léa : J'espère. Mais le plus important pour moi, c'est que notre amitié tienne le coup !

Moi : Ça, c'est déjà une garantie !

Léa : Bonne nuit, Lou ! Je t'aime !

Moi : Bonne nuit, Léa ! Je t'aime aussi.

C'est peut-être niaiseux, mais ça m'a vraiment fait chaud au cœur d'entendre que notre amitié est sa priorité, car je sais désormais qu'aucun gars ne pourra nous séparer.

Lou xox

Mardi 2 juillet, 19 h 04

Cher journal,

Je suis rentrée vendredi et, après avoir passé une fin de semaine à faire des activités en famille, j'ai finalement repris mes entraînements de natation hier. La petite pause que je me suis accordée depuis la dernière compétition m'a fait le plus grand bien, car j'étais encore plus motivée pour replonger dans l'eau et me surpasser.

Avec Sophie, j'ai prévu de nager tous les jours de la semaine. Je sais que c'est un peu excessif, mais ça me fait le plus grand bien de faire le vide et de me défouler dans l'eau.

Après mon entraînement, je suis passée chez Léa pour l'aider à commencer à faire ses boîtes. C'est Félix qui m'a ouvert la porte. Il tenait un rouleau de ruban adhésif.

Moi (surprise) : Salut ! Je ne m'attendais pas à te voir ici.
Félix : Comment ça ?
Moi : Ben, comme l'école est finie, je t'imaginais plutôt profiter de chaque minute pour voir tes copains… et tes « petites » amies.
Félix (en souriant) : Je n'ai pas de « petite amie ».
Moi (en feignant l'indifférence) : Ah non ? Et Emma ?
Félix (en haussant les épaules) : Bof. On n'avait pas grand-chose en commun.

J'ai feint une mine désolée et je me suis avancée vers l'escalier pour rejoindre Léa.

Félix : Marilou ?
Moi (en me retournant vers lui) : Hum ?
Félix : Je suis désolé de ce qui s'est passé lors de ta dernière compétition.
Moi : Qu'est-ce que tu veux dire ?
Félix : Emma m'a convaincu d'aller dans les vestiaires parce qu'elle tenait absolument à me parler, et je n'aurais jamais dû la suivre.

Moi : Pourquoi ?
Félix : Premièrement, elle n'avait rien à dire. Et deuxièmement, je pense qu'elle faisait juste ça pour te déconcentrer.
Moi : Pour vrai ?
Félix : Ouais. Elle était vraiment jalouse de toi.
Moi : Tu me niaises ? Emma, jalouse de *moi* ? Comment ça ?
Félix (en haussant les épaules) : Parce qu'elle te trouvait meilleure qu'elle, et qu'apparemment, « notre complicité l'insécurisait ».
Moi (en riant) : Ben là ! Il ne lui en faut pas beaucoup pour capoter !
Félix : Ouais. C'est aussi pour ça que j'ai cassé avec elle.

Il m'a regardée d'un air triste.

Moi : Ça va ?
Félix : Ouais… Mais je t'avoue que le fait de voir les boîtes me fait réaliser qu'on part vraiment d'ici. Et même si je trouve

ça excitant d'aller vivre en ville, ça me fait quelque chose de quitter notre village.
Moi : C'est normal ! Mais je ne m'inquiète pas pour toi. Je suis sûre que d'ici Noël, tu auras déjà ta gang de gens cool à tes côtés et ta tribu de groupies derrière toi.
Félix (en riant) : Merci, Lou.
Tu m'encourages.

J'ai commencé à monter les marches, puis je me suis dit que, faute de lui avouer mes sentiments, je pouvais au moins lui confier le fond de ma pensée.

Moi : En passant, je vais m'ennuyer de toi.
Félix (en me souriant) : Tu vas me manquer aussi, Lou.
Moi : Tu prendras soin de ta sœur quand je ne serai pas là ?
Félix (en me faisant un clin d'œil) : Juré !

J'ai rejoint Léa en me sentant à la fois triste et légère. Évidemment, ça me brise le cœur de dire au revoir au gars que j'aime secrètement depuis des années, mais étrangement, je ressens aussi un certain soulagement. Léa avait raison : son absence m'aidera sans doute à passer à autre chose.

Comme Léa n'avait pas le cœur à ranger ses souvenirs dans des boîtes, on s'est contentées de faire le ménage de ses vêtements. J'ai d'ailleurs hérité de plusieurs morceaux qu'elle m'a fait promettre de porter de temps à autre pour « faire ressortir mon côté *girlie* ».

En partant de chez elle, je suis allée chercher Zak à son camp de soccer, puis nous avons regagné la maison en nous racontant des blagues stupides.

Moi (en entrant dans la maison tout en riant encore de son dernier jeu de mots) : Salut ! On est là !
Ma mère (en m'observant d'un air surpris) : Je suis contente de te voir de si bonne humeur ! Je croyais que ta visite chez Léa

allait te rendre triste.
Moi (en haussant les épaules) : Il me reste encore un mois avant qu'elle parte, et comme tu me le répètes si bien, je traverserai le pont lorsque j'y serai arrivée !
Ma mère : Moi qui t'avais justement préparé une surprise pour te faire retrouver le sourire…
Moi (en frappant des mains) : Hein ? Quelle surprise ?

Ma mère a souri et a pointé en direction du bureau. Je me suis empressée de m'y rendre, et c'est là que j'ai vu un superbe ordinateur portable avec une icône à mon nom.

Moi (en sautant de joie) : *OH MY GOD !* Vous m'avez enfin acheté un ordi !!!
Ma mère (en souriant) : Tout le monde pourra y avoir accès, mais tu n'as qu'à ajouter un mot de passe pour te créer un profil qui sera confidentiel.
Moi (en lui sautant au cou) : Merci ! Merci !

Merci ! Maman, je t'aime !
Ma mère : Tu remercieras ton père, aussi ! C'est un achat commun !
Moi : Promis !
Ma mère : As-tu faim ? Car je peux te préparer une soupe de…

Mais je ne l'écoutais plus. J'étais déjà installée devant mon nouvel ordinateur pour découvrir toutes ses fonctionnalités. Mes parents m'ont finalement forcée à prendre une pause et à avaler un sandwich, mais je vais vite y retourner, car je meurs d'envie de fouiner sur Facebook, de lire le *Blogue de Manu*, de regarder brièvement les manchettes pour faire croire à mes parents que leur achat est aussi un investissement pour mes connaissances générales et pour consulter mes courriels !

À bientôt,
Lou xox

À : Léa_jaime@mail.com
De : Marilou33@mail.com
Date : Mardi 2 juillet, 20 h 01
Objet : J'ai enfin rejoint le XXIe siècle !

Salut, Léa !
Oui, tu as bien lu ! Ce courriel te provient de ta *BFF* qui a enfin accès à un ordinateur ! C'est tellement cool ! Ça fait près de trois heures que je suis scotchée à l'écran, ce qui m'a d'ailleurs valu une intervention parentale musclée, mais je tenais à t'écrire avant de l'éteindre.

Pour la première fois depuis des semaines, je sens sincèrement qu'on pourra survivre à ton déménagement en s'écrivant et en se racontant nos vies ! Je capote !!!

J'espère que tout se passe bien chez toi et que la lasagne de ta mère t'a aidée à digérer le don de tes précieux vêtements.

Je t'aime !
Lou xox

À : Marilou33@mail.com
De : Léa_jaime@mail.com
Date : Mercredi 3 juillet, 10 h 11
Objet : Merci la vie !!

LOU !
Quand j'ai vu ton nom dans ma boîte de courriels, il a fallu que je demande à Félix de me pincer pour voir si je ne rêvais pas ! Je suis tellement contente que tes parents aient enfin investi dans l'avenir ! Bienvenue dans l'ère moderne ! Tu pourras maintenant espionner Cédric (mais pas mon frère, il n'en vaut pas la peine) et *skyper* avec moi tous les jours !

Pour vrai, ma vie va mieux et, tout comme toi, je sens que je pourrai (peut-être) survivre au déménagement en te sachant si proche cybernétiquement !

Viens-tu chez moi après ton entraînement ? Mes parents nous ont promis une pause de ménage jusqu'à lundi et ils ont tout acheté pour qu'on se fasse des pizzas !

Je t'aime aussi !
Léa xox

Samedi 10 août 18 h 33

Cher journal,

Je reviens de chez Léa et j'ai le cœur gros. Elle part demain matin, et je n'en reviens pas à quel point le dernier mois a passé vite. Tu me pardonneras de ne pas avoir écrit avant, mais je n'en ressentais pas le besoin, car je racontais tout à ma meilleure amie. Elle a aussi passé beaucoup de temps avec Thomas, mais elle s'arrangeait généralement pour le faire quand j'étais à la piscine ou avec mes parents, ce qui n'empiétait pas sur notre temps ensemble.

Parlant de lui, Léa a décidé de lui dire au revoir ce soir. Elle voulait faire la même chose avec moi, en prétextant qu'il lui serait impossible de quitter le village si elle me voyait dans le rétroviseur, mais je lui ai dit qu'il était hors de question qu'elle parte sans que je la serre une dernière fois dans mes bras. Ses parents lui ont déjà promis qu'elle pourrait venir me visiter cet automne, mais comme je suis habituée à la voir tous les jours, ça me paraît une éternité.

Depuis quelques jours, je me demande vraiment comment je vais survivre sans elle, et c'est finalement ma mère qui a réussi à me faire voir les choses du bon côté.

Ma mère : Ce n'est pas parce que Léa est loin physiquement que vous ne resterez pas tout aussi complices !
Moi : Tu crois ?
Ma mère : Oui ! Quand Léa ne fera plus partie de ton quotidien, tu pourras tout lui raconter et elle pourra t'écouter et te conseiller de façon plus objective.
Moi : Hum, c'est vrai, ça.
Ma mère : Et toi, tu pourras faire la même chose pour elle. Ce que Léa s'apprête à vivre n'est pas facile, mais si tu es là pour l'écouter, la soutenir et l'encourager, je suis certaine que ça vous rapprochera encore plus.

J'ai souri. Ma mère avait raison. Je « perdais » peut-être la présence constante de mon amie, mais je gagnais une confidente à vie.

J'ai alors compris que, même si tu m'avais beaucoup aidée à comprendre des choses au cours des derniers mois, je n'avais plus besoin de toi, car j'avais Léa. Je troque donc mon journal intime pour ma meilleure amie.

Je te remercie de m'avoir permis de m'exprimer, de crier, de pleurer et de me confier quand j'en avais besoin, mais je sais que je peux maintenant compter sur mon âme sœur féminine pour le faire. Et même si son départ me brise le cœur, ça m'apaise de savoir qu'elle ne sera qu'à quelques touches de clavier de moi.

Marilou xox

Lexique

10 **Teen** – Teenager, adolescent, jeune personne ayant entre 13 et 19 ans.

11 **Secondaire** – Au Québec, on fréquente l'école primaire pendant sept ans, de 5 à 12 ans (une année de maternelle suivie des autres années). Ensuite, on passe à l'école secondaire pendant 5 ans (de la première à la cinquième). Une fois le diplôme d'études secondaires en poche, on poursuit avec deux années au cégep (collège d'enseignement général et professionnel) afin d'obtenir le diplôme d'études collégiales qui permettra à ceux qui le désirent d'entrer à l'université.

Avoir le goût de – Avoir envie de.

Best/BFF – Best friend forever, meilleure amie.

Coudonc ! – Dis donc ! Mais enfin !

13 **Capoter** – Paniquer, angoisser, perdre son sang froid, ne pas en croire ses yeux (ou ses oreilles).

15 **Avoir un kick sur** – Avoir le béguin pour, kiffer quelqu'un.

Triper (sur quelqu'un) – Aimer (quelqu'un), être attiré (par quelqu'un).

Pitoune – Jeune fille jolie, facile et habillée sexy.

Nunuche – Bête, stupide, niais.

16 **Dîner** – Prendre le repas du midi. En France, on dit en ce sens « déjeuner ». À noter qu'au Québec (ainsi qu'en Belgique et en Suisse), « déjeuner » désigne le repas du matin pris peu après le réveil et « souper » désigne le repas du soir.

18 **Party** – Fête.

19 **Oh My God ! / OMG !** – Oh, mon Dieu !

Cute – Mignon.

Vedge – Flemmard, mollasson, lâche.

Crosseur – Arnaqueur, fourbe, traître.

22 **Tantôt** – Bientôt, dans peu de temps ; il y a peu de temps.

23 **Pogner les nerfs** – Faire une crise de colère ou d'impatience.

Niaiser – Se moquer de, charrier.

24 **Bord** – Côté.

Rapport ! – N'importe quoi ! Rien à voir !

25 **Gang** – Groupe d'amis, bande.

27 **Gossant** – Énervant, agaçant, casse-pied.

29 **Semaine de relâche** – Semaine de congés scolaires au printemps.

30 **Être habillé comme la chienne à Jacques** – Être très mal habillé, porter des vêtements très mal assortis.

31 **Chandail** – Pull, sweat-shirt.

33 **Blonde** – Amoureuse, copine, compagne.

34 **Pogner** – Séduire, avoir du succès auprès des autres.

35 **Niaiseux** – Stupide, niais.

39 **Rejet** – Rejeté, exclu.

40 **Full** – Complètement, très.

41 **Frencher** – Rouler un patin, embrasser avec la langue.

43 **Débile** – Super.

45 **Plate** – Dommage, ennuyeux.

50 **Chum** – Petit ami, amoureux.

51 **Poche** – Nul.

52 **Visiter quelqu'un** – Rendre visite à quelqu'un.

53 **Être le fun** – Être cool, agréable, bien.

55 **Mets-en !** – Tu parles ! Bien sûr ! C'est clair !

58 **Se chicaner** – Se disputer.

65 **Magasiner** – Faire les magasins, faire du shopping.

75 **Bal des finissants** – Fête qui a lieu à la fin de la dernière année d'un degré d'étude.

79 **Ringuette** – Sport d'équipe conçu pour les femmes, et ressemblant au hockey sur glace. Il consiste à marquer des buts en transportant un anneau de caoutchouc bleu avec un bâton droit.

82 **Bec** – Bisou.

86 **Pantoute !** – Pas du tout ! Absolument pas !

87 **Jaser** – Bavarder agréablement, converser, deviser. Au Québec, « jaser » ne présente pas la caractéristique de la médisance.

90 **Minoucher** – Câliner, caresser.

93 **Chicoter** – Intriguer, tracasser.

94 **Soccer** – Football.

97 **Flusher** – Larguer, laisser tomber (son copain ou sa copine).

100 **Chialer** – Se plaindre, maugréer, râler.

104 **Game** – Match.

105 **Ne pas avoir rapport** – Être à côté de la plaque, ne pas être en phase.

108 **Potiner** – Faire des commérages.

113 **Yo** – Un yo, c'est un gars énervant qui se prend un peu trop pour un rappeur. Il s'habille et parle en rappeur, mais n'en est pas un. Un Eminem wannabe. Il faudrait un volontaire pour dire au yo que c'est pas très beau ce qu'il porte. Es-tu volontaire ?

114 **Craque** – Espace, ligne, craquelure.

Palettes – Dents supérieures.

115 **Achaler** – Agacer, énerver, ennuyer, gêner, harceler.

124 **Se fermer la trappe** – Se taire.

125 **Être tanné de** – En avoir assez de.

128 **Pharmacie** – Au Québec, en plus des produits pharmaceutiques, on y trouve des produits de beauté et des parfums et même de la nourriture, des bonbons, des revues, ou des décorations de Noël !

145 **Avoir des papillons dans le ventre** – Une belle expression pour la sensation renversante d'être amoureux.

146 **Joke** – Blague.

148 **Cellulaire/Cell** – Téléphone portable.

149 **Cruiser** – Draguer, faire la cour.

151 **Pogné** – Coincé, engoncé, timide (en parlant d'une personne).

152 **Ammancher** – Accoutrer.

158 **Corder** – Aligner.

164 **Chicks** – Ravissante, jolie, parfois même sexy.

175 **Moron** – Imbécile, idiot, stupide.

182 **Tomber en amour** – Tomber amoureux.

184 **Ne pas filer** – Ne pas se sentir en forme, ne pas avoir le moral.

Fru – Frustré.

194 **Party de fête** – Soirée d'anniversaire.

205 **Dépanneur** – Petite épicerie où l'on achète tabac, bière, chips et un peu n'importe quoi qui dépanne, près de chez soi.

213 **Bibitte** – Bestiole, insecte, très petite bête.

225 **Centre-ville souterrain** – Le Montréal souterrain est constitué de plus de 30 kilomètres de tunnels sous la ville. Il est considéré comme le plus grand complexe souterrain au monde. Les tunnels et galeries relient ensemble plusieurs tours à bureaux, complexes résidentiels, le métro, centres commerciaux, universités, résidences et hôtels. On y retrouve aussi une large gamme de restaurants et de magasins. La ville est très utile l'hiver, car elle permet aux Montréalais de se déplacer en évitant le froid !

226 **S'habiller en mou** – Porter des vêtements décontractés, de sport.

237 **Traînerie** – Chose qui traîne, qui n'est pas rangée.

242 **Tuque** – Bonnet.

243 **Wedgie atomique** – Tirage de slip au terme duquel la bande élastique dépasse la tête de la victime.

248 **Épais** – Rustre, ignorant, con, idiot.

254 **Napkin** – Serviette de papier, serviette de table.

259 **Une couple de** – Quelques.

282 **Tough** – Difficile, pénible, en parlant d'un travail, d'une épreuve.

295 **Brailler** – Pleurer, crier bruyamment.

297 **Écouter (un film)** – Regarder (un film).

300 **Fail** – Erreur, échec.

Comme une poule pas de tête – Bêtement.

307 **Quétaine** – Cucul, vieilli, démodé, désuet, pas de très bon goût.

330 **Comme du monde** – Comme il faut, comme il se doit.

Ritalin – Médicament stimulant.

334 **Date** – Rendez-vous galant.

352 **Drabe** – Banal, ennuyeux, monotone.

354 **Faire un velours** – Faire plaisir, produire un effet agréable, spécialement par un témoignage d'approbation, d'estime ou de jugement favorable.

367 **Sauter sa coche** – S'énerver, entrer dans une colère noire.

434 **Granole/Granola** – Se dit d'une personne qui souhaite une société plus écolo, moins basée sur la surconsommation. Souvent un peu péjoratif.

435 **Croustilles** – Chips.

439 **La Ronde** – Parc d'attractions situé sur l'île Sainte-Hélène, à Montréal.

LA VIE COMPLIQUÉE DE Léa Olivier
Romans
La série 2.0 préférée des ados !
Tome 1
« Perdue »
Tome 2
« Rumeurs »
Tome 3
« Chantage »
Tome 4
« Angoisses »
Tome 5
« Montagnes russe
Tome 6
« Tornades »
« Maude M. Bérubé »
Tome 7
« Trou de beigne »
Tome 8
« Rivales »
« Marilou »
BD
Kennes
Destination Québec